『舞　　姫』

——エリス、ユダヤ人論——

荻原雄一　編

至文堂

目次

第一部　エリス、ユダヤ人論

第二部　エリーゼとは誰か？

第三部　ベルリンのユダヤ人

第一部　エリス、ユダヤ人論

『舞姫』再考――エリス、ユダヤ人問題から

荻原雄一

スキャンダルから作品解釈へ

最近『舞姫』のヒロイン、エリスのモデル捜しが、一段とかまびすしい。エリスが実際にはエリーゼという名の女性で、森鷗外がドイツから帰国した、そのたった四日後に彼女も横浜港にやって来たことは、これまでも既知の事実とされてきた。

そして、その日からちょうど百年が経過したのだ。また、今年は篠田正浩監督が郷ひろみ主演で『舞姫』を映画化したことも、ブームに拍車をかけている。

さて、このような中で、先日（一九八九年五月七日）テレビ朝日系で、「百年ロマンス」と銘うってスペシャル番組を放映した。『舞姫』のヒロイン、エリスのモデルを、文字通りのローラー作戦で調べ上げたのである。ところが、番組自体は〈事実〉と〈推理〉と〈映画〉（原作と異なる）が錯綜していた。

そこで、この番組の母体となっている金山重秀・成田俊隆共著「来日したエリーゼへの照明」（昭和56・8『国文学解釈と鑑賞』）と金山重秀著「エリーゼの身許しらべ」（昭和59・1同誌長谷川泉編『森鷗外の断層撮映像』）を参考にしながら、エリスのモデルの実像に迫ってみたい。

といって、モデル捜しだけではスキャンダルの域を出ない。だから、この小論はモデルがある程度判明した時点で、そのために『舞姫』の解釈がどう変わるか、に主眼を置いていきたい。

カール・ヴァイゲルト博士について

まず、エリーゼが来日する際に、香港まで乗船してきたBraunschweig号の乗船名簿がChina Mail（一八八八年九月五日）に掲載されていて、そこには「For Yokohama. Miss Elise Weigert」と記してある。つまり、ファミリー・ネームが〈ヴァイゲルト〉、または〈ワイゲルト〉の発音である。このうち、〈ワイゲルト〉の方は『舞姫』にも登場する。〈エルンスト・ワイゲルト〉が、エリスの父親の名である。だから、『舞姫』のヒロインの名は、〈エリス・ワイゲルト〉となる。

ところが、エリーゼがドイツ船General Werder号で横浜に入港した際の「The Japan Weekly Mail」に記載された船客名簿によると、「Miss. Elise Wiegert」となっており、このファミリー・ネームの発音は〈ヴィーゲルト〉である。

そこで、鷗外が留学したライプチッヒ、ドレスデン、ミュンヘン、ベルリンのドイツ四都市で、当時の住所録などから〈ヴァイゲルト〉並びに〈ヴィーゲルト〉姓の人物を追っかけてみる。すると、一人、興味深い人物が浮かび上がってくる。ライプチッヒ大学の病理学研究所の所長代行に、Carl Weigertという博士がいたのだ「ヴァイゲルと及びヴァイゲルト姓がドイツでは比較的珍しい名に属する」(前記論文)ので、この博士の娘にエリーゼがいたのではないかと、と憶測する。そこでヴァイゲルト博士の伝記などを追跡調査してみると、「一八四五年三月十九日生まれで、一八八四年五月三十日からライプチッヒの住民として登録さていたが、フランクフルト・アム・マインに転居する為、翌年三月二十八日に警察署に転出の届け出がなされていた」ことが判り、なお「一九〇四年八月五日、フランクフルトで亡くなり現在もフランクフルト市市営ユダヤ人墓地に埋葬されている」ことも判り、「この報告の中で私にとって最も重要だったのは、彼が生涯独身であったという事実」の結論を出す。つまり、ヴァイゲルト博士には、妻も娘もいなかったのである。

その後、今回の「百年ロマンス」の調査で、彼のいことにエリーゼ・ヴァイゲルトがいたことが判明するが、これは後日『「エリス」再考』で詳述したい。

そのファミリー・ネームから

ところで、ぼくがこの論文で最重要だと考えたのは、ヴァイゲルト博士が生涯独身であったことではない。〈フランクフルト・アム・マイン〉という土地名と〈フランクフルト市市営ユダヤ人墓地〉である。〈フランクフルト・アム・マイン〉には、ドイツ国内のみならず、ヨーロッパでは著名で歴史的なユダヤ人街、それも巨大なゲットーが存在するのである。つまり、カール・ヴィイゲルト博士は、ドイツ人というよりも、正確にはユダヤ人ではないか。

もちろん、カール・ヴァイゲルト博士がユダヤ人でも、ただちにエリーゼがユダヤ人だとは限らない。しかし、ヴァイゲルトもヴィーゲルトも、「ドイツでは比較的珍しい」姓なのである。たとえばそれは日本のプロ野球の選手名で、〈王〉とか〈郭〉とか〈呂〉と聞けば、やはり珍しいだろう。そして、彼らが日本語を話し、日本人と同じつくりの顔をしていても、誰もその源を日本人だとは思わない。これと同様である。

また、高名な劇作家のブレヒトは、奥方と共にナチスから逃れた人だが、彼の奥方は女優でヘレーネ・ヴァイゲル(Helene Weigel)という。彼女もやはりユダヤ人である。

結局、ヴァイゲルトもヴィーゲルトもワイゲルトもヴァイゲルもヴィーゲルも、みな源は〈ヴァイカント〉で、ユダヤ人のファミリー・ネームである。このため、カール・ヴァイゲルト博士とエリーゼ・ヴァイゲルト（ヴィーゲルト）に縁故関係があろうがなかろうが、博士もエリーゼもそのファミリー・ネームからユダヤ人なのである。

キリスト教徒の〈酷さ〉

では、エリスがユダヤ人だとすると、『舞姫』の解釈がどのように変わってくるのか。

まず、太田豊太郎とエリスの出会いの場面を考察してみたい。豊太郎はどういうわけか、「クロステル巷の古寺の前」に来る。「ウンテル・デン・リンデンを過ぎ、我がモンビシユウ街の僑居に帰らん」としているなら、小堀桂一郎が指摘しているように信じられない遠回りだ。「何かを求める心」でも強かったのだろうか。それにしても、この辺りは「狭く薄暗き巷《こうじ》」といい、「頰髭長き猶太《ユダヤ》教徒の翁が戸前に佇みたる居酒屋」といい、「寺の筋向かひなる大戸を入れば、欠け損じたる石の梯あり。これを上ぼりて、四階目に腰を折りて潜るべき程の戸あり」という建築の特徴といい、まさしくユダヤ人街である。あるいは、次に登場するヒロインのために、ユダヤ人街を匂わす必要があったのだろう。またそうすると、この「古寺」もユダヤ教の会堂、いわゆるシナゴク（Synagogue）を意味するのかも知れない。

さて、ヒロイン登場の舞台は揃った。豊太郎がこの古寺の前を通り過ぎようとすると、その「鎖《とざ》したる寺門の扉に倚りて、声を呑みつゝ泣くひとりの少女」がいる。そこで豊太郎は逡巡する間もなく、「何故に泣き玉ふか」と声を掛ける。もちろん、そのあとですぐに豊太郎の性格（いや鷗外の性格か）として、自分の大胆さに呆れるのだが。

するとその少女は豊太郎の「黄なる面《おもて》」をちょっと見て、それから驚くべきことを口走るのだ。「君は善き人なりと見ゆ。彼の如く酷くはあらじ。又た我母の如く。」

「年は十六七なるべし」の少女が、薄暗くなってきた通りで声を掛けてきた見知らぬ男、それも外国人の男にわけもなく気を許して、「君は善き人なりと見ゆ」なんて言い放ってしまうものだろうか。しかも、このあと豊太郎に「君が家に送り行かん」と言われると、あっさりと自分の家まで連れて行ってしまう。

これでは、エリスがとてつもなくお尻の軽い女に見えるではないか。たとえ父親が死んだばかりという特殊の精神状態であったとしてもだ。

また逆に、もしぼくが豊太郎の立場だったら、路地で泣いていて、すぐにあなたは善い人だと言い、さらに父親が死んでその葬式代が無いなどとウソかホントか判らないような話をし、挙句には家まで案内してくれる少女なんて、これはちょっとコワくて近づけない。まるで〈美人局〉の典型的なやり口ではないか。

いや、これらをエリスが男をまるで知らない純情な少女だから、と言うのは当らない。彼女はヰクトリア座の座頭シャウムベルヒを通して、男の汚なさを知っている。また当時の踊り子は薄給で、エリスの仲間は「賤《いや》しき限りなる業に堕ちぬは稀なり」という環境なのである。男のコワさズルさを周りを見て知っているだろう。

しかし、ここにエリスがユダヤ人であることを投影すると、どうなるか。

エリスは豊太郎の「黄なる面《おもて》」を見た瞬間に、当然豊太郎が白人ではないことに、ドイツ人ではないことに気づく。つまり、豊太郎がドイツ人のような、ユダヤ人に対する蔑視意識（これの一例としては、一八八〇年代にベルリン大学のカリスマ的教授トライチュケの反ユダヤ主義が学生、マスコミ、一般市民に熱狂的に支持された史実を思い起こせば事足りる）を持っていない男であることを見抜く。しかも、豊太郎がいみじくも言うのだ。「ところに繋累《けいるい》なき外人《よそびと》は、却《か》りて力を借し易きこともあらん」この言葉が、エリスの胸をうったのは、豊太郎の予想以上だったろう。それとも、豊太郎の方は、その場所やエリスの服から、彼女がユダヤ人であることに気づいていて、計算上の言葉だったのだろうか。もしそうならば、二人の出会いにおいて、豊太郎は少女がユダヤ人であることを利用したわけで、その源は清らかではない。しかも、もしかしたら、これは作者鷗外自身がエリーゼとした恋愛の源とも結びつくかも知れない。

「君は善き人なりと見ゆ」

エリスがユダヤ人ならば、「黄なる面《おもて》」の豊太郎を見てすぐにこう口走っても、少しも尻の軽い女ではないのだ。また、この言葉に続いて、エリスは「彼の如く酷《ひど》くはあらじ」と、豊太郎とヰクトリア座の座頭シャウムベルヒと対比させている。これは豊太郎がシャウムベルヒのように、親切の代替に体を要求したりはしないだろう、という意味からだけではない。キリスト教徒のユダヤ人に対する、歴史的な敵視、蔑視から生じる〈酷さ〉との対比でもあるわけだ。

逆に言えば、この対比の一言は、あとあとまで豊太郎の心を痛めつけたはずだ。豊太郎は時計を手渡すという形て、お金を貸す。そのあとで、エリスと肉体関係を持ったら、シャウムベルヒとどこが違うのか。だから、「余とエリスとの交際は、この時までは余所目《よそめ》に見るより清白なりき」なのである。時間を置いて、文学などを教えたりして、二人の間にある賃貸借の関係を薄めていかなければならない。ところが、豊太郎は〈免職〉と〈母の死〉という自分の二つの不幸が重なったときに、エリスという禁断の実を食べてしまう。これでは、たとえエリスが豊太郎を慕っていようが、豊太郎自身の心の底からは、自分がシャウムベルヒになり下がった呵責が、いわば白人系キリスト教徒の〈酷さ〉を所有してしまったことへの呵責が、湧き上がるだろう。豊太郎にとっては、エリスとの恋愛は、少しもその源が清らかではないのだ。

これは、作者鷗外の現実の恋愛からの、やはりなんらかの投影ではないのか。

母の〈酷さ〉

さらに、このあとでエリスは「又た我母の如く」と言って泣く。この母の〈酷《むご》さ〉は、「母はわが彼の言葉に従はねばとて、我を打ちき」を指す。つまり、夫の葬式代のために娘に体を売らせる〈酷さ〉である。ただこれを、日本人的無宗教的優しさを発揮して、そんな鬼みたいな母親があるものかと簡単に言い放ってはいけない。エリスの母親はユダヤ教の律法《トーラー》に従って、明日までにどうしてもラビを呼び、葬式を出さなければならなかったのだから。つまり、母親の背後には神がいるわけで、これはもうエリスの選択の余地は皆無だ。これが母親の〈酷さ〉である。言い換えれば、母親は律法《トーラー》に従いたかっただけで、自分の体に価値が残っていたならば、自らがシャウムベルヒのもとへ行っただろう。

〈剛気ある〉父の守護

またエリスが「賤しき限りなる業」、つまり売春婦にならなかったのは、彼女自身の「おとなしき性質」と「剛気ある父の守護」とに依るとある。このうち「おとなしき性質」の方は、恋人の眼を通すからこの理由として成立するのであり、「おとなしき性質」だからこそ売春婦になってしまったというパターンだって考えられよう。

ここで大事なのは、「剛気ある父の守護」だ。エリスの父は、前述のとおり「エルンスト・ワイゲルト」とその名を表札に刻み込んでいる。そして、その名の下に「仕立物師」と職業が記されている。この仕立物師というのは、靴屋や指物師と並んで、当時の東ヨーロッパやロシアの貧民階級のユダヤ人の典型的な職業である。(のちに豊太郎がエリスのうちから魯国行きをするとき、入り口に住む人に鍵を預けるが、この人の職業が「靴屋」なのは偶然ではない。)つまり、エルンストは剛気あるユダヤ人の男なのであり、ユダヤ人で剛気があるというのは、律法《トーラー》を厳守して暮らしていたということだ。食餌法にしても、「清浄食品」(ヨーシヤ)しか口に入れないだろうし、それもユダヤ人の調理したものしか食べない。安息日サバス(Shabbāth)も、金曜日の日没から土曜日の日没まで、きちんと守ったに違いない。もちろん、当時のユダヤ人はそれぞれの自分の住む国に同化する者も多く。ユダヤ人の誰もが律法《トーラー》を守って生活していたわけではない。だから逆に律法《トーラー》を厳守しているユダヤ人は、そのことが大いに自慢で、機会あるごとに口にしたという。この律法《トーラー》にのっとった父親が育てたエリスが、「賎しき限りなる業」に身を落とすとは考えられない。

個人的な記念碑として

また『舞姫』の中で、古くから研究者に小説の破れ目として問題にされていた箇所がある。豊太郎がエリスに、その父の葬式代を用足す場面である。豊太郎は二、三マルクしか持ち合わせがないので、「時計をはづして、机の上に置」く。そしてこう言うのだ。「これにて一時の急を凌ぎ玉へ。質屋の使のモンビシュウ街三番地にて太田と尋ね来ん折には価を取らすべきに」

なぜ時計を預けたのか。いくら一目惚れしたとはいえ、一時も離れられないわけはない。豊太郎はお金を取りに、いったん下宿に戻ればいい。あるいは、エリスを下宿の前までつれて行けばいい。

初め、ぼくは別の解釈をした。豊太郎はヤリ手だなあ。あとでエリスがお礼に来ることを百も承知で、わざとなるべく自然を装って、自分の下宿の住所を教えたりして。

ところが、エリスはユダヤ人の貧民階級で、ユダヤ人街、それもいわゆるゲットーに住んでいる設定なのだ。すると、この小説の構成上の破れ目の場面は、少しも破れ目でなくなる。つまり、ゲットーの扉は、夜になると締まってしまうのだ。外部との交流はいっさいできなくなる。このため、豊太郎が下宿にお金を取りに帰って戻って来ても、ゲットーの中に入れない。またエリスをつれて行ったら、今度はエリスが戻れない。

すなわち、時計を置いて来るしか方法がないのである。そして、質屋はゲットーの中にもある。質屋は当時のユダヤ人の小商人の、やはり典型的職業なのである。

このように、豊太郎とエリスには、出会いの日から二人を別れさせる時間が迫っていたという二重構造になっているのだ。このため、豊太郎は自分の時間をしばらく預けるかのように、自分の時計を机の上に置くと、エリスに別れの手を差し出して、そそくさと引き上げるではないか。これは『舞姫』という小説全体を暗示する。

結局、時計を置いて来たのは、豊太郎が青春の情熱から芝居じみた行動を試みたわけでもなく、また小説の構成上の破れ目でもない。むしろ問題なのは、鷗外がなぜここがゲットーで時間の制約があると、はっきりと書かなかったかだ。またゲットーだと書きたくなければ、初めから小説の舞台、ヒロインを他に求めればいい。つまり、ここが重要なのだ。ここに作者鷗外の心が覗いていないか。ユダヤ人であるとか、ユダヤ人街であるとか、ゲットーであるとか、それは書けない。しかし、その匂いを残したい。どうしてか。それはこの作品が、鷗外にとって個人的な記念碑の要素を持つからではないのか。

訛りと誤字について

次に、エリスの言葉と文字の問題を考えたい。「少女《をとめ》は少し訛りたる言葉にて云ふ」これが豊太郎のエリスのしゃべり方についての印象である。それで、豊太郎はまずエリスの「言葉の訛をも正し」、また「余に寄するふみにも誤字少なくなりぬ」といった結果が出るように教育もする。「先づ師弟の交わりを生じたるなりき」なのだ。

少々話はずれるが、この二人の最初の関係は興味深い。これは豊太郎のように、「レエベマン」（遊蕩児）ではない、むしろ女性にウブい男が、初めて本格的に女性とつき合いはじめたときの交際方法の典型ではないか。ここにも作者鷗外自身の投影を感じる。

さて、この言葉と文字の問題も、これまではエリスの一家が新興ドイツ帝国の大都会に出て来た地方出身者で、一方豊太郎は鷗外の生き写しの正統派ドイツ語を操る男だからで、それにしてもドイツ人にドイツ語を教えるなんてスゴイ、と言われてきた。これは、鷗外がカルルスルーエの国際会議で、舌人（通訳）として、いやそれ以上に独壇場の活躍をした印象が、我々にこびりついているからだろう。

しかし、この箇所は作者のそんな軽い自慢話から生じたのではない。まずだいいち、訛りがあるのは地方出身者だからだで説明できるとして、手紙に誤字が多かったのも地方出身者だからだで済ませていいものだろうか。

エリスの訛りと誤字は、彼女や彼女の両親が地方出身者だからではない。ユダヤ人だからだ。

当時、ドイツに居た大部分のユダヤ人は、アシケナージ系である。アシケナージ系は概して「短頭」（Brachy-cephal）であり、大黒顔を多く有する。そして、彼らは日常語としてイッディシュ（Yiddish）を話す。イッディシュはヘブライ語とドイツ語との混合で、文字はヘブライ・アルファベットで綴る。このような混交した言語であるから、ジャルゴン（Jargon）とも蔑称される。ジャルゴンは「たはごと」の意味である。また、アシケナージ系がドイツ語を発音すると、イッディッシュ独特の癖を出す。

つまり、エリスが豊太郎に合わせて、いくら正統派ドイツ語を話そうとしても、どうしてもイッディシュ訛りになってしまうのだ。手紙にしたって、これまではヘブライ・アルファベットを用いていたのだから、〈誤字〉が多かったとしても笑えない。

作品の中で具体的に拾い上げると、豊太郎が初めてエリスの家につれて行かれたとき、エリスの母に「戸を劇しくたて切りつ」とされたあと、母娘の「言い争ふごとき声聞こえし」（点注荻原）とある部分だ。確かに、〈ごとき〉だったろう。イッディシュなどという膠着語でポンポンとやり取りされ、それも戸一枚向こう側だったら手振り身振りが見えないのだから、さすがの豊太郎も意味が聞きとれなかったに違いない。

また、エリスのモデルの女性が来日したとき、香港ではヴァイゲルトであり、横浜到着以降ではヴィーゲルトなのも、この辺に一因があるのかも知れない。

〈呆れたる〉と〈寺に入らん日〉について

あと二つ、瑣末なことであるが、付け加えておく。

豊太郎が魯国から戻ったとき、エリスが抱きつくのを見て、「馭丁は呆れたる面もちにて、何やら髭の内にて云ひしが聞えず」とある。これなどは、豊太郎とエリスと両方を人種的に差別した言葉を呟いたのだろう。だから、この〈聞えず〉には、物理的に聞こえなかったという意味だけではなく、二人の世界の堅固さは白人からの蔑視などものともしない意味もあるだろう。

また、襁褓《むつき》をこしらえたりして、赤子の生まれるのを楽しみにしているエリスは、眼に涙を浮かべながら、子供が「寺に入らん日はいかに嬉しからまし」と言う。この「寺に入らん日」を、今までは〈洗礼を受ける日〉と解釈してきた。しかし、洗礼を受けることを「寺に入らん」と言うだろうか。それに、生まれて来る子が男か女か判らないのだから、ユダヤ教徒が生後八日目に行なう割礼のことでもないだろう。

これは、ユダヤ教の教会シナゴク（Synagogue）に解釈の鍵がある。シナゴクは「会堂」のことであり、〈祈りの家〉だけではなく、〈学びの家〉の意味もある。つまり、ユダヤ人にとって、シナゴクは〈学校〉なのである。

エリーゼの腸の長さは

さて、最後に、エリーゼがユダヤ人であることを意識しながら、『舞姫』という枠を取り払ってみよう。

すると、興味深いのは、鷗外がドイツ滞在中に書き上げた『日本兵食論』と『日本の食物問題』である。

『日本兵食論』は、海軍が先に洋食に踏み切ったことを契機に、陸軍の兵食をどうするかの問題である。陸軍の内部にも海軍に同調した方がいいとの声も出始めていた。脚気予防に効果があるというのである。しかし、陸軍の基本的な姿勢としては、金銭的な理由から米食を堅持したかった。つまり、米食も可の結論が先にあって、これを医学的な見地から立証するのが、陸軍軍医森林太郎の仕事であった。そして、もちろん『日本兵食論』の結論は、日本人は米食と根菜でよしなのだ。これは大澤謙二の実験報告『麦飯の説』をもとにして、米の蛋白の方が消化吸収率がよいを論拠にしている。しかし、大澤の数字はループネルの発表した数値で、測定の対象はヨーロッパ人である。

しかし、明治二十年に書き上げた『日本の食物問題』になると、『日本兵食論』をやや一般化しながら、それを拾遺する形をとっている。というのは、既に大澤が日本人の体でループネルと同じ実験を完成させ、その数値を発表しているからである。大澤の実験結果によれば、米の消化吸収率は、日本人の方がヨーロッパ人よりも更に良いのである。鷗外はここにショイベの解剖学的な確認を付加して、数千年来蔬食を続けている日本人の方が、肉食人種のヨーロッパ人よりも「腸が長い」からではないかと見ている。

ここで、面白いことに気がつく。ヨーロッパ人の中にも、宗教的な問題から、あまり肉食をしない民がいるということだ。これは、もちろんユダヤ人のことである。彼らは豚をまったく食さないし、牛や羊の肉もまれにしか口にしない。また鳥の肉にしても、口に入れられるのはニワトリや七面鳥など七種類に限られている。海や川のものにしても、鱗と鰭を有していることが条件だから、イカ、タコ、エビ、カニなどは外れる。これに対して、野菜・果物類は、概して禁制に触れない。蜂蜜なども花粉が変化したものと解釈して食す。それどころか、聖書にはイスラエル民族の先祖が、菜食主義者であったことを匂わす部分があちこちに見られる。

では、ユダヤ人の腸の長さは、どうであろうか。彼らはヨーロッパに住みながら、日本人と似たような食事をしている。鷗外が興味を持たない訳はないだろう。

しかも、この『日本の食物問題』は、カルルスルーエへ旅立つ十日前に、ベルリンで（それもクロステル街に下宿していたときに）書き上げたのだ。この時期を考慮しながら、エリスのモデル問題に触れると、刺激ある結論が出るのではないだろうか。

たとえば、ミュンヘン時代の鷗外はわざわざ菜食主義のレストランへ出かけているのだ。ところが、醬油を使ってない野菜料理に辟易した。このため『独逸日記』には「素食教」とか「妄説」とか、菜食主義への罵詈雑言が言いたい放題書きつらねてある。

この二つの時期の見解の差異に注目したい。

「白人ばら」について

もう一つ、『舞姫』の枠を外してみる。鷗外は『うた日記』の中で、盛んに「白人ばら」と連呼し、白人に反発心を剝き出しにしている。また、ナウマンとの執拗なまでの論争も有名である。さらに、『黄禍論梗概』では、「吾人は嫌でも白人と反対に立つ運命を持つて居る」とまで書き残している。

これまで研究者の間では、これらの白人に対する鷗外の感情とエリスのモデルに対する愛が矛盾しないか、の論議があった。そこで、多くの研究者が、白人国家のエゴイズムと白人個人は別だ、と論評した。

しかし、今となっては、これも的はずれな議論だった。鷗外が憎悪を燃やす白人のエゴイズムは、鷗外の永遠の恋人であるエリスのモデルにも激しく注がれていたからである。というより、むしろエリスのモデルがユダヤ人であったからこそ、鷗外の白人に対しての印象が悪化したのかも知れない。

『舞姫』の行間に隠されたもの

さて、このように考えてくると、鷗外とエリーゼの結婚にとって最大の障害は、この人種問題かも知れない。もしエリーゼがドイツ人だったなら、当時の日本とドイツの関係からいっても、無理やり追い返すほどの差し障りがあったとは思えない。でも、彼女がユダヤ人だったとなると、情況は一変するのではないだろうか。とりわけ、義弟の小金井良精あたりから、森家にもドイツにおけるユダヤ人の地位が正確に伝えられたはずだ。それにしても、良精はエリーゼ説得の任にあたる直前まで、北海道でアイヌ研究に身を費やしていたという。この喜美子の話には、ある種の寓意が隠されていたのだろうか。

（一九八九年五月二十六日）

〔参考文献〕

＊長谷川泉『森鷗外論考』（S三七・一一、明治書院）
＊小堀桂一郎『若き日の森鷗外』（S四四・一〇、東京大学出版会）
＊竹盛天雄『鷗外　その紋様』（S五九・七、小沢書店）
＊山崎國紀『森鷗外――基層的論究』（H一・三、八木書店）
＊宮本忍『森鷗外の医学思想』（S五四・二、勁草書房）
＊八田恭昌『ヒトラーを生んだ国』（S六一・六、新潮社）
＊小辻誠祐『ユダヤ民族』（S四〇・五、誠信書房）
＊小谷瑞穂子『十字架のユダヤ人』（S六〇・九、サイマル出版会）
＊潮木守一『キャンパスの生態誌』（S六一・一一、中央公論社）

※本書に所収するにあたって、若干の加筆訂正を施しました。

原作『舞姫』への理由なき反抗

荻原雄一

映画『舞姫』を観た。眼を覆いたかった。そして、なんどもナンダコレハと呟いてしまった。もちろん、映画がその原作に忠実である必要はない。これは子がその親の生き方をなにもかもまねる必要がないのと同じことだ。しかし、理由なき反抗は、ジェームス・ディーンだけでたくさんだ。あとの不良作品は、太陽に吠えている連中にでも補導してもらおう。

まず、一度目のパトカー出勤。原作ではエリスの父親の職業は、〈仕立物師〉である。これを天下の不良少年篠田正浩監督は、〈左官屋〉に変えた。でも、〈左官屋〉にする必要がどこにあるのか。原作の〈仕立物師〉には、そうでなくてはならない意味があるのだ。

というのは、エリスがユダヤ人だからである。これはファミリー・ネームのワイゲルト（Weigert）が証明する。このほか、ヴァイゲルト〈綴りはワイゲルトに同じ。ただし映画でエリス・ヴァイゲルトと名のらせるのは、（これまた理由なき反抗）も、ヴイーゲルト（Wiegert）も、ヴァイゲル（Weigel）も、ヴィーゲル（Wiegel）も、その源はヴァイカントで、これらはすべてユダヤ人のファミリー・ネームである。たとえば、ナチスに迫害された劇作家ブレヒトの奥方は、ヘレーネ・ヴァイゲルといい、ユダヤ人である。そして、当時ドイツなど東ヨーロッパに住みついたユダヤ人のほとんどは、アシケナージ系で、その肉体的特徴は短頭（Brachy-cephal）であり、大黒顔である。この彼らのうちの貧民階級の代表的な職業が、靴屋（豊太郎が天方伯のお供で魯西亜《ロシア》にエリスの家から出掛けるとき、鍵を預けたのが靴屋なのは偶然ではない）であり、指物師であり、この〈仕立物師〉なのだ。ぼくたちは『屋根の上のヴァイオリン弾き』を思い出すべきである。魯西亜《ロシア》に住むユダヤ人の主人公ティエベの娘婿に、ミシン一台をやっと手に入れた〈仕立物師〉がいたではないか。あの貧しさである。また、国際的な美人女優エリザベス・テーラーは、ユダヤ人である。

つまり、鷗外はユダヤ人という単語を使わないで、ユダヤ人の〈香り〉を作品のあちこちにばらまいたのだ。このエリス＝ユダヤ人論は「解釈と鑑賞」に詳説しているので重複を避けるが、ここで重要なことは〈香り〉をばらまくくらいなら、どうして〈実体〉を活写しなかったのか、である。あるいは、ユダヤ人だとはっきり書けない理由があるのなら、〈香り〉などという曖昧なこともいっさい作品から取り除くべきだろう。これをそうしないのは、『舞姫』が作者にとって青春の記念碑的作品だからである。

このように原作の〈仕立物師〉には、ギミック（秘密の仕掛け装置）とも言えそうな意味があった。しかし、映画の〈左官屋〉には、それに匹敵するなにものもない。篠田監督の理由なき反抗は軽率すぎた。

二度目のパトカー出動。原作の豊太郎は、ドイツの大学で政治学や法学を学んでいた。これを映画では医学生とした。豊太郎に鷗外のイメージを重ね合わせて、リアリティー色を濃くしたかったのか。

しかし、これは完全に裏目に出た。というのは、後半になって天方伯が相澤謙吉の仲介で、豊太郎に舌人（通訳）

や翻訳の仕事を二つほどさせたあと、自分と共に帰国しようと誘うのだが、その言葉がなんと「きみには外交官の素質がある」なのだ。

また医学生ならば、相澤謙吉から二人分の旅費を借りればいい。そして、エリスをつれて帰国すれば、開業医への道などいくらでもあるではないか。

三度目のピーポー出勤。映画の豊太郎は、上官に呼びつけられて、ミュンヘンへ行って兵食の研究をして来いと命ぜられる。すると、豊太郎は帽子を脱いで、あっさりと自ら陸軍を辞めてしまう。「DODA《デューダ》」というわけだ。これには、びっくりした。映画の豊太郎は鷗外と同じで、出国の際に明治天皇から直接励まされている。つまり、映画の豊太郎は天皇よりも女を選び取ったのだ。というと、今ではカッコイイという黄色い声も聞こえて来ようが、明治のこの時期だったら、どう考えてもただのわがままだ。それに兵食の研究はつまんない仕事ではない。鷗外は留学してすぐに「日本兵食論」を書き上げ、ベルリンではそれを補足する形で「日本の食物問題」を仕上げて、日本へ送付している。その結果陸軍では、洋食に踏み切った海軍とは袂を連ねず、米食の維持を決定するのである。つまり、陸軍史に残る大きな仕事である。もとより、映画の豊太郎は、ミュンヘンへ行くべきなのだ。そこで今までどおり陸軍から留学費用を頂戴して、エリスとその母をミュンヘンへ呼び寄せれば、それですむことだ。映画の豊太郎は「ぼくはドライではありません」なのだろうが、いまどきのこどもよりも世故に長《た》けていない。だいいち、自らの意志で軍医を辞してエリスの愛をとった男が、なんで天方伯からたかが外交官をちらつかされただけで心が揺らぐのか。性格と行動に一貫性が見られないではないか。これでは、誰も映画の豊太郎に感情移入ができない。

そこへいくと、原作の豊太郎は噂のために免官されるのであって、自らの意志で辞めたりはしなかった。しかも、彼は一週間以内に帰国するなら旅費を出すと言われるのだ。そして、帰国するか、エリスの愛をとるか、それを決めかねているうちに、母の死亡通知を受け取ってしまうのだ。つまり、母一人子一人だった彼は、帰属する場所を喪失してしまうのだ。このため、原作の豊太郎は自らの意志ではなくて、なにか眼に見えぬ大きな力で、ベルリン滞在を余儀なくされる。これなら、天方伯の誘いにただ頷いても、その性格と行動にそれなりの統一性があると言えるだろう。

最後のパトカー出動。原作のラストは悲惨極まりない。エリスは妊娠したまま精神病院へ入院してしまい、豊太郎はそれを捨てるのだ。ところが、映画のエリスは自分の不注意で階段から転げ落ちて流産するだけである。つまり、気は確かである。しかも、相澤謙吉は彼女の母親に四千マルクもの慰籍料を手渡している。これなら母娘揃って来日して、豊太郎の家の前にでもあてつけに住めばいい。彼女の日本への道は、原作が注意深く鎖《とざ》したのとは違って、洋々と開かれているのである。

以上が、篠田監督の理由なき反抗である。しかし、それにしてもヒロインのボリュームは圧倒的だ。存在感が強すぎる。人選誤謬。

（一九八九年八月）

参考　この篠田監督の映画『舞姫』は、二〇〇一年一月一日現在、多くのレンタル・ビデオ屋の棚に置いてあります。この拙論を読んで下さったあと、どうぞ、（もう一度？）ご観賞下さい。

「エリス」再考——五歳年上の人妻だったのか

荻原雄一

「百年ロマンス」を見なかった読者のために

一九八九年五月七日に、テレビ朝日系で「百年ロマンス」と題して、エリスのモデル捜しを行った。これは、カール・ヴァイゲルト博士の周辺を洗い直すことから始まった。彼は鷗外留学当時のライプチッヒ大学の病理学研究所の所長代理である。また病理学研究所と鷗外の衛生学研究所とは同じ建物であり、さらにカール博士はその建物に住み込んでいて（当時のドイツの大学には、この種の異常とも言えるくらい研究熱心な教師が多かった）、衛生部の建物デレクター（管理人のことか）も兼ねていた。そして、カール博士は顕微鏡を使う自分の姿を記念メダルのデザインにしている。ところが、鷗外もライプチヒの大学留学中に顕微鏡を購入している。それも年間給費料の八分の一の五百マルクも支出してである。さらに、カール博士は魅力ある研究で、多くの学生を集めていたという。状況としては、かなり高い確率で、鷗外はカール・ヴァイゲルト博士と出会っていただろう。当時のドイツの大学は、フランスやイギリスの大学が人格の向上を第一目標にしていたのと異なって、学問研究が第一だった。このため、前述のように研究熱心な教授は大学の建物を宿舎にして、学生と寝食を共にしながら実験を手伝ってもらうなどという毎日であったらしい。おそらくカール博士は、このタイプだ。

しかし、「独逸日記」には、カール・ヴァイゲルトの名前は一度も登場しない。彼の次の所長のビルヒ・ヒルシュフェルドの名前は、三度も登場するのにである。長谷川泉氏によれば「独逸日記」は漢文で書かれた「在徳記」を改稿して公表したもので、その際エリーゼ関係の記述をいっさい削り取ったという（また後日に加筆した部分もあるという）。すると、カール・ヴァイゲルトの名前が一度も登場しない不自然さは、彼がエリーゼの関係者だからではないか。

テレビ朝日は、まずこのように推論した。結果、カール・ヴァイゲルト博士の従妹に、エリーゼ・ヴァイゲルトなる女性が存在したことを見つける。しかも、彼女は結婚したあとベルリンに住んでいた。テレビ朝日はベルリンにとんで、彼女を追跡調査すると、以下のことが判明する。

彼女は東ベルリンのシェーン・ハウザー・ユダヤ人墓地に埋葬されていた。といっても、彼女の墓石はなく、夫のリヒャルド・ヴァイゲルトと義父のヘルマン・ヴァイゲルトの墓石の間に埋葬されたはずだという。そして、彼女の埋葬申告書を見つける。これによると、エリーゼ・ヴァイゲルトは、一八五七年フランクフルト生まれで、一九三三年死亡。つまり、鷗外よりも五つ歳上である。さらに、一八八〇年に結婚していて、子供が二人、髪は黒髪であることが判る。

また、彼女がベートウベン通りに住んでいたことが判り、そのことから息子の嫁のヘルタ・ヴァイゲルトと孫のホルスト・ヴァイゲルトが存命していることも判り、彼らの貴重な証言を得られる。

エリーゼ・ヴァイゲルトは、結婚前の名前をエリーゼ・メイヤー・フルダといい、大銀行家の娘。結婚当初から月一回の文学サロンを休むことなく第一次世界大戦前まで主催し、そこでエリート将校たちにチヤホヤされていた。しかし、夫は実業家タイプで、エレガントを好む彼女とは対照的であった。また、彼女はエリスと呼ばれていて、一枚の彼女の写真には〈Elis〉というサインまで残っている。しかし、現在のドイツでもエリーゼをエリスと呼ぶ習慣は皆無で、これは特殊なケースだという。さらに注目すべきことに、彼女は日本びいきで〈日本の間〉なる部屋を所有し、そこには日本製と思われる品々を所狭しと並べてあった。夫のリヒャルドはクロステル街84番地で大きな毛皮店「シュナイダー商会」を営んでいたが、鷗外のベルリン二番目の下宿はクロステル街97番地で、その二つの場所は一二〇メートルしか離れていない。

このような情況証拠から、テレビ朝日では推論と断わりながらも以下の結論を下す。

鷗外はカール・ヴァイゲルトの紹介によりエリーゼ・ヴァイゲルトの主催する文学サロンに通い始め、そこで二人に恋が芽生えた。すると、鷗外の下宿が、彼女の夫の店に近過ぎる。このため、鷗外は帰国の三カ月前に、端から見ると意味の判らないベルリン三度目の引っ越しを敢行する。またこれまで研究者の間でいちばんの関心事だったエリーゼの来日費用も、お金持ちの夫人である彼女自身が出費した。このため、彼女は一等客室で横浜にやって来た。さらに、エリーゼをドイツに追い返すかどうかという際に、生涯の親友賀古鶴所にあてた問題の書簡の「其源ノ清カラサルヿ故ドチラニモ満足致候様ニハ収マリ難ク」という文面の「其源」は、エリーゼが人妻であることを指す、とまとめ上げた。

「Miss」は「miss」ではない

一応、筋が通っている。とくに、ミセス・エリーゼ・ヴァイゲルトのニックネームがエリスだったり、彼女が〈日本の間〉を持っていた事実は衝撃的だ。この彼女が『舞姫』のヒロイン・エリスのモデルで、鷗外を慕って来日した女性その人である、と思い込んだ視聴者は多かったはずだ。数日後の「朝日新聞」には、「エリスが黄金色の髪の可憐な少女でなかったのはがっかりだ」という主旨の投書が掲載されたほどだ。

ただ、番組のうちでも、自らの「五歳年上、人妻説」に幾つかの疑問点を投げかけていた。まず、エリーゼが来日する際の、香港と横浜の新聞に載った乗船名簿である。香港の新聞「China Mail」（一八八八年九月五日号）に、Braunschweig号の船客として「For Yokohama. Miss Elise Weigert」と記してあるのだ。また、横浜にGeneral Werder号で入港した際にも、「The Japan Weekly Mail」に「Miss Elise Wigert」と記載されている。「Weigert」と「Wiegert」の違いについては後述するとして、今ここで問題なのは両紙が共に「Miss」と活字を組んでいる点である。人妻が、なぜ「Miss」なのか。

これについて、テレビ朝日は番組の中で、金山重秀氏の口を借りて、次のように説明している。記者や船員など、ドイツ語の知識のない者が仲介したなら、フラウとフロイラインを間違えても不思議はない、と。

しかし、Braunschweig号もGeneral Werder号も共にドイツ船なのである。ドイツ船には、当然ドイツ人の船員が多い。その彼らがフラウとフロイラインを間違えるだろうか。

これに関して、当番組を制作したテレビ朝日の田中利一部長待遇は、一九八九年五月二十四日に局内で筆者と意見の交換をしたとき、以下のように口述された。ミセス・エリーゼ・ヴァイゲルトは、実家ではフランス語を日常語として育った。だから、この二つのサインも、フランス語で書いたはずだ、と。

この彼らの推理には、やはりずいぶんと無理がある。まずだいいちに、ドイツ（ブレーメン港）からドイツ人船員の多いドイツ船に乗ったアシケナージ系ユダヤ人（つまりドイツ人）の彼女に、どうしてわざわざマダムとかマドモアゼルとかフランス語で冠をほどこす必要があるのか。

第二に、船員でも新聞記者でも構わない。仲介者の彼らは、職務として日常的に乗船名簿を取り扱っていたはずだ。この彼らが、フラウとフロイライン、マダムとマドモアゼルの違いも知らないで、仕事になるのだろうか。それに、当時は今ほど英語が共通語として君臨していたわけではない。

また、キリスト教社会において（ユダヤ教社会ならもっと）、一夫一妻制は厳格に守られている。このことは、西洋史を紐解けば、容易に知れる。権力ある皇帝でも、離婚から再婚というパターンさえ認められずに、法皇とあの手この手で争うではないか。つまり、この一夫一妻制の厳守から生じたのが、ミセスとミスの区別なのだ。このため、ヨーロッパ人は、とりわけ今と違って当時のヨーロッパ人は、ミセスかミスの問題をいいかげんに取り扱ったりはしない。

しかも、香港と横浜という別々の場所で、別々の仲介人が、別々の新聞紙上に、同様の間違いをしたとは、どうにも納得できない。どちらか一紙だけが「Miss」となっていたのとは基本的に違うのだ。

それでも、二紙が同様の間違いを犯す可能性を探ってみよう。それは、彼女がイッディシュで話していたときのみ考えられる。イッディシュは、ドイツにいるユダヤ人（このほとんどがアシケナージ系）が、日常語として用いる言葉だ。これは、本来のドイツ語にヘブライ語が混じっていて、独特の訛りがある。また、文字にしても、ヘブライ・アルファベットで綴る。もし彼女がこのイッディシュを用いて質問に答えたならば、香港と横浜で同時に間違うことも考えられよう。

しかし、テレビ朝日は、来日した彼女が大金持ちで、教養もある、ミセス・エリーゼ・ヴァイゲルトである、と主張しているのだ。このユダヤ人の女性は、ドイツ語どころか、フランス語だって日常語として使えるというのだ。それならば、なぜ彼女はわざわざドイツ船でイッディシュを用いたのか、蔑視されるだけではないか。

やはり、両紙ともが「Miss」と活字を組んでいるのに、来日した女性を既婚者だと主張するのは無理があろう。

船客名簿から

この無理は、エリーゼの帰国時の船客名簿を調べれば、いっそうはっきりする。

明治二十一年十月十七日の香港行の General Werder 号の船客名簿が、「The Japan Weekly」(Oct. 20. 1888) に掲載されている。そこには「Miss Wiegert」と組まれている。そして、この船は翌日神戸に入港するが、ここでの船客名簿は「The Hyogo News」(Oct. 19. 1888) に掲載されていて、「For Genoa Miss Wigert」と記されている。さらに、香港ではこれまたドイツ船Neckar号に乗り換えたが、このときも「The China Mail」(Oct. 29. 1888) に「From Japan: for Genoa Miss E. Wigert」と記載されているのだ。

つまり、これら三紙ともが揃って、「Miss」なのである。これらすべてを船員や記者の無知からくる間違いに帰せられるわけがない。

また、この三紙ともが「Weigert」ではなく、「Wiegert」であることは、注目しておきたい。

ミセス・エリーゼ・ヴァイゲルトか

次に、もう一つの疑問点である。それは、ミセス・エリーゼ・ヴァイゲルトの家族の誰もが、彼女が日本へ行ったという話を聴いていない点である。

これも妙ではないか。もしミセス・エリーゼ・ヴァイゲルトが鷗外を追って来日したその人ならば、ドイツを出国した七月二十五日から、離日した十月十七日までで、すでに八十五日も経過している。これに帰路の日数四、五十日を足せば、四カ月以上もドイツを空けていたことになる。

この長期間の留守に際して、二人の子供はどうしたのだろうか。いや、食事は問題ない。ユダヤ教徒はユダヤ教徒の調理したものしか口に入れないが、彼女の家にはユダヤ人のコックやメイドがいただろう。しかし、精神的な諸問題はどうしたのだろう。

これにもまして、夫のリヒャルド・ヴァイゲルトには、なんて言って出て来たのだろうか。日本に九谷焼を買い付けに行って来るわ、ではとうてい済まないだろう。だいいち、鷗外がいつ日本へ帰るのかは、彼女の文学サロンでは周知のことだったろう。それと時を同じくして、彼女が日本へ旅立ったなら、誰だって二人を結びつける。夫の耳にだって、当然届くはずだ。もし彼女が日本以外の国へ旅すると言って出たとしては、それはたいへん苦しい言い訳だろうし、日本のみやげは買って帰れない。

いや、それどころではない。鷗外を追って来日した女性は、鷗外と結婚するつもりで来ている。このため、森家が彼女を追い返すのに、一カ月以上も要したのだ。ということは、彼女は日本に永住するつもりで来ている。ドイツという国はもちろん、夫だって、子供だって、サロンだって、なにもかも捨てるつもりで来日したのだ。言い換えれば、夫や子供と永遠に別れるつもりで家を出たはずだ。つまり、彼女が日本へ行くことを言い訳する必要なんか皆無なのだ。夫や子供に、きちんと別離宣言をして来ればいい。それをなにも言わないで、ふいに家を出て、永遠に帰らないつもりだったのか。

どうにも納得しかねる。しかも、彼女の月一回の文学サロンは、一度も休むことなく続いたという。四回も五回も連続して休会にしたら、かなり目立つはずだ。その理由だって、サロン仲間の口端にのぼるに違いない。

そこで、テレビ朝日の田中利一氏は、当時のベルリンのスキャンダル雑誌を片っ端から調べたそうだ。しかし、このサロンの女王と日本人留学生との醜聞は、ついに見つけられなかったという。

〈日本の間〉について

このへんの不自然さをもう少し追求してみよう。

もしミセス・エリーゼ・ヴァイゲルトが森家に追い返されたその人だとして、彼女はどのような四カ月のブランクを埋めて、元の鞘におさまったのだろうか。夫に泣いて謝まったのか。夫は彼女の頬の一つもはたいて（などという蛮行は日本男児だけか）、彼女の〈罪〉を許したのだろうか。

いずれにしろ、帰国してやっと元の鞘におさまったはずの彼女が、堂々と〈日本の間〉などという部屋を作れるだろうか。〈日本の間〉に所狭しと森鷗外に繋がる品々を置いておけるだろうか。

あまりにも盗人猛々しいではないか。テレビ朝日は〈日本の間〉の存在を聴いて、森鷗外とミセス・エリーゼ・ヴァイゲルトとをより強く結びつけたようだ。しかし、これは逆ではないのか。〈日本の間〉の存在は、二人の関係が特殊な男女関係ではなかったことを、いわば〈清ラカナル〉関係であったことを示す証拠ではないのか。

夫の墓は沈黙する

それとも、リヒャルドとエリーゼの夫婦仲が冷え切っていたのか。娘や孫の証言にあるように、夫は仕事一筋のいわゆるドイツふうの現実派で、妻はフランスふうのエレガントに憧れる精神世界で遊ぶタイプなので、両者は互いに憎しみ合い、軽蔑し合っていたのか。このため、エリーゼは何喰わぬ顔で家庭に戻り、悪びれずに日本の間を作ったのか。しかし、これほど夫婦仲が冷え切っていたのなら、どうしてエリーゼが夫の墓の隣に埋められているのだろうか。

これも、もしエリーゼが夫よりも先に亡くなったのならば、まだわかる。じつは夫の方は彼女を愛していて——、という仮説が成立するからである。

ところが、リヒャルドはエリーゼよりも二十六年も早く、一九〇七年に他界している。いくら一夫一妻制の堅固な宗教でも、片割れが死亡すれば、再婚だって可能なのだ。それなのに、どうして五十歳のときに独身に戻ったエリーゼは、再婚もしなかったのだろうか。そして、七十六歳のときに、いくらでも回避する方法はあったろうに自らの意志で、永遠に眠る場所を夫の隣と定めたのだ。このエリーゼの心は、なにを語っているのだろうか。

ミセス・エリーゼの墓はどこか

また、ユダヤ教では、どちらか一方でも過ちを犯した夫婦は、一緒の墓に入れない。エリーゼが、夫のリヒャルドと義父のヘルマンに挟まれて永眠している限り、鷗外との恋愛を考えることはできない。

ただ、エリーゼの墓石が画面に映らなかった。これは女性だからか。義母の墓石が映らなかったのと同じ理由か。

あと一つ、どうしてエリーゼの埋葬申告書は、別のユダヤ人墓地、ヴァインゼンゼー・ユダヤ人墓地で見つかったのか。夫や義父の埋葬申告書も、そこにあったのか。番組では、この点についてはなにも触れていない。

そこで、別の仮定をしておく必要があるだろう。もしエリーゼの墓が夫の隣になかったら、どういうことになるか、だ。これはエリーゼが過ちを犯した婦人である可能性が大となった、ということである。しかし、これ以上の断定は慎まねばならない。つまり、彼女の過ちの相手が、森鷗外その人だと断定する証拠には所詮ならないからである。

ミセス・エリーゼは何者か

では、いったい鷗外とミセス・エリーゼとは、なんら関係が無かったのだろうか。

そんなことはあるまい。彼女はエリーゼ・ヴァイゲルトという本名と、エリスというニック・ネームを合わせ持っているのだ。これを偶然だ、ではとても片付けられない。

それに、彼女のイトコには、カール・ヴァイゲルト博士がいるのだ。どう考えても、カール博士からミセス・エリーゼ及びそのサロンへ、鷗外のために一本の糸が繋げられたはずだ。

しかし、ミセス・エリーゼは日本には来ていない。

これは、どういうことだろうか。

五歳年上、人妻か

ここまでは、テレビ朝日の「百年ロマンス」の主張をまとめながら、その根拠としていた〈事実〉を別の角度からも検討してみたものだ。その結果、エリスのモデルが「五歳年上、人妻」であるというテレビ朝日の推理には、首を傾げざるを得ない点も多々あることが判った。

ただ、議論というのは、常に互いの〈推論〉を闘わせることから始まる。つまり、〈推論〉が議論の基点である。そこで、これからぼくは自分の〈推論〉を披瀝してみたい。

もうひとつの〈推論〉

まず、若い鷗外の性格である。若い鷗外は対女性となると、いたって内気である。『ヰタ・セクスアリス』を思い出してもらいたい。十七歳のとき、〈ぼく〉はよく通る古道具屋の娘を気に入る。しかし、人力車を停めて話しかけることもせずに、〈秋貞〉とその屋号を心の中で呟いているだけだった。また、二十歳のときである。霽波《せいは》が行く先を隠して、〈ぼく〉を廓へつれて行こうと人力車をつらねると、途中でそれに気づいた〈ぼく〉は、脱走を試みるではないか。

この〈ぼく〉がそのまま鷗外かどうかは論議の余地があるだろうが、性格は鷗外のものだ。そして、この性格はドイツへ留学してからも変わっていない。

というのは、鷗外は問題のベルリンで、二度も下宿を取り替えた。その中で最初のマリイ街の下宿を、たったの一カ月で逃げ出している。しかも、そこは友だちがうらやましがるほどの広さを持ち（番組の中で、篠田監督と郷ひろみがそこを訪ね、同種の感想を洩らしている）、鷗外自身も気に入っていたのにである。なぜか。女である。戸主ステルンは未亡人で、年が四十くらい。その姪にトルウデルという少女がいた。「共に浮薄比なく、饒舌にして遊行を好み、常に家裡に安居する程ならば、寧ろ死なんと云へり」鷗外は『独逸日記』にこう記している。鷗外の嫌いな女性の夕イプだと思っていい。嫌いなタイプだから言葉は鋭いが、要するに外交的で派手好きで誰にでも（外人にでも）気易く口をきく、ものおじしないタイプなのだろう。しかし、このタイプの女性は、サロンの女王には多いのではないか。

「且十七歳のトルウデルの夜我室を訪ひ、臥床《ねどこ》に踞《きよ》して談話する抔《など》、面白からず」とあり、さらに「二女は固《もと》より悪意あるにはあらず。又其謀《はか》る所は一目して看破すべし」と続く。要するに、十七の娘に夜毎ベッドを占領されて迫まられたので、肉体を持った〈生《なま》の女〉にはウブい鷗外は、気に入っていた下宿なのに、たったの一カ月で引っ越すのである。

そして、二度目の下宿がクロステル街なのである。鷗外はこの情況下で、ミセス・エリーゼとの不倫の愛に走るだろうか。エリーゼの文学サロンには、ドイツのエリート将校も集まっているではないか。サロンの女王との不倫の愛がばれたら、その夫に対してだけなはなく、それこそ陸軍関係において不幸な事件となるのは必須だ。それを十七の娘に迫まられて逃げ出した直後の、女から迫まられてもダメで自分からも積極的には声を掛けられない男が起こす事柄なのだろうか。

鷗外の恋愛には、仲介人が必要ではないか。

〈文学サロン〉について

ここで、ふたたびサロンが問題になる。サロンの特質を知れば、鷗外とエリーゼとの関係もはっきりする。エリーゼの文学サロンには、彼女がお気に入りの若い芸術家やエリート将校たちが、多勢集まったという。彼らの中の既婚者は、その伴侶をつれて来ることもあったろう。しかし、サロンは、いわゆるパーティーとは違う。自分の同伴者を見せ合う場所ではない。だいいち、エリーゼの夫のリヒャルドだって、ほとんど顔を出さなかったではないか。それに、若い芸術家は貧しい。未婚者も多い。その彼らが恋人をつれて出席するのは、たとえエリーゼと恋愛関係が生じていなくても、やはりばつが悪いだろう。つまり、サロンはどうしても男の人数が多くなる。そして、もちろんこの才能ある若い男たちは、エリーゼをサロンの女王としてチヤホヤする。これはエリーゼ自身が、当然欲っしていた空気だ。しかし、いくらエリーゼが女王で、周りはみな彼女のお気に入りの男たちでも、彼女一人で多くの男たちをこなせるものだろうか。サロンには、それこそフランスふうのエレガントな雰囲気が必要なのだ。つまり、〈小さな草の華〉が何本か必要なのだ。そこで、サロンの女王は自分が気に入った、自分の言う事をきく、それでいて美しい小娘を見つけて来る。もちろん、エリーゼの場合には、自分と同じユダヤ人の少女だろう。といって、友人や親戚の娘だと、気遣いも面倒だし、人数に限り（年齢に上限と下限があろう）もある。では、どうするか。貧しいユダヤ人の娘には、歌手や踊り子といった芸能関係の仕事に就く者が多い。つまり、彼女たちは芸術に興味があって、顔やスタイルも美しく、その上ユダヤ人の小娘なのだ。彼女たちを放っておく手はない。彼女たちに、月に一度のコンパニオンを頼めばいい。また、コンパニオンの側にしたって、サロンはいいアルバイトではなかったか。サロンへの出席者は身許のはっきりした紳士ばかりだし、芸術的な雰囲気もあるし、美しいドレスだってエリーゼ夫人が買い与えてくれるだろう。

かくして、サロンには〈小さな草の華〉が誕生するのだ。

そして、三十代のサロンの女王の掌の上で、若き芸術家たちと〈小さな草の華〉たちとの恋愛も盛んだったのではないか。

〈小さな草の華〉説

ここで、一つの推理を提言する。舞姫のエリスのモデルであり、鷗外を追って来日した少女は、エリーゼのサロンの片隅に咲いた、この〈小さな草の華〉のうちの一人ではなかったのか。

女王冥利

鷗外とこの〈舞姫〉が恋におちたら、サロンの女王はどうするだろうか。自分のサロンから、人種を越えた恋愛が芽生えたのである。しかも、男の方は、三十一歳になる自分よりも五つも若い。二十六歳の異邦人である。三十を過ぎた女性にとって、二十代半ばの男性は弟と同じように、いやそれ以上にいとおしい存在だろう。なにかしてあげたい、のだ。これは同じ五つ違いでも、四十六歳の女が四十一歳の男に感じるものとは異質だ。また、この〈小さな草の華〉は、もとよりエリーゼのお気に入りだ。サロンを開催していて、自分の掌上の二人の恋愛ほど、女王冥利につきるものはないだろう。エリーゼは惜しみなく二人を応援したはずだ。

〈E〉の位置

さて、ここにこの推理を〈推定〉の域にまで押し上げてくれる物証がある。それは「百年ロマンス」の中で、エリーゼの遺品として画面に映し出された〈九谷焼〉のお皿である。

このお皿の裏側に、記号が書きつらねてあり、番組では解読不能とされていた。これを今から解いて、先の物証としたい。

まず、図版1の九谷焼のお皿の裏側へのサインだが、これは漢字を読めない者が記入したものだ。というのは、〈九谷焼〉の文字を斜め逆さまに読んでいるからである。もし日本人ならば、恰好をつけて斜めにしても、逆さまにはしない。

そして、左側の〈M〉と右側の〈A〉は手書体《スクリプト》で書かれており、文字の大きさもつり合っていて、中央の横線で結びついた一対のものである。記入した者も、同一人物ではないか。

それに比べて、〈九谷焼〉の文字に沿って斜めに記されている三つの文字は、いずれも活字体である。そして、中央の横線で停止している上部の斜め線と平行する態となっている。また、この三つの活字体は、左右の手書体《スクリプト》よりもあとで書き込まれた可能性が高い。というのは、その平行する斜線が中央の横線よりも短いこと、その中央の横線を基準にしているからこそそこで停止していることなどの理由で納得できよう。だいいち、先に斜線を引いて、その周りに三つの活字体を配置した図、つまり中央の横線と左右の二つの手書体《スクリプト》を取り除いた図を想像してみればいい。これはいかにも不自然ではないか。

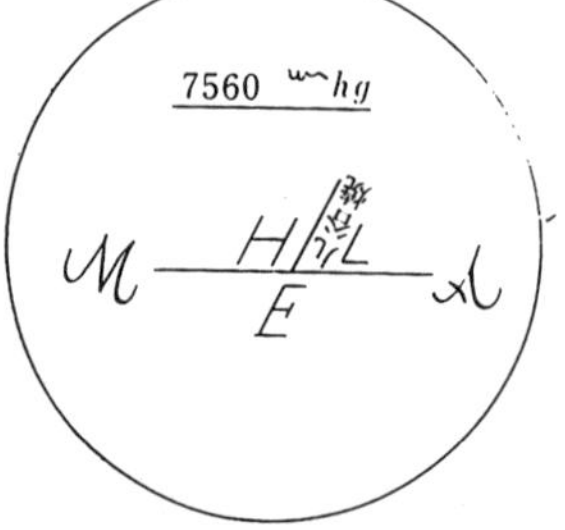

図版1　九谷焼のお皿の裏

L.W.Schneider & CO
H.Weigert
Import-Export
Gegr 1823

図版2　シュナイダー紹介の看板

さて、文字解きに移る。最も判じ易いのは、左の手書体《スクリプト》〈M〉であろう。これは言うまでもない。森林太郎の〈M〉だ。

すると、彼と対になっている右の手書体《スクリプト》〈A〉は、誰であろうか。少なくとも、ミセス・エリーゼ・ヴァイゲルトではない。

それどころか、エリーゼを示す〈E〉は活字体で、しかも〈M〉と〈A〉を繋ぐ中央の横線のまん中下にあるではないか。このことは重要だ。なぜならば、もしエリーゼが鷗外の恋愛相手なら、絶対にこの位置に〈E〉が書かれることはないからだ。つまり、〈E〉は〈M〉と〈A〉を繋ぐ糸のまん中に位置しており、これがとりも直さず鷗外の恋愛におけるエリーゼの位置なのだ。

では、〈E〉と同時に書かれたと思われる、斜線の左右の活字体〈H〉と〈L〉は、いったい誰か。〈H〉はシュナイダー商会の創始者、エリーゼの義父、ヘルマン・ヴァイゲルトであろう。

難問は〈L〉であった。エリーゼの夫のリヒャルドは、英語ふうに発音すればリチャードで、イニシャルは〈R〉である。

ところが、〈R〉はドイツにいるユダヤ人が使うイッディシュでは、あまり強く発音しない。〈リヒャルド〉は〈イヒャルド〉と聴こえる。そこで、〈リヒャルド〉ときちんと発音してもらいたいのならば、〈R〉の替わりに〈L〉を使うのだ。

図版2を見て戴きたい。これは「百年ロマンス」で、孫のホルストが手にしていた、シュナイダー商会の看板である。二行目のH. Weigertは創始者の義父として、一行目の〈L. W.〉のイニシャルはなんだろう。これこそ、エリーゼの夫である、リヒャルド・ヴァイゲルトではないか。つまり、リヒャルドは少なくとも商売用には〈L〉のイニ

シャルを用いていたのだ。そして、この〈H〉を向かって左に、〈L〉を右に配置するのは、二人の墓石の並び方と同じである。

解読完成

九谷焼のお皿の文字の解読をまとめよう。鷗外の恋愛相手は、謎の少女〈A〉である。そして、この若い二人に出会いの機会を作り、二人の恋愛を物心両面で援助したのが、サロンの女王のエリーゼである。さらに、このサロンを経済的に支えたのが、義父のヘルマンと夫のリヒャルドだ、ということになろう。

性格的にも

以上の人物配置が、若い鷗外の性格にも合っているのではないか。つまり、サロンの女王の応援があれば、女性には受け身的な性格の鷗外も恋愛が可能だし、相手の少女にしてもサロンの女王の言葉に受け身的だろうからマリイ街のトルウデルのような厚かましを、鷗外が感じずにすんだのだろう。

帰りは二等船室

しかし、鷗外は陸軍や実家から結婚の許可をとりつけないうちに、帰国することになる。こうなれば、ミセス・エリーゼ・ヴァイゲルトはもちろん、サロンをあげて、〈舞姫〉を応援するだろう。鷗外の実の妹の小金井喜美子が、エリーゼの来日を「留学生仲間にそそのかされて」と言うのも、このあたりと呼応するのではないか。

また、これまで問題にされてきたエリーゼの旅費の件も、当然ミセス・エリーゼ・ヴァイゲルトが手渡したのだ。

そして、香港から一等船室で来日したのも、エリートの森鷗外にふさわしい女性として見られたいからだろう。だいいち、ミス・エリーゼは帰路のGeneral Werder号では、二等船室を選んでいるのだ。この事実は、彼女の女心を痛いほど物語っているではないか。また同時に、もしこれがミセス・エリーゼ・ヴァイゲルトだったならば、どうして帰路は二等船室の客になるのか。

「タリ」の問題

さらに、〈エリーゼ仲人説〉を強化してみる。

鷗外と共に帰国した石黒忠悳軍医監に、帰路の日記がある。その明治二十一年七月二十七日の項に「今夕多木子報曰其情人ブレメンヨリ独乙船にて本邦ニ赴キタリトノ報アリタリト」とあり、前日の項には「本日森ノ書状来ル」と記録されている。

このなかで、「本邦ニ赴きタリトの報」と記載されていることに注目されたい。「本邦ニ赴クトノ報」では、決してないのである。この〈タリ〉は、完了であっても、存続であってもよい。いずれにしろ、その持つ意味は大きい。なぜならば、〈タリ〉が付加されていることで、多木子（＝森林太郎、木の字がその名に多いことから）の情人は、すでに旅立っていることを示すからである。つまり、彼女はもう船上の人である。手紙は出せない。

では、いったい誰が、どんな目的で、鷗外にこのことを教えたのか。

また、なぜこの日の鷗外の宿泊場所の住所を、あらかじめ知っていたのか。

つまり、二人の恋愛は秘密でありながら、ある人には知られていて、というよりも自ら旗を振って応援してくれる第三者の影が、見え隠れしているのではないか。

ただ、ぼくの〈推論〉にも、〈推論〉たるゆえんがないことはない。謎の少女〈A〉が、どうして乗船名簿にその本名を使わなかったのか、である。つまり、どうしてアンネとかアナとかアネッタとか、あるいはアントワネットとか、その本名のファースト・ネームやファミリー・ネームを記載しなかったのか、である。この点を説明できなければ、本論もテレビ朝日の「百年ロマンス」と同じただの想像が生んだ戯言になってしまう。

まず一つ目の説明。サロンの女王が自分の趣味で、若い二人の恋愛をあと押しして、少女に日本への路銀まで提供したのだ。この女王が、謎の少女〈A〉に自分のダミーとしてエリーゼと名乗ることを、鷗外にはその作品にいつか自分のニックネームを用いることを、約束させてもいいのではないか。

二つ目の説明。前述のように、来日する際の香港の乗船名簿以外は、すべて「Wiegert」である。謎の少女〈A〉は、自発的に恩人であるミセス・エリーゼ・ヴァイゲルトの名を感謝を込めてもじったのではないか。

三つ目の説明。当時、ドイツにいるユダヤ人にはパスポートが出なかった。しかし、金持ちのユダヤ人は、手に入れることができた。つまり、ミセス・エリーゼ・ヴァイゲルトは、資金援助だけではなく、パスポートも貸し与えたのではないか。他人のパスポートなら、〈I〉と〈E〉の順序を逆に覚えてしまう間違えも起こるのではないか。

こう考えるとき、鷗外が石橋忍月に応戦して「舞姫論争」を繰り広げた際、ペン・ネームを用いたことは、たいへん興味深い。しかも、その名は相澤謙吉である。相澤謙吉は、周知のとおり『舞姫』の中で、太田豊太郎とエリスの間に入って、重要な役割をする男の名だからである。

（一九九〇年一月）

※本書に所収するにあたって、若干の加筆訂正を施しました。

新『舞姫』論争

——ベアーテ・ウエバー女史に反論する

荻原雄一

舞台にエリスは居たか

ベアーテ・ウエバー女史が、本誌『鷗外』前号の56号に、「『舞姫——エリスのために』もう一度」と題して感想を寄せている。女史は伯林の「森鷗外記念館」の館長代理という要職に就いておられる方とのこと。ご多忙の中、大山勝美演出・加藤剛主演の舞台「『舞姫』——エリーゼのために」をビデオでご覧になったらしい。そして、感想、いや感想というよりも「本当に抗議しなければならない」と強く思われたという。

でも、女史の抗議は、演出の大山勝美氏にあてられたものである。だから、この劇の原作者としてのぼくは、対岸の火事を決め込んでも構わないのだ。むしろ、そうする方がおりこうさんなのだろう。だけど、女史が「本当に抗議しなければならない」と考えている大部分は、演出家の大山勝美氏よりも、原作者のぼくに向けられるべき事柄なのだ。きっと女史は原作『小説鷗外の恋』（立風《りっぷう》書房）をお読みでないのだろう。原作者としては、まことに哀しい。

しかし、ビデオを観ただけで、まったく誤解をしてしまい、しかもその誤解を礎に抗議までなさる女史も哀しい。せめて原作くらいは目を通してから、この種の文章は活字にするのがエチケットではないか。たとえば、女史の表題からして、もうすでに間違っている。あの劇のタイトルは、『舞姫』——エリスのために」ではない。『舞姫』——エリーゼのために」である。これは原作者にはそれこそどうでもいいことだが、「エリーゼのために」という副題には「エリスのために」とするのとは一味違うものが加味されているのではないか。つまり、これはベートベンの名曲の邦題「エリーゼのために」を下敷きにしている。(一応、あの劇の関係者である俳優座の古賀氏に確認をとったが、)こんなことは日本で生まれ育った者なら小学生でも気づく。でも、女史は外国人のようだから、ベートーベンの名曲の邦題までは、さすがにご存知ではないのだろう。仕方がない。このへんに、文学を含めた外国文化の研究の困難さがあるのか。これは、女史が大山勝美氏に向けて放った矢なのだが、どうやら矢ではなくブーメランだったようだ。外れたときは、御身に向かう。しかし、仕方がないでは済まされないのは、女史の研究者としての態度である。対象にしている作品のタイトルくらい正確に書けないものか。これは外国人もなにもない。ぼくが川端の専門家ではないと逃げたとしても、『伊豆の踊子』論」を『伊東の踊子』論」と表題を付けてしまったら、誰も本気で読んでくれないだろう。でも、これも仕方がないか。女史は「森鷗外記念館」存続の資金集めのために、多忙を極めていたのだ。むしろ、表題の間違いにもかかわらず、それをそのまま活字にしてしまった、『鷗外』誌の編集部に問題があるのか。

さて、ベアーテ・ウエバー女史の抗議について考えていく。

女史の抗議、その①

「私の日々の仕事の対象」であるこの人は、生きた人間だったのだ。闘ったり迷ったりする人、名誉欲が強く、情緒豊かな人であった。控えめで好感がもて、しかも自信のある態度と(映画の『舞姫』の鷗外とは対照的であるが）男性的な魅力にあふれているから、今日でもドイツの女性に悲痛な重いをさせることはありえるだろう。
これには異議を唱える人がいるかもしれない。「今日、女性たちはもっと解放されているのではないか」。《ママ》だが実はここに、私がこの演出を批判したい要点がある。つまり、エリス《ママ》という人物の設定についてだが、私は女性としてドイツ人として本当に抗議しなければならないのである。すでに鷗外の時代に激しい女性運動は存在したのだし、ベルリンの女性エリス《ママ》に自意識がなかったわけはない。それに鷗外が、このように素朴で無教養で退屈な娘が好みであったとは信じられず、もっとふさわしい相手を選ぶことができたはずだ。

長い引用となったが、それは（訳のせいかどうか）日本語として覚束ない文章なので、相当する箇所を省略しない方が間違いないと判断したからだ。

さて、まず先ほどと同じ指摘をしておく。この劇に、エリスという名の女性は登場しない。ヒロインの名はエリーゼである。女史は基本的に重要な事柄を勘違いしている。女史はきっと鷗外の『舞姫』が、この劇の原作だと思い込んでいるのだろう。真の原作者としては情けない思いだが、それよりもこんな初歩的なミスを繰り返し犯している文章を、学術的に評価の高い『鷗外』という専門誌に、「森鷗外記念館、館長代理」の権威ある職名で掲載されることの方が、よほど情ない。卒論で『鷗外』を手にした学生などは、この文章にまどわされるに違いない。

エリーゼの自意識

まあ、いい。もっと重要な問題へと、話を進めよう。

女史は、なにに「異議を唱える」のか。「これには」の「これ」が、なにを指しているのか、どうも不明瞭だ。後の文章から推し測ると、「ドイツの女性に悲痛な思いをさせる」を指すのか。そうだとすると、「今日、女性たちはもっと解放されているのではないか」が、批判としてどうにも不適切だ。舞台の時代は、「今日」ではない、百年前なのだ。これには、女史もさすがに気付いたとみえて、「すでに鷗外の時代に激しい女性運動は存在した」と後の文で断わりを入れている。

だが実はここに、ぼくがこの文章を批判したい要点がある。つまり、エリーゼという人物の読み取りについてだが、ぼくは原作者として、またこの劇の一人の観客として本当に抗議しなければならないのである。

「ベルリンの女性エリス《ママ》に自意識がなかったわけはない」という言い回しは、なんなのだろうか。「ベルリンの女性」という断わり書きに女史の妙な優越感を感じとってしまうが、それはさておくとしても、舞台上のエリーゼのどこから自意識がないと言えるのか。父親の葬式代のためであっても、母親の命令であっても、ビクトリア座の座頭に身を任せなかったのは、女性としての自意識からではないのか。また、鷗外との約束を守って、まだ十代の少女なのに一人で日本までの船旅を敢行できるのは、強い自意識を持っているからではないのか。母を捨て、友を捨て、仕事を捨て、国を捨て、それでも鷗外との愛を選んだのは、強い自意識を持っているからこそではないのか。それとも、そういう一途な愛を鼻先でフンとせせら笑って、そのままベルリンで母親と暮らし続ける少女としてエリーゼを設定したら、女史は自意識の強い孝行娘だと言って、原作者を誉め称えてくれるのか。

また舞台のエリーゼは、来日したあと、森家の説得になかなか応じずに、鷗外との愛を守ろうとした。これも、どうして自意識がないと言えるのか。それとも、森家の説得を適当にはぐらかしながら、手切れ金の交渉を上手にこなして、大金を握り締めるやいなや、ハイッサヨナラとベルリンに帰ったら、愛にも冷静で自意識のある解放された近代的女性だなどと高く評価するのか。

それにだいいち、自意識と愛と、どのような関係にあるのか。もし舞台のエリーゼが自意識のない女性だったとして、そういう女性を愛しては、なぜいけないのか。

つまり、この点における女史の不満は、次の「それに鷗外が、このように素朴で無教養で退屈な娘が好みであったとは信じられず、」に繋がるのだろう。

まず、舞台のエリーゼの、どこが無教養で、どこが退屈なのか（「素朴」はここではバカの意味だろうか。ホめ言葉にもなるから省いた）。たとえば、舞台のエリーゼは、花と花言葉ならばなんでもかんでも知っているではないか。政治や哲学や最新の科学の話を知っていることが「教養」で、花言葉や恐竜や料理を知っているだけでは「退屈」な女性なのか。

また、舞台のエリーゼは、好奇心も強く、向上心も旺盛で、鷗外が勧める様々な本（それこそ哲学までも）を読もうとしている。もし舞台のエリーゼが、百歩譲って、無教養で退屈な女性であったとしても、自分を高める努力をしているではないか。自分を高める努力をしている人間は、魅力的ではないか。女史だって、生まれたときから教養があって退屈しない女性だったわけではあるまい。誰だって自分の十代後半の頃を思い出したら、冷や汗が出るだろう。それが当然で、むしろそうでない者は、十代後半から進歩がないのではないか。

これも、結論は前述の自意識の問題と同じだ。もし舞台のエリーゼが、万一「素朴で無教養で退屈な娘」だったとしても、その娘を愛したら、なぜいけないのか。人は人を愛するとき、教養のあるなしや、退屈かどうかを基準にするのか。女史個人がそうであっても、それは他人がとやかく言う問題ではない。それと同様に、「もっとふさわしい相手を選ぶことができたはず」などは、本当に女史のよけいなお世話である。人が人を愛するときの基準は、それこそ千差万別だし、だいいち基準そのものも変動するし、基準がなくてもいい。

ぼくは「素朴で無教養で退屈な娘」だって、会って話してみて魅力を感じれば愛せるし、女史のように教養があって退屈ではなくて、そのうえ劇をわざと斜めに観るような素朴でない女性でも、会って話してみて魅力を感じれば愛させて戴くこともできる。つまり、愛は、その相手の個人そのものが重要なのであって、女史が主張されるものは付属品の一つにすぎない。

それに、女史とぼくとでは、自意識のある「賢い女」のイメージが、まるで違う。ぼくにとっての「賢い女」は、あくまでも男を立て、決して表立った場所では自分の意見を口にせず、常に男より一歩引いていて、その実自分の掌の上で思い通りに男を操っているイメージだ。ちょうど孫悟空に対する三蔵法師のようなものだ。ぼくのような青二才の男では、いくら威勢がよくても、その女の宇宙から飛び出すことができない。むしろ、口角泡を飛ばして激論をふっかけて来るような女性は、力と力の勝負で黒白がつくから、気が楽だ。

でも、この女史とぼくとの「賢い女」のイメージの違いは、どうして生じたのだろうか。二人の個人的資質の差異からか。それとも、男と女の視線の差異からか。いや、もしかしたら、東洋と西洋との精神文化史の差異からかも知れない。

しかし、こうなると、話は比較文化論の原点まで溯らずにはすまなくなるから、この辺でもといとする。

ドイツのユダヤ人

さて、ここまでは、女史の観劇のあとの個人的な感想だと考えよう。もちろん、井戸端会議的感想をこのように権威ある文章の如く発表されるのはいい迷惑だし、女史のエリート意識、もっと強く言えば差別意識が鼻持ちならないが、ここまではまだ許せるのだ。本当に重要な問題は、女史のこのあとの文章にある。以下、前述の引用文の続きを記す。

女史の抗議、その②

そのようなことは別としても、歴史的に正しくない。ドイツの目から見れば、この演出のエリス《ママ》のようなユダヤ人の娘はおよそ考えられないのだ。大山氏がご存知なのはアメリカのユダヤ人の生活なのだろうと私には思われた。もしエリス《ママ》がアメリカ人だとしたら、ウィリアムスパーク、ブルックリン、ワシントン・ハイツなどに金《ママ》持ちのユダヤ人の住む地区の娘だと思い浮かべることができるだろう。その地区の住人であれば、大抵イディッシュ語を話し、米語はまともに話せない。

ドイツにおけるユダヤ人の歴史について、詳しく説明して、読者を退屈させるつもりはないが、これだけは言っておきたい。ドイツのユダヤ人は同化していた。つまりドイツ人としてみなされていたのであり、教育水準も高かったから、純粋ゲルマンの隣人よりも立派なドイツ語で話すこともよくあることだった。ユダヤ人は学問と文化の担い手だったのである。ドイツの学問と文化が、今日に至るまで第三帝国の大虐殺から立ち直っていないのも当然である。鷗外がドイツ滞在中につきあっていた多くの医者、文学者、および教養のあるドイツたちはユダヤ人であった。

また長い引用となったが、それにしても女史は頻繁にハッタリを使う人である。前の引用文における「私は女性としてドイツ人として」とか、今回の引用文における「ドイツの目から見れば」とか「ドイツにおけるユダヤ人の歴史について、詳しく説明して、読者を退屈させるつもりはない」とかである。女性について女性の私が言っているのだから、ドイツについてドイツ人の私が言っているのだから、なに一つ間違いがあろうわけはない。男性は、日本人は、おとなしく拝聴していればよい、ということか。

それならば、以下のような言い回しも成立可能か。「ぼくは男性として日本人として」「日本の目から見れば」「日本における日本人の鷗外の文学について、詳しく説明して、ドイツ人の読者を退屈させるつもりはない」

これらの言葉は、あらゆる国の外国文学研究及び外国文化研究を否定するものだ。究極は、鷗外に携わっている女史自身の首を締めることになる。

「ところに繋異なき外人は、かへりて力を借し易きこともあらん」（『舞姫』）なのだろう。その国に居ては、かえって見えないことも、かえって口にできないことも、あるではないか。

さて、女史の抗議の中で、こちらが納得しかねることを質問させて戴く。

(1) 百年前のドイツのユダヤ人が、イディッシュを話さなかった、とどうして言い切れるのか。また、ドイツ人がイディッシュを侮辱して、それを「ジャルゴン」（たわごと）と呼び捨てていたのは、いつからいつまでのことか。

(2) 百年前のドイツのユダヤ人の教育水準が高かったのは、貧富の差なく、シナゴク（ユダヤ教の会堂）でトーラー（律法）を読むからではないか。

(3) ドイツの学問と文化が立ち直っていないのは、ドイツの学問と文化の担い手であるユダヤ人を第三帝国が大虐殺したからだと言うが、それだけの理由でか。もっと別の大きな理由が存在するのではないか。

(4) (1)や(3)とも大いに関連するが、それでは百年前にドイツにおけるユダヤ人の差別はなかったのか。

以上の四項目に応えて戴く前に、拙論『『舞姫』再考――エリス、ユダヤ人問題から』（『国文学　解釈と鑑賞』九月号、一九八九年八月、至文堂刊）をお読み戴けると、話が早い。これは「エリス＝ユダヤ人論」のさきがけとなった拙論で、『舞姫』のヒロインを、そのファミリー・ネームからユダヤ人であると論述した。そして、ヒロインがユダヤ人ならば、『舞姫』がどう読めるか、さらに作者はヒロインがユダヤ人であることを匂わすだけで、なぜはっきりとそう書かなかったのか、にも触れている。ぜひ、ご一読を。

ところで、(1)についてだが、もし『舞姫』のヒロインがイディッシュを話さないのならば、太田豊太郎がエリスの訛を直したり誤字を正したりしたのはどうしてか。エリスが貧しいユダヤ人で、イディッシュを話し、ヘブライ・アルファベットを用いたからではないか。

それとも、女史はやはり百年前のドイツのユダヤ人は同化していて、イディッシュを使っていなかったという主張を繰り返すのか。それなら、『舞姫』のヒロインは、ゲルマン系の本格派ドイツ人か。しかし、もしあれだけ貧しいゲルマン系ドイツ人の娘だったら、読み書きはほとんど覚束ないのではないか。百年前の貧しいゲルマン系ドイツ人の父親に、女子教育への理解がどれくらいあっただろうか。

これは、(2)と関連してくるのだが、百年前でもユダヤ人なら貧富の差に関係なく、シナゴクへ通い、トーラーをみんなで声を合わせて読んでいた。一年かけて読み終わると、またはじめから読み直す。こうしてユダヤ人たちは、貧富の差に関係なく、誰もが文字を覚えた。もちろん、その文字はヘブライ・アルファベットである。

また、ぼくの知識では、百年前のドイツの貧しいユダヤ人の三大職業は、仕立て物師、靴屋、指物師と聞いている。ここで思い出して欲しいのは、『舞姫』のヒロインの父親の職業が仕立て物師であり、彼らの住んでいた建物の一階の入口近くには靴屋が居て、鍵を預けたこともあったではないか。

しかし、女史は百年前のドイツには、貧しいユダヤ人なぞ、そもそも存在しなかったと言うのか。百年前のドイツのユダヤ人は、みな「教育水準も高」く、みな「立派なドイツ語で話」し、みな「学問と文化の担い手だった」と言うのか。ぼくの知識は、あれもこれも間違いか。それとも、女史が「ドイツにおけるユダヤ人の歴史について」意図的に歪曲しようとしているのか。

実は、前述の拙論の中で、ぼくも「ドイツにおけるユダヤ人の歴史について」ほんの少し触れている。しかし、(4)

と直結している事柄で、本論で最重要の問題と思われるので、あらためて触れてみる。

女史は、一八八〇年代のベルリン大学のカリスマ的教授トライチュケの名を、ご存知か。そのトライチュケの反ユダヤ主義をご存知か。その反ユダヤ主義が、学生、マスコミ、一般市民に熱狂的に支持された史実について、ご存知か。

具体的な事例も、伝え聞いている。当時、ゲルマン系ドイツ人の学生で満杯の教室へ、ユダヤ人の教授が入室すると、学生たちがいっせいに両足を踏みならし、両手で机を叩いて、ブーイングをする。教授がいくら静粛にと叫んでも、学生は誰も聴かない。この状態が数分続いたのち、パタッと音がやまると、学生たちは次から次へと全員が教室を出て行ってしまう。これを何回か繰り返しやられると、教授の方もうんざりして、大学を去ってしまう――。

このエピソードは、ぼくの捏造か。女史にはそう言い切れる資料があるか。

やはり、女史にはもう一度本誌にご登場願って、はっきりと答えてもらいたい。今のままだと、女史が「ドイツには第三帝国の時代を除いて、ユダヤ人を蔑視・差別した史実はない」と歴史を意図的に歪曲しているようにしか思えないのだ。

ちょうどこの文章を書いている今（一九九四年八月）、ドイツから興味深い国際ニュースが飛び込んで来た。ドイツの地方裁判所の裁判官二名が、「ドイツ人がユダヤ人を虐殺したことはなかった」との見地から判決を下し、歴史を歪めたとして罷免されたというのだ。これが事実ならば、まったく懲りない裁判官だと思うが、女史も結局同じ間違いを犯していないか。

そして、この劇のユダヤ人の扱い方を抗議するのに、鷗外、ナウマン論争を持ち出すのも（文脈からすると、女史が鷗外で、大山勝美氏がナウマンの役回りだが）笑止千万である。

(3)については言うまでもない。この理由のすべてを第三帝国に押しつけるのは、戦後のドイツ人の逃げである。むしろ、最大の理由は、戦後の東の政治体制にあったのではないか。

宗教的な理由

ただ女史の抗議の中で、ある程度まともな批評だと思うのは「娘が踊り子として舞台に、それもヴァリエテに出ることを許す父親がこの世にいるだろうか。宗教的理由から全く不可能だろう」という下りである。実は、これは原作を書くときに、多少思案した問題の一つであった。

しかし、父親が事態を把握していなければ、許すも許さないもない。ヒロインの父親は、死を目前にした病いの床だったのだ。その薬代と生活費を稼ぐために、ヒロインが自発的に、あるいは母親の命令で、舞台に立っていても、父親は知る由もないだろう。

問題は、「宗教的な理由」だろう。しかし、百年前のドイツで、貧しいユダヤ人の娘の多くが、踊り子や歌手になったのは事実である。現代のアメリカや日本をみても言えることだが、差別を受けている者たちが、差別をしている者たちと同等に、その社会で活躍するには、芸能やスポーツが近道であることも歴史的事実である。

それに、劇の中で、また鷗外の『舞姫』でも、ヒロインがヴァリエテに出ているとは言ってない。女史には、あのどうしょうもない映画『舞姫』(どこがどうしょうもないのかは、拙文(前掲24~26頁)「原作『舞姫』への理由なき反抗」、を読んで戴きたい)のイメージが強すぎるのではないか。さらに、『舞姫』のヒロインは、踊り子だけれど、他の同僚とは違ってパトロンを持たなかったとなっている。逆に言えば、ヒロイン以外の踊り子たちは、ユダヤ人だろうがドイツ人だろうが(ユダヤ教徒だろうがキリスト教徒だろうが)、体を売っていた可能性があるわけだ。では、なぜヒロインは体を売らなかったのかと言うと、『舞姫』にはヒロイン自身の「おとなしき性質」と「剛気ある父の守護」に依ると記されている。このうち前者は太田豊太郎の主観である。（おとなしいからこそ身を堕とす、ということもある）から省くとして、後者は「剛気ある」（ユダヤ教の熱心な信者）の父の守護に依るわけで、ここが宗教的な一線なのだ。つまり、「宗教的な理由」で、舞台には立っても体は売らない、のではないか。

最後に、同じような問題を自己申告しておく。原作でも劇でも、いちばんのヤマにしている、鷗外とヒロインが死後の結びつきを誓って別れて行く場面であるが、キリスト教ならまたしも、現世にメシアが現われるとするユダヤ教の信者が、死後の約束に納得できるか、という問題である。しかし、これも、ヒロインが好きな男と一緒になるために、母や友や仕事や国を捨てて日本へ来たのと同様で、宗教まで捨てたのだと解釈した。ヒロインは、鷗外との愛だけに、すべてを賭けたのである。

以上、ベアーテ・ウエバー女史の反論を待つ。

（一九九五年七月）

※本書に所収するにあたって、若干の加筆訂正を施しました。

鷗外と交錯した人々——『舞姫』とエリス

平井　孝

鷗外『舞姫』伝説いま再び

鷗外、森林太郎の処女名作『舞姫』は可憐なドイツ娘エリスと日本人青年太田豊太郎の悲恋物語である。作者鷗外が足掛け五年のドイツ留学を果たして帰国したのは、明治二十一（一八八八）年九月八日であった。その四日後の十二日、彼の後を追ってはるばるドイツからエリーゼ・ヴァイゲルト嬢が来日した。それから一月余り、鷗外と彼の周辺は彼女を帰国させるべく対応に苦慮したが、彼女は十月二十七日横浜港から離日している。この事件もあってか、『舞姫』が明治二十三年一月、雑誌『国民之友』正月号付録に発表されて以来、この小説は来日したエリーゼと鷗外をめぐるベルリンの恋愛、つまり、彼の詩と真実を扱ったものと考えられてきた。

しかし小説の主人公太田豊太郎は、作者自身のほかに彼の友人、埼玉県秩父市太田（旧秩父郡太田村）出身の元三等陸軍軍医、武島務であることが、すでに鷗外研究家の長谷川泉（『森鷗外論考』昭和四十一、『続森鷗外「ヰタ・セクスアリス」考』昭和四十八)、西田芳治(「武島務と森鷗外―或る『舞姫』伝覚書」秩父新聞昭和四十四年十月二十五日―昭和四十六年五月十五日)の両氏によって明らかにされている。またエリスに関しても、荻原雄一、山崎国紀両氏の近作によって、ヴァイゲルト姓がユダヤ系特有の呼称という視点から、エリスはユダヤ人と推論されている。明治・大正・昭和そして平成の百有余年間、『舞姫』のモデルたちは深い霧に包まれ半ば伝説化され、わたしたちの想像をかき立ててきた。しかし、霧はしだいに薄れ、真実が浮いて見えつつある。すべてはコロンブスの卵なのであろうか。にもかかわらず、私たちは白地図が好きで、喜々としてそこに自分たちが歩いたさまざまな山や川を、村や町を、さらに鉄道や道路を書き込んでゆく。薄明の世界が真昼の自明の世界に変わってゆく過程が楽しいのである。それはパズルを解いてゆくのと似ているかも知れない。

昨年の夏、わたしもその楽しみを見つけた。思えば、二十年以上も前に初めて同郷の内科医、西田芳治氏が太田豊太郎のモデルは明治の不運な秩父人、武島務ですよと教えてくれたことに端を発している。どうやらそのときの感動が私の脳裏の深いところに潜んでいて反芻の機会をうかがっていたらしい。なぜなら、それからの私の周辺にはほとんど鷗外風が吹いていなかった。というよりはむしろ、最近の多くの若者とおなじく、現実に終始する私には、すでに明治やその象徴としての鷗外文学が遠い世界のものとなっていたのだと思う。最新情報、とくにヒロイン・エリスをめぐる新展開はほとんど私の目に留まらなかった。しかし昨年の夏休み直前、市内書店で購入した吉野俊彦氏の『双頭の獅子』(昭和五十七)を一読して、激しい衝撃をうけた。エリス伝説という言葉も新鮮であった。明治は遠くなったが、『舞姫』のなかの人間の確執は永遠のテーマではないか。私はしだいにのめり込んでいった。大正、昭和の若者たちや研究者たちの熱いまなざしが私のなかにもある。もはや『舞姫』伝説の生まれてきた必然を疑っていなかった。その半月後、私は妻とヨーロッパに旅立った。

ドレスデンの大きな拾い物〈エリス探索の本〉

私たちの旅行目的は、抽象画家、ワシリー・カンディンスキーの足跡を訪ね歩くことであった。一カ月の周遊は順調にすすんだ。ブダペストを皮切りに、ウィーン、ミュンヘン、ベルン、パリ、コートレー、ナミュール、ケルン、マクデブルク、デッサウ、ベルリンと大車輪の旅。残すはワイマールという八月半ば、立ち寄った街はドレスデンであった。二泊三日の予定で、中央駅前の大広場に面したホテル・バスタイに陣取った。二日目の夕方、妻と散歩に出た。二時間近くブラブラした。ホテルへ戻る途中、妻曰く。今夜のフルーツがないのよ。彼女は最寄りのスーパーにつかつかと入っていった。果物コーナーは彼女、出口に近いバーゲン本の山は私。そのとき偶然日にしたのがパウル・エーリッヒの伝記。新書版の廉価本であった。私はその本を取ってページをめくった。写真版も何ページかあった。そのなかにページいっぱいの肖像写真。ノーベル生理学医学賞受賞者ローベルト・コッホだ。コッホは、鷗外が明治二十（一八八七）年四月ミュンヘンから最後の留学地ベルリンに戻ったとき、友人の細菌学者、北里柴三郎の斡旋で師事することになったベルリン大学医学部教授である。私はその本に漠然としてだが、なにか鷗外研究の手掛かりになるようなものを期待した。果物袋を下げた妻とバーゲン本を手にした私。昼の余熱で火照る石だたみ。夕焼け空に大きな日が沈むところであった。

ホテル自室のデスクに本を置いた。だいぶ厚い。これはとても一気に読める代物ではない。全部で四四八ページもある。私はもう一度表紙を確かめた。ERNST BÄUMLER が著者名、Paul Ehrlich が書名である。副題は小さく Forscher für das Leben とある。研究者の生涯といった意味であろうか。一九八九年版で、ホテル名の BASTEI LÜBBEポケット叢書第六一一六三巻である。こんなとき一年前ならば、愛用のパイプに火をつけ、おもむろに目次

を見ているところだが、私は忘れていた未練を噛みしめながら、まさに素手でページを開いていた。しかし読み進んでゆくうちに、興味はいつか驚きに変わっていた。私はひとつの仮説に到達した。つまりこういうことである。パウル・エーリッヒの父親イスマール・エーリッヒはポーランドのシュレージエン地方のシュトレーレンという町で酒造業を営んでいたユダヤ系の人。母親はローザ・ヴァイゲルトといい、エリーゼという姉がいた。エリーゼは普通エリスと呼ばれる。とすれば、このエリスはあるいは『舞姫』のエリスではあるまいか。私は一瞬そう思って緊張した。しかしすぐにパウルの生年月日が一八五四年三月十四日、鷗外が一八六二年一月十九日（新暦二月十七日）で問題にならぬ。私は思わず苦笑いした。しかしエリスの姓もヴァイゲルトである。したがって彼女がパウルの親戚かどうか明らかではないが、その可能性の濃いユダヤ人であることは確かである。私はパウルの経歴を辿って鷗外のベルリン留学の時期を重ねてみた。一八七二年夏学期はブレスラウ大学（現在はポーランド）。同年冬学期から一八七四年夏学期までストラースブルク大学で、解剖学教授ヴァルダイアに就いて学ぶ。再びブレスラウ大学に戻り、ユダヤ系教授フェルディナント・コーンの植物心理学研究所で学ぶ。一八七八年ライプチッヒ大学医学博士。同年ベルリン慈善病院助手・上級医師。一八八四年ベルリン大学医学部教授資格取得。一八八七年ベルリン大学医学部講師。一八九一年同助教授。……一九〇四年ゲッチンゲン大学医学部正教授（名誉教授）。……一九〇八年ノーベル（生理学医学）賞受

賞。……一九一五年八月二十日死去（フランクフルト市ゲオルク・スパイヤー・ハウスの記念碑の碑文による）。上記の経歴からすると、パウル・エーリッヒがベルリン大学医学部講師として恩師ローベルト・コッホ教授の指導下で活躍した時期は、鷗外の留学期間（明治二十年四月から翌二十一年六月まで）と重なっている。とすれば、問題のエリスがパウルの親戚もしくは知人の妹か娘であれば、青年鷗外に紹介される可能性が出てくる。

優れたユダヤ人たち〈カールとパウル〉

再び私は写真版のページを丁寧に見ていった。実験室におけるパウル・エーリッヒとカール・ヴァイゲルトの写真。これを見たとき格別二人を結びつける考えは浮かんでこなかった。次のページは、パウル・エーリッヒが日本人の助手、秦佐八郎と一緒にいる写真であった。その後のページに、パウルの四人の友人の医学研究者の肖像写真（図版1）。上段の左はアウグスト・ダルムシュテッター、右はクリスチャン・ヘルター、下段の左はアルトゥール・ヴァインベルク、右はカール・ヴァイゲルト（パウル・エーリッヒの従兄弟でフランクフルト兵舎監）。私はパウル・エー

図版1　（右下）カール・ヴァイゲルト

リッヒのVetterつまり従兄弟という解説の活字をじっと睨んでいた。とうとうエリスの解読の手掛かりが手に入った。それもたしかな伝記作者の著書によって。帰国してから文字通り私は鷗外研究の主要な著書論文を集め丁寧に読んだ。とくに鷗外自身の手になる「ローベルト・コッホ伝」には恩師コッホと弟子たちの業績が的確に叙述されている。弟子のなかにはベーリングとともに細菌の染色法（いわゆるメチレン青）を発明したカール・ヴァイゲルトとパウル・エーリッヒが登場、それもかなり詳しく書かれている。しかし、鷗外はそれ以外カール、パウルにつき一言も語っていない。医学という客観的な世界では無視できない彼らの世界的業績、まさにその故に例外として取り上げたのであろうか。鷗外をしてそのようにさせたものは一体何なのか。そのことが気にかかる。その疑問は渦を巻いて私の周りを回った。そのうちその渦にぽっかり目ができた。虚無ではない。おぼろげながら若きエリスの女像であった。

『舞姫』エリスの一族か

平成四年の暮れ、私は朝日新聞の広告で山崎国紀氏の『鷗外　森林太郎』（一九九二年）が人文書院から発売されることを知った。広告が出てから一週間経った。まだ正月休みが色濃い繁華街に大手書店を訪ねた。しかし意外にも三店が三店とも同書は即日売り切れであった。市内最大手の紀伊国屋書店曰く、二冊配本でした。二冊しか配本されない業界の現状に絶句した。あきらめて別の本棚を覗いた。小説のコーナーであった。林立する書名。そのなかで『鷗外の恋』（一九九二年）が稲妻のように光った。著者は荻原雄一氏。私は内容を改めることなく買い求めた。これではまるで恋愛ではないか。少年のような一途さ。初老の男の顔はそこになかった。喫茶店に入った。帰宅して読むのでは間に合わぬ。そんな思いで注文のコーヒーを啜りながら読んだ。店の前は名にし負う新潟市随一の古町の繁華街。

人の流れは引きも切らなかった。読んでゆくうちに、荻原氏のエリス＝ユダヤ人説の論拠は一九八九年五月七日放映のテレビ朝日特別番組『百年ロマンス』のベルリン取材の情報、つまりエリーゼ・ヴァイゲルトはカール・ヴァイゲルトの姪というドイツ人情報であった。さらにこのエリーゼはシュナイダー商会の経営者リヒアルトの妻で、毎月欠かさず文学サロンを主宰する教養と知性の持ち主で鷗外よりも五歳年長の黒い髪の持ち主であったという付録までもあった。この情報は山崎国紀氏の前掲著書（鎌倉で木犀堂という古書店を営む弟に電話して取り寄せた）においても使用されていた。つまり両氏とも、エリス＝ユダヤ人説の論拠をテレビ朝日の取材に負っていたことになる。このようなテレビ朝日の情報を紹介した両氏の著書によって、私の推論はかなり補強されたように思えた。とくにカール・ヴァイゲルトについてのドイツ資料が入手できていない私には、両氏の情報はたいへん参考になった。とくに山崎氏は、鷗外が最初に研修したライプチッヒ大学の病理学研究所所長代理カール・ヴァイゲルトは、エリーゼ・ヴァイゲルトの従兄というテレビ朝日ディレクター田中利一氏の執念の探索に驚嘆されている。また荻原氏によれば、カール・ヴァイゲルト博士は、一八四五年三月十五日生まれで、一八八四年五月三十日にライプチッヒ市民として登録、翌年三月二十八日にはフランクフルト・アム・マインに転居し、生涯独身の彼については四冊の回顧録があり、その一冊によると、彼の実父はミュンスターベルクのホテル所有者で、その次男として生まれ、当時シュレージエン州都ブレスラウの大学およびプロイセン首都（後ドイツ帝国首都）ベルリンの大学で医学を学び、後にウィーンで卒業している。

ベルリン恋物語〈もう一人のエリス〉

ところで鷗外の生涯にわたるエリスへの愛についてだが、これを肯定的に考える研究が最近は多い。その多くが触れているのは壮年時の鷗外の詩「扣鈕（ぼたん）」である。

●南山の　たたかひの日に／袖口の　こがねのぼたん／ひとつおとしつ／その扣鈕惜し
●ベルリンの　都大路の／ぱつさあじゅ　電燈あをき／店にて買ひぬ／はたとせまへに
●えぽれつと　かがやきし友／こがね髪　ゆらぎし少女／はや老いにけん／死にもやしけん
●はたとせの　身のうきしづみ／よろこびも　かなしみも知る／袖のぼたんよ／かたはとなりぬ
●ますらをの　玉と砕けし／ももちたり　それも惜しけれど／こも惜し扣鈕／身に添ふ扣鈕

（「うた日記」全集第一九巻一三八頁）

この詩には溢れるような若き日の情感がある（詩人、佐藤春夫は津和野の鷗外生家の庭の詩碑のためにこの詩を書いている）。明治三十七、三十八年の日露戦争に第二軍軍医部長として出動中の鷗外四十二歳の作である。すでに三年前、判事、荒木博臣の長女志げと再婚していた。美人の誉れ高い妻との間には長女茉莉が生まれていた。新婚の、しかも軍役にある彼の作品であるが故に、詩にこもる遺言めいた真情すなわち真実が心を打つ。この意味において、私も通説を支持したい。しかしここで留意すべき点、しかも重大な点は、『舞姫』のエリスはやはり「こがね髪揺らぎし」「少女」でなければならないのではないか、という疑問である。たしかに前述のように現実のエリーゼ・ヴァイゲルトは、ユダヤ系資産家の教養ある年長の黒髪の人妻で詩の少女と別人に思える。とすれば、やはり荻原氏のように詩の少女に旅券名義を貸与した別な女性という解釈が出てきても不思議ではない。これに対して、山崎氏も、別人説を前提に、鷗外の東大医学部の同級で宿敵の谷口謙の仲介という「源ノ清カラザル」（鷗外の友人賀古鶴所宛てのエリス帰国直後の書簡）出会いで「人材を知りての」（『舞姫』における友人相沢の忠告）恋ではなかったが、「ただ一つ真実なのは、結果としては、二人の心は堅く結ばれていたということである」（前掲書七〇頁）とされる。この「源ノ清カラザル」は、私見によれば、体力・気力の充実していた青年鷗外のヴィーナスのようなエリスへの愛の直感は彼女の肉体への占有衝動であった。異常なまでの執着・野心は彼を日ごと夜ごと悩ませていたが、すでにエリスへの思いを遂げていた帰国後の彼は、彼女に距離をとれる余裕ができていた。そこで、鷗外の詩精神は、露骨な性欲衝動に始まったエリスとの出会いを自虐的に回想してそう表現したのではあるまいか。

ともあれ、私にはエリスが再び霧の世界に戻ってしまったように見えた。

人種差別からの自由へ〈『舞姫』への愛〉

そこで私はこう考えてみたらと思う。明治維新に成功した新生日本は近代化を急いでいた。近代的な陸軍軍医制度の確立の設計技師として軍上層部から期待され、ドイツ留学を命ぜられた鷗外は、またすぐれて郷土愛者、愛国者であった。彼は自分の貧弱な容貌や体格を自覚していたが、現地ドイツ人の好奇な目に遭うたびに、劣等感情とそれに負けまいとする闘志に駆られていた。日本では自他ともに許すエリートである。先進文明国の筈のドイツ社会の現実は、人種差別の風が冷たかった。しかし彼は、もちまえの不屈の和魂でこれに耐えた。厳しければ厳しい程、彼の強靱な知性はヨーロッパの深部に向かい、その不合理のよってくる原因に肉薄し解読し、ヨーロッパの光と影、その真実を見極めようとした。たとえば、かつて明治八年開成学校（東大の前身）に地学教師として赴任し、ナウマン象発見者として知られるナウマン博士の論文「日本列島の地と民」の、誤解と侮辱にみちた日本理解をただすべく、彼は掲載紙に達筆な独文を寄稿、反論している（明治十九年六月二十六日と二十九日のミュンヘンのアルゲマイネ・ツァイトゥング紙「日本の実情」）。おそらく鷗外は、真実を曲解して憚らぬナウマンの言辞に、鼻もちならぬ人種的優越感を感じて、激しい戦意を燃やしたであろう。この鷗外の行動を知った日本の反響は目覚ましかった。弟篤次郎は、軍医本部、大学は快哉を叫び、小池正直が翻訳し「実ニ森ハ天稟ノ性ナリ」と驚嘆している旨（明治二十年三月九日）および「小池君ノ訳文東京日々新聞ニ出ヅ三枚ナリ」（同年四月二十三日）と便りしている（『日本からの手紙―滞独時代森鷗外宛』昭和五十八年・四頁と一九頁。）まだある。前述のエリスの住んだ辺り、クロステル街裏通りのゲットーのようなユダヤ人街。小堀桂一郎氏の『若き日の森鷗外』（一九六九年）によれば、鷗外は設計技師のような正確さでこのクロステル界隈を細密描写しているが、生活体験ならではの叙述であるとされ、さらにそれは『即興詩人』（アンデルセン作）のユダヤ娘の迫真の描写（名訳）と無縁ではなかろうとされる（四九六頁）。ここでの小堀氏の叙述にはさながらエリス＝ユダヤ人説を彷彿させるものがある。いずれにせよベルリン大学には、恩師コッホが期待し称賛するユダヤ系学者パウル・エーリッヒがいた。ドイツ社会では、理念としてのフランス的自由主義、つまり人種差別の否定が、個人人格の平等尊重と能力主義的評価という合理主義的人間観と結びついて容認されつつあった（しかし実際は労働者階層の経済的平等が中心であった）。ともかくも社会の知的・経済的・文化的エリート層にその理解者が広がる方向にあった。富裕なユダヤ系の家庭は、競って各界の一流人が自由に交歓できる場・サロンを提供した（小塩節『トーマス・マンとドイツの時代』一九九二年・一二七頁）。子弟子女の教養を高め、社会的信用を高めるためであった。このような閉鎖から開放への近代精神のうねりに、若い鷗外の鋭敏な感性は素早く反応したと思う。その余波は、鷗外の明治三十年代の人種論、黄禍論の翻訳において、白人優越主義の弾劾として発展している。私の推測では、当時のドイツ民衆には人種差別の習慣が根強く残っていて、一部の親日・知日家をのぞき事態は好ましくはなかったと思う。ドイツ人の暗黒面は、大沢武男『ユダヤ人とドイツ』（一九九二年）に詳しい。このような社会的矛盾の人間的自覚と怒り。その激しい闘志は可憐なユダヤ娘を知って、人間的共感と連帯の、ともに闘う愛に転じたのであろうか。つまり私は、エリスに対する鷗外の永遠の愛は近代ヒューマニズムの精神の体得から生まれ出てきたものと考えるのである。したがって、小説『舞姫』は、作者鷗外のヨーロッパ近代精神の結晶化と日本におけるそれの融解化、つまり、理想理念から現実世俗へ逃避・回帰したことへの人間的悔恨の情念を書いたもので、エリスはその天上的象徴の意味と役割を与えられたものと考えるのである。

明治国家・社会の近代化の意味〈鷗外の挫折せぬ光〉

当時のドイツ社会においても、パウル＝エーリッヒやカール・ヴァイゲルトは医学者として大学教授として中流以上と見られていた。その一族のエリーゼないしエリスであり、その恵まれた容姿と相応の教養・知性ならば、若い鷗外を魅了せずにおくまい。明治日本の娘たちに、そのような知的・肉体的新鮮さを期待することは無理ではなかったか。しかしそれは結局、現実離れのロマンチシズム、外国留学青年の見果てぬ夢であった。明治の権威主義的な国家主義者である上司、石黒忠悳軍医本部次長・軍医監の叱責と失望を買い、事態の容易ならぬ局面に狼狽し、暗澹たる思いで祖国への船旅を続ける鷗外であった。しかし私は、その甘い、青臭い留学時代の稚さこそが鷗外の真骨頂ではなかったかと思う。つまり、そのようにしてすでに彼はひとつの純粋な詩精神でありえたし、その妥協を知らぬ理想主義は、帰国後の彼をして、学問的真実を歪め支配しようとする世俗的政略に堂々と闘いを挑むドン・キホーテ振りを発揮させた。明治日本の封建的官僚性批判―石黒主導の日本医学界（「醫海時報」ならびに大日本醫会・日本醫學會）の反動性批判がこれである。とくにヨーロッパ的学問の自由の主張はいまなお新鮮で、明治二十六年から二十七年にかけての啓蒙的な論文「傍観機関」において、「反動 Reaktion とは何ぞや。我国医界の二三老策士が近時学問権の学者の手に落ちんとするを妨ぐる諸運動を指して云ふなり」（全集第三〇巻四五九頁）、「彼老策士……国際的……『アルバイト』ある真学者に対して、かの位階、官等、勲記の権を用ゐるときは……真学者は服従すべく、沈黙すべし、然れども……其理想は依然として尋常拝跪の外に存じ……万古に亘れる学問の……気を呼吸せん」（四六二頁）、「大日本醫會は、反動者之を発起し、反動の人を集めて反動の事をなす。時報これを賛成す。故に反動機関なり。日本醫學會は、老策士が自己の権勢を保持せんがために起こしたる反動運動なり。時報はこれを賛成す。故に反動機関なり」（五五三頁）と火を吐く論評は、本格的な学問研究を経験した鷗外ならではの啖呵ではないか。この根性は彼の遺言にもある。「死ハ一切ヲ打チ切ル重大事件ナリ奈何ナル官権威力ト雖此ニ反抗スル事ヲ得スト信ス余ハ石見人森林太郎トシテ死セント欲ス……」（全集第三八巻一一二頁）。つまり鷗外にとって、学問・真理・愛情のすべては、人間の詩と真実から流れてくるもので、あとは虚に過ぎなかったのではあるまいか。まさにエリスへの愛は、一切の思惑の外にある鷗外の超俗の象徴であり、たえず鷗外を鼓舞し、不条理に満ちた現実世界の克服に向かわしめる天上の光であった。明治日本の暗黒部分は鷗外の内なる暗黒を刺激し近代精神を翻弄した。挫折しながらも彼が生涯を賭けて守ろうとしたのは人間自然の自由であり愛ではなかったか。それは明治の、否、時代を超える人間の内なる不条理・閉鎖性に対する鷗外の抗議の姿勢であったかも知れないのである。

（一九九三年五月）

「エリス、ユダヤ人問題」をめぐってⅠ

――「エリス」「ワイゲルト」家の可能性

真杉秀樹

はじめに

本論は、『舞姫』のヒロイン・エリスがユダヤ人であると推定する、所謂エリス、ユダヤ人説に関する筆者の一連の論文の一篇である。本稿に先立って関連の拙論[1]を記しているが（発表順序は前後するが）、そのなかで筆者は、エリス、ユダヤ人説の根拠、ユダヤ人説によって『舞姫』の読みのパラダイムが如何に変換され、またその論究テーマが、『舞姫』と作中時間のベルリン都市文化論とをどのように関連づけるかを論じた。

また細部テーマとしては、ユダヤ人説の論証材料として、エリスおよび彼女の父の職業、作中人物「猶太教徒の翁」、居住地区の分析検討をなした。本論は、この先行論文を前提とするものであり、同論において論じられている問題テーマについては、再び繰り返さないことをお断りしておきたい。以下では、更に考えられる細部テーマとしてエリスの人物像、および、その家庭である「ワイゲルト」家の解釈可能性が論究されることになる。

ユダヤ人の表象

エリスの人物像について考察する前に、まずその外貌である彼女が身にまとっている衣服等の点検から入っていきたい。作中でエリスの服装は次のように描写されている。

「被りし巾を洩れたる髪の色は、薄きこがね色にて、着たる衣は垢つき汚れたりとも見えず。[2]」このなかの「巾」はどのようなものであろうか。この描写の少しあとに「我眼はこのうつむきたる少女の顫ふ項にのみ注がれたり。」とある。少なくともうなじや髪が見えているのであるから、スカーフのようなものを頭から頬、首にかけて巻いているような状態であろうか。例えばこれを、エリスがユダヤ人だと想定してみると、その「布」は、ヘッドスカーフということになろう。歴史的には、「キリスト教徒の様式をユダヤ人が採用したので、多くの当局者たちがユダヤ人男性に黄色い帽子、ユダヤ人女性に黄色のヘッドスカーフを被るよう義務づける規定を制定するにいたったのである。ユダヤ女性は宝石や立派な服を身にまとうことも禁じられた。一八〜一九世紀のあいだ、東ヨーロッパのユダヤ人はキリスト教徒と区別された服装をつづけた。[3]」という経緯がある。

このようなキリスト教徒を主体においたユダヤ教徒への識別的強制の起源は、ヨーロッパにおいては、一二一五年の第四回ラテラノ公会議に求めてよかろう。その宗教会議の決定した規則六八条は、ユダヤ人をキリスト教徒と見分ける問題に触れている。「……男も女も彼の者ども（ユダヤ人とサラセン人）はすべてのキリスト教徒の土地において常時異なった服装をして、ほかの住民と公式に見分けがつくようにすることを、われわれは命ずる。」そしてこの法規は、「時に効力を失うことはあるものの、以後七百年間にわたってヨーロッパで実施され、ユダヤ人を侮蔑するとともに、非ユダヤ人とのちがいをすぐ見分けるという二重の目的を果したのである。[4]」といわれる。「以後七百年間」という言葉をそのままに計算すると、一九一五年までということになるが、鷗外がベルリンに滞在していた一九世紀末期において、このような差別意識、差別政策の何らかの反映は、まだ死滅してはいなかったと考えてよかろう。このようなユダヤ人識別政策の実態を見るために、それをユダヤ人側の意識において確認しておきたい。裕福で知的な、文学サロンの女王の場合である。

「美しいユダヤ女性たちは髪の毛をすっかり隠すために、大きく突き出したヘッドドレスを被らなければならなかった。いったいどうして。ヘンリエッテ・ヘルツは他のすべてのベルリン女性と同じようになぜ髪の毛を見せてはいけないのだろうか。これは中世の伝統の名残りであった。だがベルリンではその意義が失われていたのではなかったか。一つ逃げ道があった。彼女は鬘をかぶればよかったのである。他人の髪は一種の覆いでもあったから、その覆いの下に自分の髪は全部隠すことができた。ラビもこの逃げ道を許していた。しかしある日彼女はこう自問した。『なぜ人の髪ならよくて、自分のならいけないのだろう。』彼女は鬘を家に置き、ベルリン女性たちにみごとな、つややかな自分の髪を見せて歩いた。これは伝統の破壊であった。多くの改革と同じく、ここでも髪は重要な表徴的力を発揮した。すると今度は男たちも髪を公然と、髪粉をふりかけずに見せて歩くようになった。(5)」これは一八世紀末期の上流ユダヤ人の差別的伝統に対する内省と改革的行動である。このような「実行」を初めて行う者の勇気は畏敬に値するし、またそれに対する世情の因習的圧迫は充分想像されるものだが、この時点以後においては、事実こうした外面の平等化はほぼ一般的となって浸透していたといってよいだろう。一七七九年のベルリンを写したスケッチには、こう記されている。

「ベルリンには非常に金持ちのユダヤ人たちがいる。その中には工場を経営している人もある。しかしたいていの人は商業によって生計を立てている。彼らの態度は上品で丁寧。しっかりとした主義によって教育を受けた人々は、キリスト教徒とも大いに交際がある。時には彼らが外見からはユダヤ人であることがほとんど分からない場合もある。多くの人が現在ではキリスト教徒とまったく同じような髪型をしており、もはや服装についても区別がつかない。[6]」これが、鷗外留学時の百八年前のベルリンでのユダヤ人の外装である。しかしこれが、全てのユダヤ人の状況であると理解するのは早計であろう。このようなキリスト教徒と同様の服装等をするためには、それ相応の経済的実態がなければならないし、また一方には、ラビや真正ユダヤ教徒のように、意図的、確信的に、ユダヤ的であろうとした人々が片方にいたのである。また、鷗外の留学時には、ユダヤ人差別の反動的運動が巻き起こっていたことをわすれてはならないだろう。ドイツで「反ユダヤ主義」という言葉が出現したのは、一八七九年のことで、前年に宮廷説教師アドルフ・シュテッカーが創設した「キリスト教社会労働者党」が「反ユダヤ的扇動」を綱領の焦点に据えて、労働者というよりもむしろ下層中間階級に訴え始めていた時代である。

このような時代にあっては、単に外見の違いなどというような表層的レベルでなく、異種民族への集合的意識のレベルで、再びの差別化、自民族との差異化が始動していたであろう。ユダヤ人を見分けるのは、なにも服装だけとは限らず、生物学的遺伝、社会学的環境による特徴によって共通了解事項として、一般化していたであろう。すなわち、顔の特徴の一つの「ユダヤ鼻、かぎ鼻、わし鼻などと色々な呼び方をされている『鼻』[7]」であり、住んでいる地区、居住環境の過密状態が影響を落としている、前かがみの姿勢で「繊細で青白く、……表情には憂愁をたたえ、……筋骨薄弱[8]」といった体形や顔付きなどである。更に行動、しゃべり方、身振りなど、複雑微妙な全体像として識別される。

先のエリスの頭に被った「巾」にしても、その当時、典型的なヘッドスカーフや衣服を身につけていたとは思われぬが、もし彼女がユダヤ女性であれば、その顔つき、体つき、ものごし、衣服などの全体像においてそれだと理解される雰囲気を発散させていたであろう。荻原雄一氏は、「その場所やエリスの服から、、彼女がユダヤ人であることに気づいていて、計算上の言葉だったのであろうか。[9]」と述べているが、文字通り明確なユダヤ人の符牒がなくとも、それと全体から看取できるものを彼女はもっていただろう。では、更に彼女の身体的特徴を見てみるとどうなるであろうか。

彼女の髪の色は、「薄きこがね色」である。ユダヤ人の髪の色は、「『一般的に』（……）髪が黒く目も黒いと言われている。[10]」しかし、統計的資料によると、そのような単一的認識は、決して根拠のあるものではないということがわかる。一九世紀初頭の統計であると思われるが、ホアン・コーマスによると、「ポーランド・ユダヤ人の四九パーセントは髪の色が薄く、オーストリアのユダヤ人小学生の五四パーセントが青い目をしている[11]」という。また別の、ヴィルチョフの報告によると、「ドイツでは、非ユダヤ人小学生のブロンド率はもっと高いのに、ユダヤ人小学生の『わずか』三二パーセントしかブロンドでなかった[12]」という。この二つの資料は、その指数は、先住民指数に従って共変するということであり、そのルールも、数学の公式のように絶対的なものではないということを表しているということになろう。つまり、この「薄きこがね色の髪」という条件は、エリスをユダヤ人、非ユダヤ人のどちらかに近似性を持たせる要素ではないということになる。

これを鷗外の現実に移してみると、周知の「扣鈕」の詩には、「こがね髪ゆらぎし少女」という一節がある。また、鷗外のあとを追って来たエリーゼのその瞳の色は、「石黒日記」には、「其眼緑於春水緑者其人何在乎　蓋在後舟中」（明治21・9・4）と記されている。作中のエリスの眼は、「青く清らにて物問ひたげに愁を含める目」と記述されている。また、「百年ロマンス[13]」のエリーゼは黒髪である。このように、フィクションと現実の、エリスとエリーゼの容姿は、微妙に焦点をずらしながら、集合の輪をぼんやりと一部重ならせている趣である。いずれにしろ、豊太郎の眼にエリスは、何らか「いわくあり気な女」として写ったとはいってよかろう。エリスは、ある特殊な事情を持った女であり、このような女が他者である男に心的に共振するためには、男の側にも、ある特有の要素があることが条件となるであろう。

その意味では、川副国基が指摘した「豊太郎を黄色人種とみとめたエリスの口からいきなり『君は善き人なるべし』ということばが出ているのは、白人の間で偏見をもって迎えられている東洋人、不当な差別を受けている日本人に、白人間でも差別されて来ている我が身の上をひきくらべ、強い親近感を抱いてのことであったろう。[14]」という観点は、首肯できるものである。この点については、荻原氏も「エリスがユダヤ人ならば、『黄なる面』の豊太郎を見てすぐにこう口走っても、少しも尻の軽い女ではないのだ。[15]」と、はっきりエリスをユダヤ人だと仮定して述べている。そして、このエリス、ユダヤ人説を延長すれば、「エリスは『彼の如く酷くはあらじ』と、豊太郎とヰクトリア座の座頭シャウムベルヒとを対比させている。これは豊太郎がシャウムベルヒのように、親切の代替に体を要求したりはしないだろう、という意味からだけではない。キリスト教徒のユダヤ人に対する、歴史的な敵視、蔑視から生じる〈酷《むご》さ〉との対比でもあるわけだ。[16]」という読みが出てくるのである。これは、シャウムベルヒの酷さを、これまでの説（親切の代替に体を要求する）とは別のレベルにおいて認定したすぐれた読みだといえよう。

ダブル・バインドされる母子

では、この座頭の〈酷さ〉と対応する、エリスの母親の〈酷さ〉はどうであろうか。この〈酷さ〉について荻原氏は、「夫の葬式代のために娘に体を売らせる〈酷さ〉である。ただこれを、日本人的無宗教的優しさを発揮して、そんな鬼みたいな母親があるものかと簡単に言い放ってはいけない。エリスの母親はユダヤ教の律法《トーラー》に従って、明日までにどうしてもラビを呼び、葬式を出さなければならなかったのだから。[17]」という見方を取る。ここでは当然、ユダヤ式の葬儀の仕方の具体的あり方が問題にされねばならないが、そのような細部については、紙幅の関係からか、荻原氏は特に記さない。ここで氏が問題にしているのは、「母の背後には神がいるわけで、これはもうエリスの選択の余地は皆無だ。[18]」というメタレベルの視点である。確かにこのエリスの母が、「律法《トーラー》」という宗教的規則に従うならこうならざるをえないだろう。しかしここで筆者は、そういう図式以前に、彼らユダヤ人の生活する共同体の実際面に沿って推定的記述をしておくことにする。

　鷗外の留学した一九世紀末のベルリンに、ゲットー的環境が前世記のままに存在したとは考えられぬが、それらの生活様式や機能的職分が、伝統として残され存続していたとは充分考えられるであろう。

「宗教的伝統はどこでも基本的には同じであったが、時が経つにつれて、それぞれの社会ごとに独自の特徴が出た。（中略）ドイツの南部には、イタリアの商人が十六世紀にもちこんだローマの儀式を維持していたものが、少なくとも一つはあった。多くの地では、何か地方的な災禍を記念する特別な断食日とか、現代のハマンからユダヤ人社会が解放されたことを記録して、特別の「プーリム」（ハマンの迫害脱出にちなんだ記念祭――引用者・注）をもっていた。このように、フランクフルトでは、（中略）一七九五年の大火から逃れたのを感謝してプーリム・デル・フォコを最近（この引用本の発行年は一九六一年である。――引用者・注）まで祝ってきた。シナゴーグのそばには、以前は大抵その中に学校が設けられたことを考慮して、学校ができた。それは、いつでもユダヤ人の生活様式の中で誇り高い地位を与えられており、この点ゲットー時代のユダヤ人は、その民族の古代の理想に劣るものではなかった。どんな小さな場所にも、その教育施設をもっており、それは多くの場合、そのため特別に設けられた信仰団体により管理されていた。千名を越えないユダヤ人社会が『無料の学校』を維持していたが、それは今日でも模範となり得るものである。この費用はすべて自発的な寄付によってまかなわれ、両親からは何ら費用を期待しなかった。その地方の言葉の初歩がヘブライ語と並んで教えられた。とりわけ驚くべきことは、貧しい生徒が実際に無料給食を受けていたことで、それに毎年冬の初めには長靴と服が配給された。所によっては女子の学校があり、このように教育の普及していたことは、今日でさえ西欧世界のいかなる国にも殆ど例をみない。（中略）ハンブルクその他の大きな港町には、『マルタの騎士』（盗賊）や『バーバリ族の海賊』に捕えられて、奴隷に売られたユダヤ人の商人を購い出す特別の団体もあり、その他何でも困っていることがあれば、それぞれの能力に応じて、自分の隣人から安心して助けを求めることができた。病気になれば、病人を見舞う団体が慰めに来てくれたし、死ねばある団体は遺族の面倒を見てくれるし、また葬式は別のものが心配してくれた。[19]」

のちの論述の都合上引用が長くなったが、このような共同社会的な内部機構がゲットー時代のドイツには現実に機能していたのであり、その後の時代においてもこうした働きは、実際の施設の点では不完全であったにしろ、伝統的に同じように機能していたと考えられるのである。それは、場所を変えても同じく営まれていたのである。例えば、現実のエリーゼが日本を去った年から六年後に長崎に日本最初のユダヤ人社会が形成された時にも、このような施設と機能は、基本線において受け継がれている。「最初にユダヤ人社会が形成されたのは一八九四年、長崎だった。ポグロムを逃れてロシア・ポーランドから来た人達、約一〇〇人であった。シナゴーグとヘブラ・カデシャ（葬儀組合）がつくられ、日露戦争当時の一九〇五年には、ＪＮＦ（ユダヤ民族基金）の長崎支局も生まれた。[20]」このように、ユダヤ人社会が形成されている場所では、何処においてもその核として、「ラビやユダヤ共同体職員[21]」的な二存在があったであろう。また、実際ユダヤ人は何処においても政治・民族的政策から一定地域に居住させられる運命にあった以上、必然的に共同体とならざるをえないのでもあった。

こうした背景や伝統を考慮した場合、エリスの父の葬儀や母の様子には、ユダヤ人社会の存在としては、納得のゆきかねる点も出てくるのである。ユダヤ人共同体の扶助が発揮されたとすれば、娘の体を代替として金銭を得させようとまで母親はしなかったであろう。この一八八〇年代のベルリン、ユダヤ人街には実効として扶助作用が働いていなかったか、ワイゲルト家の家計が、葬式の最低限の費用（扶助をされても）をさえ出すことができぬ極貧状態であったかということになろう。いずれにしろ、明日の埋葬の直前までそのための金銭的目処が立たず、亡骸のまま放置されている状態とは、究極的な窮乏の状態だといえよう。もしこのテクストに現れた条件で考えるとすれば、あと残る唯一の方法は、その後エリスが「東に往かん」ことを想定した時に母親がいった、「ステッチンわたりの農家」の「遠き親戚」に頼るということであろう。

いくら考え果てたのちの非常事態であるにしろ（エリスの日本行きが）、そこへ「身を寄せ」ようと想定することのできる親戚に対して、葬儀代を借りることさえできないというのも、考えれば若干不審であるといえるかもしれない。尤も、そこへ行く交通費、および無心に近い形の頼みを、それまで交渉のなかったであろうところへ急遽申し込むのは、エリスの母にとって気の重い難事であったろうが。

この親戚という要素が出た序でにいえば、ワイゲルト家の出自をステッチン（この地名は、『独逸日記』に、「此日石君田口大学教授とステッチン Stettin に赴く。」とある。）辺りに求めるということは、可能性としてはあるであろう。そう考えた場合、エリスの「言葉の訛」が、地方出身の家族である故だという仮説も成り立つだろう。既説では、「少し訛りたる言葉―下層社会に育ったエリスの教養の低さを示している。」[22]という三好行雄の注釈がある。しかし正確にいえば、「言葉の訛り」と教養の高低とは、直接に結び付く因果関係ではない。それ以外の可能性では、ベルリン訛りや、ユダヤ人ハイネがポーランドのユダヤ人についていった「ユダヤ訛」が考えられる。「わたしの耳にがんがん響くのは、ポーランド＝ユダヤ人たちのユダヤ弁《ユーデンヤルゴン》だ。[23]」または、「この人たち（ポーランド・ユダヤ人――引用者・注）の状態を詳細に観察した後、つまり、彼らがそこに住み、そこでユダヤ訛を話し、そこで祈り、そこで行商をし、しかも、そこで悲惨である――豚小屋のような袋小路を見た。[24]」

先の論点に戻せば、娘に葬儀遂行のために体を売ることを要求する「母」とは、いかにも苛酷な母親像だということになるが、その底に流れているものは、下層階級での実生活運営者、家計の遂行者としての実践的人物像であろう。ドイツ社会で最も苛酷な生活を強いられてきたユダヤ人であれば、道徳あるいは律法とは別に、生き延びる手段としての非情さを遂行する意志に長けていたと考えることもあながちできないことではあるまい。もしそれが、荻原氏のいうように「ユダヤ教の律法」に従うためのものであるとすれば、より一層大義となるものであろう。ユダヤ人の存続の歴史には、常にこのようなダブル・バインド（二重拘束）[25]的な抑圧がなされてきたことを考え合わせれば、最低限のところでこの母親のやり方が了解できないとはいえぬだろう。そして、ここで興味深いのは、そのようなダブル・バインド下に晒されてきたユダヤ人である母親であるが、その当人自身が、エリスに対してダブル・バインドの与え手であるということである。実にこのエリスの母も、ジューイッシュ・マザーという言葉そのままに、一転すればそれはグレート・マザー（太母＝恐母）として娘の抑圧者になるきわどい存在である。

しかしこの恐母であるエリスの母が、単にそれだけではないことは見逃してはなるまい。豊太郎の免職ののち、いくらエリスの口添えがあったにしろ彼を同居させた彼女のあり方には、一つの生活思想の一貫性があるであろう。テクストには、豊太郎がワイゲルト家に入るに際して、「いかに母を説き動かしけん」としか書いていないが、この時点で〈娘〉と〈母〉の間には何らかの密約的了解があったであろう。はっきりいってしまえば、母の行動と了解には、基本的に一つの成算を目安にした原理が働いていよう。死後その威光を「剛気ある（……）守護」として精神的に働かせる父と違って、この母親は、あくまで現実生活遂行者としての位置をやむをえざる選択としていたであろう。繰り返していえば、この母もダブル・バインドの被害者であり、かつまた、娘であるエリスはその下での同じくダブル・バインドの被害者であり、更に豊太郎もまた金銭貸与から発するエリスとの恋愛というあり方によって（自らの行為によって自ら呪縛されるという意味において）その被害者であり、かつ加害者なのである。荻原氏の言葉を使えば、「豊太郎は時計を手渡すという形で、お金を貸す。そのあとで、エリスと肉体関係を持ったら、シャウムベルヒとどこが違うのか。（中略）時間を置いて、文学などを教えたりして、二人の間にある賃貸借の関係を薄めていかなければならない。」ということになろう。

しかし豊太郎においては、〈免職〉になり、エリスの援助を受けた段階で、実はその賃貸借関係をゼロに戻して、改めて真の恋愛関係を意志的に始める可能性もあったことを付け加えておかねばならぬだろう。そして彼らの上には、最終的には更に巨大なダブル・バインド状況の付与者がいるのである。それは、日本国家という権力である。ワイゲルト家は、プロシアにも、また日本にも見捨てられた存在である。かように、この『舞姫』には、様々なダブル・バインドの入れ子構造が看取できるのである。

〔注〕

（1）『舞姫』と19世紀ユダヤ人問題」（『鷗外』平成一〇・一）

（2）引用は、「国民之友」（明治二三・一）版による。但し、ルビは省いた。尚、引用に当たっては、旧字は新字に改めた。

（3）E・R・カステーヨ、U・M・カポーン『ユダヤ人の2000年　宗教・文化篇』（那岐一堯訳、一九九六・七、同朋舎出版）

（4）注（3）に同じ。

（5）レーオ・ズィーヴェルス『ドイツにおけるユダヤ人の歴史——二千年の悲劇の歴史』清水健次訳、一九九〇・三、教育開発研究所
（6）注（5）の『ドイツにおけるユダヤ人の歴史』中の、「プロイセン王国をめぐる一旅行者の記録」からの引用。
（7）アーサー・ケストラー『ユダヤ人とは誰か』宇野正美訳、一九九〇・五、三交社
（8）注（7）に同じ。
（9）「『舞姫』再考　エリス、ユダヤ人問題から」「国文学　解釈と鑑賞」平成元・九
（10）注（7）に同じ。
（11）注（7）に同じ。
（12）注（7）に同じ。
（13）エリスの実像を追求した、テレビ朝日（一九八九・五・七）の番組。
（14）「『黄なる面』の太田豊太郎」『現代作家・作品論』一九七四・一〇、河出書房新社、所収
（15）注（9）に同じ。
（16）注（9）に同じ。
（17）注（9）に同じ。
（18）注（9）に同じ。
（19）シーセル・ロス『ユダヤ人の歴史』長谷川真、安積鋭二訳、一九六六・五、みすず書房
（20）滝川義人『ユダヤを知る事典』一九九四・四、東京堂出版
（21）アブラム・レオン『ユダヤ人問題の史的展開』湯浅赳男訳、一九七三・一一、柘植書房
（22）『近代文学注釈大系　森鷗外』昭和四一・一、有精堂
（23）『ロマン主義』中の言葉。但し、H・キルヒャー『ハイネとユダヤ主義』（小川真一訳、一九八二・九、みすず書房）中の引用による。
（24）『ラビ』中の言葉。注（23）の『ハイネとユダヤ主義』中の引用による。
（25）ダブル・バインドとは、G・ベイトソンの提唱したテクニカル・タームであり、要約すると、次のような状況をいう。コミュニケーションに含まれる個々の（字義通りの）メッセージと、それらのメッセージについての一段高次の（メ

タレベルの）コミュニケーション（メタコミュニケーション）とのあいだの次元的な差異が、その言明を与えられた者には十分明確にできないような構造になっていて、これが被授与者に判断の困難と、進展のない宙づりの状態を与えること。これをユダヤ人の置かれた歴史的状況に当てはめて換言すれば、次のようになる。「一八七一年に解放を授与してやった恩恵への『お返し』に、『古い不正をすでに償い、ユダヤ教徒に人間と市民の権利を与えたドイツ民族の信仰、習慣、感情に対して、いささかの恭順の意を示す』よう、いわば『後払い』を要求しているのである。」（植村邦彦「もう一つの『ユダヤ人問題』論争」――「現代思想」一九九四・七、所収）

「エリス、ユダヤ人問題」をめぐって II

――「獣綿」「伏したる」人の可能性

真杉秀樹

はじめに

本論は、『舞姫』のヒロイン、エリスがユダヤ人であると推定する、所謂エリス、ユダヤ人説に関する筆者の一連の論文の一篇である。本稿に先立って二篇の拙論[1]を記しているが、そこにおいて論じられている問題テーマについては再び繰り返さないこととする。以下では、更に細部テーマとしてエリスの母と亡き父の形象、またそれらとは別個に、潜在的なユダヤ的形象として「新聞」の解釈可能性が論究されることになる。

エリスの父の葬儀様式

エリスの母と父に関する描写の細部として焦点化されるのは、次の二点である。すなわちエリスの母の服装と父の亡骸の安置の様子である。

エリスの母の身にまとっている「獣綿」については、従来問題にされることが多いが、注釈はいまだ安定していない。『近代文学注釈体系　森鷗外』[2]において、三好行雄は未詳として、長谷川泉氏の指摘、「明治十六年刊の『百科全書』『織工篇』に『毛綿混製』『毛綿混織布』などの語が見える。」を記し、この「毛綿」にあたる鷗外の造語か、としている。筑摩書房版『森鷗外全集』[3]では、「未考」となっている。では、これをユダヤ人説から見るとどうなるか。例えば、次の記述を参考にしてみたい。

「一八世紀のふつうの服装は、アンタリと呼ばれた縞目の綿の着物（これは腰のところで左右を合わせ、白や色物の幅の広い飾帯で締める）、カピタナという名称の白色または黒色の前開きチョッキから構成された。冬期には、毛皮裏のカフタンや綿入りのトップコートを着た。のちになるとアンタリは廃れて、腰をベルトで締める、縞目や図柄を印刷したジュバーという一種のケープが登場した。頭には、たいてい黒い房のついた赤いトルコ帽を被った。（原文・改行）一九世紀のあいだ、サロニカとスミルナのユダヤ人女性は、花模様の幅広い縁飾りがついて臀部から縁までスリットの入ったチュニックを二、三枚重ねた下に、トルコズボンをはいた。表に出るときは暗赤色の長いペリースをはおり、頭をマラマン、つまり厚手の生地でできた長くて白い一種のヘッドスカーフで覆った。[4]」

先の拙論[5]で述べたようにこれらの服装は、歴史的には、「キリスト教徒の様式をユダヤ人が採用したので[6]」、多くの当局者たちによって「一八〜一九世紀のあいだ、東ヨーロッパのユダヤ人はキリスト教徒と区別された服装[7]」をさせられたという経緯の延長線上にある。例えば、チュニックなどというと、いかにもエスニックな感じで、当時のドイツにおいてそのようなものが着用されていただろうかという疑義が出そうだが、ユダヤ人においてはそのような服装がなされていたのは事実である。その典型が、アシュケナージ系ユダヤ人のラビである。彼らは一九世紀において、「長いひげを蓄え、ポーランド風にチュニックを着用し、皮縁の帽子を被った。[8]」むろん男女では、また職種によってはその服装の形と着こなしは違っていたが、それらの素材は大して違ってはいなかったであろう。また一九一五年の時点でも、伝統的な衣装をまとったハスィディームがウィーンにおいても見られ、この場合、「16世紀のポーランドの貴族の服装が、ニューヨークやエルサレムのような全然別の都市で見られるということ[9]」なのである。

ユダヤ人の全世界的な分布、また彼らの差別や弾圧による広域的な移動の実態やその民族アイデンティティーの強固さからいって、時間や空間の隔たりを問わないその普遍性、同一性には、われわれの一般常識的判断では推測できないグローバルさがあるのである。こういった点を、彼らを考えるにあたって頭に置いておかねばならぬだろう。また実際、「ある種の上衣の着用が、気候を無視して伝統化して[10]」もいるのである。このような、時間、空間、気候の自在性、伝統的固定化という観点を置いておかねばならないだろう。「毛皮裏のカフタンや綿入り」の衣装、こうした衣装の変形やその素材を、エリスの母の着ている「獣綿」に当てはめてみることはできないだろうか。本文の描写では、まだ「明治廿一年の冬[11]」は来ていないのだが、前記の融通性からすれば、これは誤差のうちに入れることができる範囲ではあるまいか。エリスの母がユダヤ人であるとすれば、そのような衣装のヴァリエーションとして「獣綿」を考えることは可能だろう。そして、ほどなく来る「壁の石を徹し、衣の綿を穿つ北欧羅巴の寒さ」の冬には、その時こそうってつけの衣服の効果を発揮するものだろう。

また、父親の亡骸の安置の様子も、ユダヤという視点を通して見ると、そこには自ずと従来とは別の読みのヴァリエーションが現れるだろう。該当部分を含む室内描写は、次のように記されている。「戸の内は厨にて、右手の低き窓に、真白に洗ひたる麻布を懸けたり。左手には粗末に積上げたる煉瓦の竈あり。正面の一室の戸は半ば開きたるが、内には白布を掩へる臥床あり。伏したるはなき人なるべし。」管見では、父親の亡骸の安置の様子自体を分析したものをこれまで目にしたことはないが、エリスの部屋と関連してそれを注視したものに、清水茂氏の『『エリス』

像への一視角――点化（トランスズブスタンチアチオン）の問題に関連して――[12]」がある。氏はこのなかで、エリスの屋根裏部屋の机の上に置かれた「価高き花束」に関連して父親の部屋に注視する。「家に一銭の貯えもないというエリスの部屋に、何ゆえ『価高き花束』が生けられてあるのか。いかに功利をはなれた殉情の乙女といっても、亡父を葬るべき金もないのに高価な花束をあがなったとすると、いささか常軌を逸しているように思われる。（中略）しかし、それにしても花束は、父の亡骸の横たわっている、入口の戸から見て正面に位置する一室の、『白布の掩ひし臥床』のかたわらに飾られてあってしかるべきではないか。（中略）もしかすると、この『価高き花束』は、エリス自身か、エリスの母なる『老媼』が、エリスを訪れるべき客のためにしつらえて置いたものではなかろうか。」氏はここから、よく知られているように、「塵巷に住む少女に似ない無垢の美[13]」を体現するという従来のエリス像を「百八十度に近い転換[14]」をするような捉え方を示唆する。

エリス像の問題はここでは措くとしても、この清水氏の指摘は、研究者の視線をエリスの父の部屋に集中させるには充分の働きがある。この清水氏の指摘を受けて、嘉部嘉隆氏はそのエリス像について、「かく言う筆者も条件付きではあるが、清水説に加担している一人である。[15]」と首肯しながらも、花束の問題については疑義を呈している。「清水説の弱点は、花束に関しても、もう一箇所ある。清水氏は『正面の一室によこたわる亡き父を弔うためのものではなくて、彼女自身をおとずれる客のために、あらかじめしつらえられているもの』と書いているが、鷗外は、（原文・改行）正面の戸は半ば開きたるが内には白布を掩ひし臥床あり伏したるはなき人なるべし（原文・改行）と書いている。戸は半ば開いているのであり、完全に開け放たれているわけではない。従って、戸の陰にかくされて花束が置かれていた可能性もある。そもそも、娘が身体を売ろうというのに、その父親の死体が何故わざわざ見えるように戸などが開かれていたのだろうか。これでは逆効果ということもあり得る。[16]」嘉部氏のテクストの文面に沿った字義通りの読みには定評があるが、この批判的分析には、首肯できる読みの精密さがある。この戸口から向こうに隠されている父の亡骸の安置状態、その亡骸の向きこそ、ここで問題にされねばならないものなのである。

ユダヤの葬儀は次のようになされる。「遺体は目と口をとざされ、顔をシーツでおおわれ、ドアの方へ足を向けて安置される。枕元にローソクがともされ、埋葬まで付き添い（ショメル）が詩編を誦しながら見守る。遺体に触れるのは不浄（タメメット）とされ、すぐに洗い清める。遺体は埋葬の前、トホラーという洗い清めの儀式を行う。仏教の湯潅に類似する。ユダヤ人社会はヘブラ・カディシャという葬儀屋を持つのが普通である。[17]」この儀式様式からすると、エリスの父の遺体は、入口の戸から見て正面に位置する一室の戸の方に足を向けて安置されていることになる。入口を入った豊太郎からすると、自身の方に向けて「臥床」の裾が目に入ってくる感じになる。父の遺体が安置されている臥床が戸の面に対して九〇度の角度に位置されていればである。すると、この「戸」はドアであろうから、「半ば開きたる」その戸の向こうには、臥床の裾から頭の方へかけて「白布」で掩われた遺体の膨らみが見えたであろう。

先の様式に従えば、顔はシーツでおおわれているから全体としては、臥床をめぐる一塊の白い小山が、半ばほど見えたということになろう。ひょっとしてその枕元には花束があったかもしれない。豊太郎は、エリスの家に入ってから、一わたり室内の様子、間取りを見回している趣で、描写としては最低限の範囲を的確に行っているといえよう。実際にはもっと多くの物が目に入ったであろうと思われる。エリスの父の臥床についても同じで、単に白布を被ったベッド（であろう）だけが目に入ったわけではない可能性もあろう。尤も、一瞥すぐにそれが遺体だとわかるそれ、およびその部屋を、まじまじと見ているわけにもいかずすぐに視線を他へ向けたであろうが。それからすれば、一瞥した花束を、テクストの空白として描写していないだけだという可能性も若干は残るであろう。しかし、むろんそれは、テクストの空白における単なる空想の域を出ないが。

また、父の遺体が入口の戸に対して直角に置かれているとは限らない可能性もある。エリス一家の各部屋が、充分な広さを持っているとは思われず、父の遺体のある部屋もそれは同じで、戸に対して直角に臥床を置く余裕が空間的にない可能性もありえ、従ってもとあった臥床のままに、あるいは、若干葬式儀礼に合わせて規定に近い形にしてあったということも考ええよう。そしてそのような状態では、臥床は、全体のごく一部しか見えていなかったということもありうる。最終的にいえることは、臥床が「白布」でおおわれている点だけが、先のユダヤ式葬儀様式にかなっているということであろう。尤も、このことは、ユダヤ以外の葬儀においてもあてはまる様相である。蛇足だが付け加えておけば、半ば開いた戸を入るとすぐに遺体の頭部がくるようには安置してなかったであろう。

「白布」ということでいえば、「右手の低き窓」にかけられている「真白に洗いたる麻布」にも注意しておいていいだろう。父の安置された部屋は特別な状況ではあるが、それも含めてこの「厨」の内部とを合わせて見られる描写のなかの「白」のイメージは読み手の注意を喚起するものであろう。筆者はこの室内の「白」のイメージの意味するものを、以前の拙論(18)で次のように述べた。「心的拠り所であった父権の消失した中で、そのためにまた経済的には窮乏を強いられる、どのようにも塗り変えられる底辺の生活にいるということだ。そして、事実エリスは、豊太郎の意を体現させられるべく、ペダゴジックにその塗色を待ち受ける〝白紙〟の役柄を振り当てられているのである。」

これはメタフォリカルな意味であるが、字義通りの「白い」清潔なイメージもここには指摘できる。これは、ワイゲルト家の生活姿勢の基調を示すものであろう。これを更に共同体レベルに拡大すれば、ユダヤ人の生活におけるそれと指定できよう。殆ど日の当たらないゲットーに住んでいたユダヤ人の中には、青白い不健康な顔つきの者がたくさんいたことは一般に知られている。「しかし驚くべきことに、こうした不健康な状況下にあってもゲットーが疾病の温床とならなかったのは、ユダヤ人が律法の民として、厳しい清潔に関する規律を順守していたからである。[19]」こういう律法的影響を、ワイゲルト家の室内に読み取ることは可能であろう。大きくいえばユダヤの律法、その戸主的体現という枠でいえば、「剛気ある父の守護」に関連するものだといえよう。エリスも、父の在世中なら、「白いテーブルクロスのかかった食卓には、いつもより御馳走が並び、シナイのマナの故事を象徴する二本のハロット（安息日用のパン）がおかれる。[20]」（傍点・引用者）という生活が営まれていたことであろう。

尚、エリスの室内の装飾に関しては、嘉部氏が次のように指摘している。「花束や写真帖などの置かれている机には『美しき氈』が掛けられていることである。エリスの母の上靴は『汚れたる』ものであり、エリスの母の着衣は『古き』獣面の衣である。ドイツ人が部屋を美しく飾り立てることは、よく知られた事実であるが、母親の身につけているものとくらべると、不釣合であることは否定できない。[21]」

新聞とユダヤ人

エリスは豊太郎に、「父は死にたり。明日は葬らでは愜はぬに、家に一銭の貯だになし。」といっている。すると先の様式でいうと、トホラーという清めの儀式も終わり、あとは葬儀屋（ヘブラ・カディシャ）を待つだけという状況だといえる。つまり、この葬儀屋を使った埋葬の儀式を行うだけの金がないというのである。では、葬儀はどのように行われるのであろうか。「埋葬は土葬で火葬はしない。喪主は衣服を引き裂き悲しみを表現する。これをケリアーという。野辺の送りをすませると、弔問客はパンと硬うで卵をたべるのが一般のならわしである。[22]」また、「ユダヤ人共同体にはこの習慣が何世紀ものあいだ存続している。[23]」この埋葬とその後の弔問客に対する振るまいに実質どれくらいの費用がかかったのかは判然としないが、「弱者に対して特に敏感[24]」であったユダヤ人社会にあって、母が娘に体を売ることを強要するほどの状況は若干考えにくいとは先の拙論[25]で述べた。このような窮乏の時にこそラビの指導的役割が発揮されるべきものなのである。「ラビは、シナゴーグで祭儀を司祭し、トーラやタルムードを教え、共同体のカウンセラーとしてメンバーの悩み（家庭や仕事の問題を含め）にこたえる。まさに共同体の師である。[26]」先にも記したように、荻原氏は、このようなワイゲルト家のユダヤ人である故の規律遵守を「律法《トーラー》に従って、明日までにどうしてもラビを呼び、葬式を出さなければならなかったのだから。[27]」といったのである。

この父の葬儀がユダヤ式であるとすると、次に必然的に出てくるのが、服喪期間の問題である。エリスは豊太郎の援助を受けて、無事父の葬儀を完遂する。そのあとにくるのは、トーラの規定に従う服喪の期間である。「服喪期間（アベル）は三段階よりなる。第一はシヴァア（七）、伝統的な七日間の重い服喪である。葬儀の直後からはじまって、より軽い次の二つの段階の服喪へとつづく。第二段階では、遺族の男は三〇日間ひげを剃らず髪を切らない。第三段階では、一年目の逝去日に葬いの記念碑が建てられる。通常は大理石の墓石で、故人のヘブライ名、死亡日と墓誌が刻まれる。一年目の逝去日が過ぎると、いっさいの喪が明ける。[28]」『舞姫』本文では、改行して「嗚呼、何等の悪因ぞ。この恩を謝せんとて、自ら我僑居に来し少女は、ショオペンハウエルを右にし、シルレルを左にして、終日兀坐する我読書の窓下に、一輪の名花を咲かせてけり。」と続くが、この文章の前に、エリスの服喪による時間的経過が入る。ここには、「服喪」というテクストの空白が存在している。むろんこれが、仮りにエリスがユダヤ人でなくとも、葬儀ののちの何らかの服喪の時間と、関連事項の処理による時間的消費があったはずである。問題の実質は、この「嗚呼、何等の悪因ぞ。」の前に入るテクストの空白時間がどのくらいの長さであったかということである。

右のユダヤの規定に沿って推理してみると、「剛気ある父の守護」（＝「ユダヤ人で剛気があるというのは、律法を厳守して暮らしていたということだ。[29]」）が精神的に生きているワイゲルト家では、第一段階はもとより、第二段階程度まではまず守られたであろう。第三段階が守られるかは、経済的な条件がそれを支配する。

第一段階を更に正確に記せば、「外部からの弔問は当然認められるが、喪主を中心とする遺族は外出をひかえ、土間または低い椅子に座り、カディシュを誦して過ごす。労働はもちろん、ひげそり、散髪、入浴、着換え、洗濯をしてはならない。皮靴をはくのも禁じられる。家の鏡をおおう家庭もある。[30]」という仕儀になる。エリスが豊太郎の「僑居」へ来たのは第一段階ののちであろう。第二段階では、外出してはならないとは書かれていない。また、外出できないようでは、実際、生活に関わってきて支障を生じるであろう。それに加え、ワイゲルト家のような窮乏状態の家庭では、そんな長期間家に籠もっていることができる経済的保証はないだろう。豊太郎のもとへは、第二段階の比較的早い時日に来たであろう。それは、今いった経済的理由を主にして、仕事のために外出せざるをえないだろうし、何といっても豊太郎は、当の葬儀の資金貸与者なのであるから、実質的ないいわけとして、比較的早い時期に訪ねて来やすかったであろう。

父の葬儀のために、体を売るところまで追い詰められていた状況からすれば、次の約束事項（実質的には貸借契約）を履行する行為は、何の抵抗感もなかったであろう。いくら感謝の気持ちの反映であるとはいえ、葬儀から程遠からぬ時日（また余り遅くなっては豊太郎に失礼であろう。）に豊太郎のもとを訪れねばならない理由であるこの貸借契約の意味は、重いといわねばならぬだろう。先の拙論[31]で述べたように、今後の二人の関係のベースに間断なく続く心的影響として、二人の恋愛の性格に無視できぬ「枷」を嵌めたといわざるをえないだろう。

次の点検項目は、「新聞」である。「新聞」がユダヤ的であるということは、テクストの上でははっきりした符牒としては出てこないが、その底流に潜む可能性として指摘できるであろう。鷗外がベルリンにいた一八八〇年代末に同時代人としてドイツにいたユダヤ人に、新聞社主レオポルト・ゾンネマンがいる。彼の生没年は、一八三一～一九〇九年であるが、一八五六年にフランクフルト・アム・マインで「フランクフルター・ツァイトンク」紙を創立し、「商工業界に読者をもつ南独の主流紙に育てあげた。[32]」この新聞など、「百年ロマンス[33]」に紹介されたエリーゼ・ヴァイゲルト、およびその夫のリヒャルド・ヴァイゲルトが知っていた、あるいは読んでいた可能性があろう。因に、エリーゼはフランクフルト生まれであり、夫リヒャルドは、「クロステル街84番地で大きな毛皮店『シュナイダー商会』を営んでいた[34]」

これは一例であるが、当時他にもユダヤ系の新聞は発行されていた。『舞姫』にも名前の出ているユダヤ人、ルードヴィヒ・ベルネは、「ディー・ツァイトシュヴィンゲン」紙を創刊した。彼が初め編集部員として働いていたのは、「フランクフルター・シュターツ・リストレット」紙である。彼はこれらの新聞に、政治批評を発表したのである。このような彼の新聞活動および執筆活動の精彩は、『舞姫』の豊太郎の「余は新聞の原稿を書けり。昔しの法令条目の枯葉を紙上に掻寄せしとは殊にて、今は活発々たる政界の運動、文学美術に係る新現象の批評など、彼此と結びあはせて、力の及ばん限り、ビヨルネよりは寧ろハイネを学びて思を構へ、様々の文を作り」、あるいは「凡そ民間学の流布したることは、欧州諸国の間にて独逸に若くはなからん。幾百種の新聞雑誌に散見する議論には頗る高尚なるも多き」という活動に類比、照応できるものである。「ビヨルネよりは」と書くということは、ビヨルネの文に接していたという逆の証拠である。鷗外の評論に「ルウドヰヒが新作」がある。

『舞姫』に描かれる「キヨオニヒ街の間口せまく奥行のみいと長き休息所」は、鷗外が実見した室内風景であろう。そこには「明きたる新聞の細長き板ぎれに挿みたるを、幾種となく掛け聯ねたるかたへの壁」と描写されるように、また三好行雄が「新聞縦覧所を兼ねる[35]」と記すように、ドイツ国内の様々な新聞が並べられてあったろう。こうした場所で、鷗外は各紙を手に取り、目を通したことがあろう。[36] このような各紙縦覧のなかにおいて、鷗外がユダヤ系新聞を閲覧したという可能性は充分にあろう。そしてまた、ドイツ系一般紙の論調と併せて、当時のドイツ、ベルリンでのユダヤ人に対する世論、ユダヤ人問題の現実を認識する機会が充分ありえたと思われるのである。いずれにしても、一九世紀ユダヤ人問題が反動的に形成されているベルリンに鷗外が滞留していたことは事実であり、『舞姫』におけるユダヤ人のテーマも、基本的にこのような歴史的文脈のなかで捉えられる必要があるのである。

〔注〕

(1) 「『舞姫』と19世紀ユダヤ人問題」(「鷗外」平成一〇・二)「『エリス、ユダヤ人問題』をめぐって――『エリス』『ワイゲルト』家の可能性――」「文学研究」平成九・七
(2) 昭和四一・一、有精堂
(3) 第一巻、昭和四六・四
(4) E・R・カステーヨ、U・M・カポーン『ユダヤ人の2000年 宗教・文化篇』那岐一堯訳、一九九六・七、同朋舎出版
(5) 注(1)の「『エリス、ユダヤ人問題』をめぐって――『エリス』『ワイゲルト』家の可能性――」
(6) 注(4)に同じ。
(7) 注(4)に同じ。
(8) 注(4)に同じ。
(9) 注(4)に同じ。
(10) 注(4)に同じ。
(11) 引用は、「国民之友」(明治二三・一)版による。以下の引用も同じ。但し、ルビは省き、旧字は新字に改めた。
(12) 「日本近代文学」第十三集、昭和四五・一〇
(13) 『日本近代文学大系11 森鷗外集I』(昭和四九・九、角川書店)における『舞姫』の頭注。
(14) 嘉部嘉隆「『舞姫』についての諸問題(一)」「森鷗外研究」1、一九八七・五、和泉書院
(15) 注(14)に同じ。

(16) 『舞姫』についての諸問題(二)」「森鷗外研究」5、一九九三・一、和泉書院
(17) 滝川義人『ユダヤを知る事典』一九九四・四、東京堂出版
(18) 「エクリチュールの揺蕩――『舞姫』私論」愛知県立鳴海高等学校「紀要」、一九八八・三
(19) 大澤武男『ユダヤ人とドイツ』一九九一・一二、講談社現代新書
(20) 注(17)に同じ。
(21) 注(16)に同じ。
(22) 注(17)に同じ。
(23) 注(4)に同じ。
(24) 注(17)に同じ。
(25) 注(5)に同じ。
(26) 注(17)に同じ。
(27) 『舞姫』再考 エリス、ユダヤ人問題から」「国文学 解釈と鑑賞」平成元・九
(28) 注(4)に同じ。
(29) 注(27)に同じ。
(30) 注(17)に同じ。
(31) 注(5)に同じ。
(32) 注(17)に同じ。
(33) 一九八九・五・七
(34) 荻原雄一「『エリス』再考――五歳年上の人妻だったのか」「鷗外」平成二・一
(35) 注(2)に同じ。
(36) 篠原正瑛氏は、「鷗外自身にも、喫茶店などで休んだり人を待ちあわせたりする時間を利用して、ドイツ語の新聞を読む習慣があったらしい。」(「鷗外」昭和四五・一〇)として、横山達三の『趣味と人物』(一九一三年刊)に紹介されている鷗外のエピソードを引用している。

第二部　エリーゼとは誰か？

来日したエリーゼへの照明

――「舞姫」異聞の謎解き作業の経過

金山重秀
成田俊隆

事件の独乙婦人

「朝日新聞」昭和五十六年五月二十六日夕刊（一部、二十七日朝刊）は、中川浩一、沢護両氏による、『『エリス』のモデルは『ミス・エリーゼ・ビーゲルト』――二人の〝素人探偵〟が、明治、大正期の文豪・森鷗外の最大のナゾを解いた」と、報じた。

鷗外と同じく、我々も青春の一時期を、ドイツで生活したこともあって、ドイツでの「鷗外の青春」に強く興味をひかれていた。

国立国会図書館新聞閲覧室にて、「The Japan Weekly Mail」（ジャパンウィークリーメール・以下J・W・M）のマイクロフィルムから、「エリスのモデル」を発見したのは、三年ほど前であった（当時、長谷川泉氏に「発見」の一部についてお話したら、親切にも雑誌『鷗外』に掲載を依頼されたが、発表するには資料不足だった）。発見後、我々は、彼女の具体的全体像（年齢、家族、出身階級等）を調べ、『舞姫』と実在の「エリス」との内在的連関を把握したいと願い、探索を続けてきた。

「朝日新聞」の報道を機に、再び、「エリス」問題についての関心が高まっており、従って我々の調査も少しは役に立つのではと考え、ここに詳細を述べてみたい。中川、沢、両氏が推定の根拠とされたのは、「朝日新聞」による限りＪ・Ｗ・Ｍだけであるが、我々はＪ・Ｗ・Ｍほか他の三英字紙を検討した。その結果、詳細は後述するが、「事件ノ独乙婦人」（雑誌『鷗外』15号）は、「ミス・エリーゼ・ビーゲルト」であるかも知れないが、Miss Elise Weigert（ワイゲルト）でもありうると推論されている。

「The Japan Weekly Mail」を根拠に、論を進めるためにも、この週刊英字紙の信憑性について、調べてみた（Japan Weekly Mail の沿革については『国史文献解説続』（朝倉書店）参）。

明治期に渡航した文学者を、Ｊ・Ｗ・Ｍによって、みてみよう。夏目漱石は、明治三十三年九月四日渡英している。Ｊ・Ｗ・Ｍ Sep. 15. 1900 には、独乙船 Preussen の船客名簿があり、漱石と同船した、芳賀矢一、藤代禎輔と一緒に彼の名がある。しかし、Dr. Natoume とミスプリントされている。

永井荷風は、明治三十六年九月二十二日、信濃丸二等にて渡米している（Ｊ・Ｗ・Ｍ Sep. 26. 1903）。

高村光太郎の名は、英国船 Athenian の船客名簿に記載されている（Ｊ・Ｗ・Ｍ Feb. 10. 1906）。

埼玉県秩父郡太田村出身、武嶋務の運命は、『舞姫』主人公、「太田豊太郎」のモデルに擬せられるが、彼の出国日は、不明であった（武嶋に関しては長谷川泉『鷗外の詩と真実』他参）。讒言による免官、そしてドレスデンで客死する武嶋は、明治十九年十一月六日、二年前に、鷗外が「未知の世界へ希望を懐いて旅立つた」（『妄想』）時に上船した、仏船 Menzaleh で、やはり、旅立ったのである（Ｊ・Ｗ・Ｍ Nov. 6. 1888）。

Per French steamer *Ava*, from Hongkong viâ Shanghai and Kobe :—Baron Mayeda, Dr. Mori, Messrs. Ishiguro, Matsudaira, Steenakers (French Vice-Consul), Hashiguchi, Tokudaiji, de Micheaux, Padel, Chassagnon, Moss, Mr. and Mrs. Oxley, infant and amah, Mr. Nicholson, Mr. and Mrs. Grant Birch, Baron de Gunzburg and servant, Mr. Holliday and servant, Mr. and Mrs. Marshall, Mrs. Allène, Mr. Hovion and servant, Messrs. Barff, Raynaud, and Deguy in cabin.

Per British steamer *Arabic*, from San Francisco :—Mr. N. Onaka, Mrs. McNair and son, Miss Lafferley, Rev. and Mrs. G. W. Knox and three children, Mr. S. Noga, Rev. C. P. Pearson, Mrs. M. Russell and child, and Miss M. Wheeler in cabin. For Hongkong : Mr. W. M. Prest, Mr. and Mrs. J. Woolworth, Miss Woolworth, and Miss Taylor in cabin.

Per British steamer *Duke of Westminister*, from Shanghai viâ Kobe :—Mrs. Simon and daughter, Messrs. J. R. Young, R.E., and C. F. Hooper and servant in cabin. For England : Rev. Mr. Wonnacott, Messrs. B. C. G. Scott, W. Rae, and R. Burke in cabin ; and 250 Chinese in streerage.

Per German steamer *General Werder*, from Hongkong :—Mr. Schmidt von Leda (H.I.G.M. Consul-General), Mr. R. F. Lehmann, Miss Elise Wiegert, Dr. Masuya Ikuta, and Mr. Pow Tong in cabin ; 2 Chinese in second class ; and 2 Europeans, 28 Chinese, and 1 Japanese in steerage.

アバ号のドクター森とジェネラルウェルダー号の Miss Elise Wiegert
（THE JAPAN WEEKLY MAIL）

鷗外が、仏船AVA(アバ号)にて、ドイツ留学から帰国したのは、明治二十一年九月八日のことである。J・W・M Sep. 15. 1888は、AVA号の、船客名簿を記載している。鷗外には、石黒以下五名の同船者がいたが（『還東日乗』）、外山修蔵の名はない。外山は、日銀大阪支店長であったので、神戸で下船したと思われる。勿論、エリーゼの名はない。

以上によって、「The Japan Weekly Mail」が、文学史的に見ても、ほぼ正確、ユニークな英字新聞であることを確認し、本稿の主題である、「事件ノ独乙婦人」について、論を進めよう。

彼女の帰国日に関しては、小金井喜美子（『森鷗外の系族』）、彼女の夫、良精の日記（星新一『祖父・小金井良精の記』）及び石黒日記等の記述がある。

良精は、十七日「午前五時起ク七時半艀舟ヲ以テ発シ本船General Werder迄見送ル、九時本船出帆ス」（長谷川泉、雑誌『鷗外』15号）と日記に残している。

それ故、明治二十一年十月十七日出航の船の船客名簿を探した結果、香港行、General Werderの乗客に、Miss Wiegertというドイツ名らしき名前を、見出した（J・W・M Oct. 20. 1888）。

「例之人」（石黒日記）来日の正確な日付は、まだ確定されていなかった。（5・26「朝日夕刊」が到着日がわかっていると書いているのは誤報）。来日は、森家の家族に知らされた九月二十四日以前でなければならない（小金井喜美子、前掲書）。日付をさかのぼって調べた結果、到着日は、長谷川泉氏が『続 森鷗外論考』の中で推察された如く、九月十二日、独乙船General Werder（ジェネラルウェルダー・以下G・Wと略）で来日したのである。

G・Wの船客名簿中に、Miss Elise Wiegertの名があり、Miss Wiegertは、Miss Elise Wiegertという名であることがわかった。

帰国時の船客名簿、来日時の船客名簿から、鷗外その人によって（『独逸日記』は原文からの改作であろうという説、島田謹二氏・長谷川泉氏）、又、「陸軍がらみ」によって（渋川驍・長谷川泉説）、巧妙に隠蔽された、「事件ノ独乙婦人」は、エリーゼ・ヴィーゲルトであると我々は一応確定した。

エリーゼの帰国

では、エリーゼは、いかなる航路で帰国したのであろうか。

明治二十一年十月十七日早朝、九時、General Werder は、香港に向けて出航する。

送り、送られるのは、「見送の人々の中には、桟橋のはずれまで走って行くものもある。自分にはそんなはしたない真似は出来ないのである」と、後の小説『桟橋』の「夫人」に言わせる明治の日本人鷗外と、「幻のようなものを追って、数千浬の海路を自分が求められていないことを知るために旅」（山崎正和『鷗外・闘う家長』）をしてきた独乙女性エリーゼであった。

横浜を後にして、船は、まず十月十八日神戸港に入る。船客名簿には、For Genoa Miss Wiegert と記されていた。（The Hyogo News Oct. 19. 1888）。

二十日、神戸港出発。午後四時。

二十二日、長崎到着、同日G・Wは、香港に向けて出港。エリーゼは、二等船室の孤客である。（The Rising Sun and Nagasaki Express Oct. 24. 1888）。

十月二十六日、船は、香港に到着。

香港で、彼女は欧州行の船に乗り換えている。船は、独乙船 Neckar（ネッカー号）（写真参）千八百六十九屯である。

Neckar（海事資料センター提供）

十月二十九日、Neckarは、一路欧州へと出航。船客名簿は、From Japan : for Genoa Miss E. Wiegert と記載（The China Mail Oct. 29. 1888)。

十一月二十八日、スエズ運河を経て、イタリアの古港、ジェノア到着。乗組員百十八名、乗船客三十六名であった（"Il Corriere Mercantile" di Genoa Nov. 11. 1888)。

エリーゼは、ジェノアにて、下船した。神戸、長崎、香港で発刊の英字紙の船客名簿では、目的地が、for Genoaとなっているからである。船で更に迂回して、帰国するとは、考えられない。第四回国際赤十字会議に出席のため渡欧した石黒忠悳一行も、ジェノアより、ミュンヘンをへて、伯林に向っている。

では、ジェノアにて、六週間の船旅を終え、陸路帰国の途についたエリスは、その後どうなったのだろうか。いかなる所で暮し、いかなる生活をしたのか。

過ぎ去った過去の時間の長さと、現在のドイツの現実の「壁」が我々の前にたちはだかっていて、調査を困難にしている。

Braunschweig（2150トン）

エリーゼの来日

順序は逆になったが、今度は、エリーゼがいかなる航路で来日したかを、述べたい。

エリーゼはどこから、何という船で旅立ったのか。

石黒日記は、「其情人ブレメンヨリ独乙船にて本邦ニ赴キタリト」（竹盛天雄「石黒・森のベルリン淹留と懐帰をめぐって（下）」『文学』昭51・2）と記している。

更に「ワルトムート会社独逸ロイド汽船ブラウンシュウイク号七月廿五日ブレーメン発九月九日香港着」と石黒は記録していて、竹盛氏はこの船を「一寸臭い」とされている。

エリーゼが極東の旅へと出航したのは、一八八八年、七月二十五日。貨客船 Braunschweig（ブラウンシュバイク）（以下B・S）二千百五十屯にて、ブレーメン港を出港している（川上俊之氏は、『鷗外』最新号29号で、ブラウンシュバイクは、七月二十五日ブレーマーハーフェン（ブレーメン北方の港町）を出港と詳細に調査されている）。

鷗外一行が還東の旅へと立ったのは、七月二十九日。マルセイユ出航であった。その時既に、エリーゼは、船上の人となっているのである。石黒が、二十六日「本日森ノ書状来ル」（竹盛氏前掲論文）と記した、書状の内容の差し出し人とは、七月二十五日、Bremer Haven から日本に向う、エリーゼからと推定してよいのではないか。

Per *Braunschweig*, from Bremen, &c., for Hongkong, Mr and Mrs D. McGregor, and 220 Chinese from Singapore. For Yokohama, Mr R. S. Schnun, Miss Elise Weigert, and D. Masson Ikuta; for Shanghai, Lieut. E. Credner, Messrs D. Opaux and T. W. Richardson.

ブレーメンからのブラウンシュバイク号船客名簿の
Miss Eliegert（THE CHINA MAIL）

エリーゼを乗せた。Braunschweig は、アントワープ二十六日着、ジェノアに八月五日、ポートサイド十一日、コロンボ二十六日着、九月五日香港着と、イベリア半島を、ゆっくりと迂回しながら、東に向った。一方、鷗外を乗せた、仏船 AVA は四日後に、マルセイユを出航、八月九日、アデン着、八月十六日、コロンボ着、八月三十日、香港発と一日も早く、Braunschweig より日本に到着したいが如く、船足を速めている。

小堀桂一郎氏が、「鷗外の還東の旅はどうしてあのように悲哀、寂寥、憂鬱の印象にみたされているのだろうか。何故に業成り、責務を果たし、輝かしき名誉と地位とを約束されての希望にあふれる帰朝の旅ではありえなかったのだろうか。」（『若き日の森鷗外』）と書き、吉野俊彦氏が『還東日乗』において、『航西日記』と較べて、「約二カ月の旅程のうち、記述のあるのは二十四日間に過ぎ」（『森鷗外私論』）ないとした意味は、何か。還東の旅における鷗外の悲哀、寡黙は、待ちうける祖国日本の非近代性の故のみであろうか。間近に迫る、エリーゼの乗った Braunschweig の波音を感じながら、鷗外は、何を思ったのだろう。

このような観点から鷗外の還東の旅を考える時、鷗外の内心はまさに「狂客」であったろう。

さて、話は、エリーゼの航海にもどる。B・Sが、香港についた時の調査で、我々は、大きな疑問にぶつかる。エリーゼが帰国する時の各港での船客名簿は、Miss E. Wiegertか、Miss Elise Wiegertであった。しかし、Braunschweigの香港での船客名簿には、For Yokohama Miss Elise WEIGERTと記載されているのである（The China Mail Sep. 5. 1888）。「·i」と「e」の混同はよくある。しかし、我々を最も悩ませたのは、『舞姫』エリスの父親名は、エルンスト・ワイゲルトであるということだった。

前述した如く、この発見以来、我々は、二面作戦をとっている。即ち、ワイゲルトも、あり得ると考えているのである。

九月六日、午後六時二十分、エリーゼは、B・Sから乗り換えたGeneral Werderにて日本へ出航。一カ月の後、再び、General Werderにて、香港に向うことをエリーゼは、知らない。

船長シュックマンは、日本までの船旅を次のように報告している（J・W・M Sep. 15. 1888）。

「天候、始メハ、サワヤカニシテ、スガスガシ。北東の風、オダヤカニシテ、波静カナリ。九日ヨリ十日ニカケテ風強ク、北東ヨリ高キウネリアリ。風ハ北ヨリ西、南ヘト変ル。天候、シケ模様ニシテ、激シク雨フリ続ク。」

香港までの旅は、穏やかだった。（The China Mail）。波が荒れる、日本までの六日間一等船室の中で、エリーゼは、何を日本に夢みていたのだろうか。

九月十二日、午後四時四十分General Werderは、横浜港に入港。ドイツを出帆してから、ほぼ五十日の船旅であった。

エリーゼは〈ミス〉

前述した各英字紙のどの船客名簿にも、エリーゼは、ミスとある。欧米では、ミスと、ミセスの区別は、明確なので、エリーゼは、独身であったと言える。そして未婚の一人旅は、彼女だけである。幾千里の外洋の孤独に堪えて一八八八年の日本に旅することができるのは、「常識にも欠けて居る哀れな女」（小金井喜美子）であろうはずがない。長谷川泉氏は、『舞姫』が鷗外その人の精神構造の内面と強くかかわっていることは否定しえない」とし「鷗外だけが内に秘めた精神構造の破片を、巧みに作中に象嵌する態度を無視はできない」（『増補鷗外文学の位相』）と指摘している。そして「鷗外作品は、そのような海面下に沈潜した要素を解析しえた時味読にたえる」（同上）と結論されている。この意味において、我々のささやかな謎解きが、「鷗外の青春」の解明に少しでも役立てば、望外の喜びである。

己れの〈エリーゼ〉

最後に、これまでに得た調査の概要を、報告したい。

エリーゼと鷗外の間に、何らかの関係が生じたのはベルリン時代という説が多い。（成瀬正勝『舞姫論異説』他）我々も、ベルリン説を一応有力と考え、一八八八年版伯林住所録（Berliner Adressbuch 1888）のコピーを入手した。伯林住所録によれば、当時、Wiegert 一名（偶然にも Schneider 仕立屋）、Weigert 二〇名住んでいた。一八九一年度版（一九八一年度東西ベルリンの電話帳）では、西ベルリン、Wiegert 一八名、Weigert 二五名、東ベルリン Weigert 七名、Wiegert 九名である。ヴィーゲルトという名は、比較的珍しい名である（東ドイツ国立図書館閲覧室長他の証言）。

現在東西ベルリンのヴィーゲルト、ワイゲルトの姓の人々に、手紙で照会中である。

一九四二年度版住所録に Elise Wiegert という女性の名がある。現在彼女についても問い合せ中である。

エリーゼが、一度国外へ出た以上は、法の網にひっかかっているはずだと考え、当時のパスポート関係書類について問い合せてみた。

その結果、ポツダムの公文書館に、記録があることを、知らされたが、ヴィーゲルト、及びワイゲルトについての書類は、存在しなかった。東西ベルリンの住民登録所（Standesamt）にも、記録は残っていない。ベルリンの教会関係の公文書館にも、問い合せた結果、該当する女性は、存在するが、確証はない。

日本では、考えうる限りの可能性について調べてみたが、発見できなかった。ドイツには、まだ、可能性は、あるかも知れない。

なお、エリーゼが、ベルリン出身（在住）だったという説は、捨ててはいないが、鷗外が、学んだ他の都市という可能性も消しさることはできないので、同じく、追跡している。

もし、又、機会が与えられれば、我々の集めた若干の資料について、書いてみたい。

人は誰も、青春において、己の「エリーゼ」をもつ。「エリーゼ」を探し求めることは、過ぎ去った自己の「青春」を確認することではないか。

（一九八一年八月）

（注）

我々がここで船客名簿と呼んだのは実際の船客名簿ではなく、各英字紙に発表されたものを指す。

我々の拙い調査報告をこのような形で発表することができたのは、長谷川泉先生のご推輓のおかげである。ここに紙上をもって厚く感謝致します。

エリーゼの身許しらべ

金山重秀

はじめに

明治二十一年九月十二日、約四年のドイツ留学を終え、九月八日にフランス船アヴァ号で帰国した森鷗外の後を追って、『舞姫』作品中のヒロイン、エリスのモデルといわれる「事件ノ独乙婦人」が、ドイツ船ゲネラル・ヴェルダー号で横浜港に到着した。長い間不明であったこの婦人の実名がEliseであることにほぼ間違いないものの、苗字の方については参考にした資料によってWiegertもしくはWeigertと表記されている為、未だはっきりとした解答を出すまでに到っていない。この間の経緯については、エリーゼの来日及び帰国径路の詳細と共に既に「来日したエリーゼへの照明」という題目のもとに、昭和五十六年八月号の本誌上に発表済であるが、今回はその後の調査報告を試みてみたい。

東西ベルリンの電話帳から

まず前回の報告の中で、一九四二年度版ベルリン住所録にElise Wiegertという女性が記されていることを指摘しておいたが、その後の調査でこの婦人の子孫が先に掲げた住所録に載っていた住所と全く同じ場所において現在、居酒屋を営んでいることがわかった。ゲルハート・ヴィーゲルト氏がその人で、彼の回答では、彼はエリーゼ婦人の息子ではあるが彼女の出生日が一八九八年一月二十一日であったということで、鷗外を追って来日したエリーゼとは同名ではあったが全くの別人であることが判明した。

次に鷗外とエリーゼとが、ドイツのどこで知り合いになったかという問題であるが、成瀬正勝氏が「舞姫論異説」の中で述べている説、つまり一八八七年四月十五日から翌年七月五日にかけて鷗外がドイツ留学最後の地として滞在したベルリンでの可能性が強いと言われている。私もこのベルリン説が有力とみて、東西ベルリンの電話帳に現在登録されているヴィーゲルト及びヴァイゲルト姓の人々全員に対して問い合わせの手紙を出してみた。その結果、二人の人を除いて解答を得ることができた。その中にエリーゼ・ヴァイゲルト名の婦人が祖先の中にいたという返事をくれた弁護士の人がいたが、年代的な点や彼女がベルリンに嫁いできた後にヴァイゲルトの姓を名のったという事から可能性は少いように思える。

こうした調査と並行して古い資料を捜し求めてコッホ研究所、フンボルト大学、文化庁、公文書館といった東西ベルリンの諸機関に調査を依頼したり、全国紙に尋ね人の広告を掲載してエリーゼの足跡を追い求めてきた。

他方、鷗外が軍医監橋本綱常の指示に従って学んだ他の都市で両者が知り合いになった可能性も否定する事はできないので、ベルリンでの調査と同じ方法でライプチッヒ、ドレスデン、ミュンヘンの各都市においても調査を継続している。

ライプチッヒの住所録から

鷗外がドイツにおける最初の研究目的地であるライプチッヒに到着したのは、一八八四年十月二十二日のことであった。この日以降、翌年の十月十一日までの約一年間、鷗外はライプチッヒ大学のフランツ・ホフマン教授の許で研究を行うためにこの地に滞在していたわけであるが、まず当時の住所録の存在を求めて所轄の関係機関に問い合わせてみた。その結果、カール・マルクス大学図書館に一八八五年度版ライプチッヒ住所録が所蔵されていることがわかり、早速『独逸日記』に現れる鷗外と交遊のあった人々の名が掲載されている箇所とヴィーゲルト及びヴァイゲルト姓の人々の名前が載っている箇所とのコピーを取り寄せてみた。残念ながらヴィーゲルト姓の人物は一人もこの住所録には記載されていなかったが、ヴァイゲルト姓の人は四人ほど記載されていた。だがここでもまたベルリン住所録と同じように、エリーゼ及びエルンスト名の人物は記録されていなかった。

エリーゼを追い求めてゆく過程で、常に私の心にひっかかっていたのは『舞姫』の中でエリスの姓がワイゲルトとされている点であった。ワイゲルトをドイツ語で表記するとWEIGERTとなるからである。

既に前回の調査報告の中で指摘してあるように、香港の公文書館にある一八八八年九月五日付「China Mail」紙上に、エリーゼが来日の際、ブレーマーハーフェンから香港まで乗船してきたBraunschweig号の乗船客名簿が載っており、それには「For Yokohama. Miss Elise Weigert」となっている。この両者を合わせてみて考えた時、偶然の一致であるのかもしれないが、全く同じ綴りになるのである。この点からみて、エリーゼの苗字はヴィーゲルトであるよりも、むしろヴァイゲルトである方が自然であるように思える。

ヴァイゲルト博士

こうした観点から再度ライプチッヒ住所録のヴァイゲルトの欄を見直してみると、非常に興味をそそられる人物が載っている。その人物は別掲のようにライプチッヒ大学の助教授であり且つ又、大学の病理学研究所の暫定の所長であったヴァイゲルトという医学博士である。彼の住居は鷗外が『独逸日記』一八八四年十月二十三日の項に

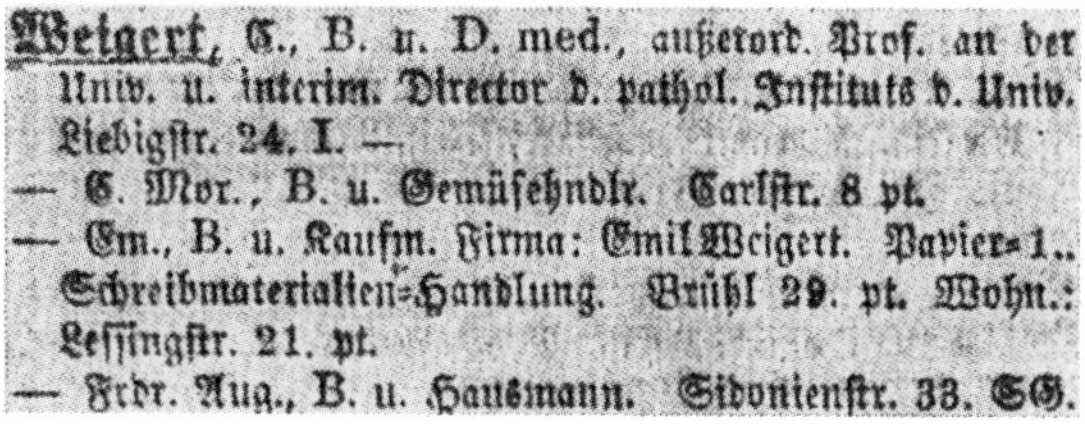
Weigert, C., B. u. D. med., außerord. Prof. an der Univ. u. interim. Director d. pathol. Instituts d. Univ. Liebigstr. 24. I. —
— C. Mor., B. u. Gemüsehndlr. Carlstr. 8 pt.
— Em., B. u. Kaufm. Firma: Emil Weigert. Papier- u. Schreibmaterialien-Handlung. Brühl 29. pt. Wohn.: Lessingstr. 21. pt.
— Frdr. Aug., B. u. Hausmann. Sidonienstr. 33. SG.

「われはリイビヒ町Liebigstrasse3なるフオオゲルFrau Vogelといふ媼の許に食ひに行くことゝせり。」

と記述し、また次の日の日記で

「大学の衛生部に往く。衛生部はリイビヒ街にあり。これより日課に就くことゝなりぬ。」

と述べているリィービッヒ街二十四番地にあった。鷗外がホフマン教授の許で研究に励んでいた衛生部がリィービッヒ街の何番地に所在していたのか、またヴァイゲルト博士が所長をしていた病理学研究所がどこにあったのか現在確認中ではあるが、同じ地域、或いは同じ場所にあった可能性もあるのではないかと思われる。

ヴァイゲルト博士と鷗外とが互いに面識があったということを証明しうるものは何もないが、ヴィーゲルト及びヴァイゲルト姓がドイツでは比較的珍しい部類の名に属するという指摘があるにも拘らず、後に述べるように、奇しくも同時期に、しかも同じ大学に籍を置いていたこの両者が知り合いであったとしても決して不思議とは思えないのである。『独逸日記』には、この博士のことについて言及している部分は全くないが、長谷川泉氏が指摘しているように『独逸日記』が後に改変されたものであれば、オリジナルの漢文『在徳記』には、ひょっとしたらエリーゼの名前同様に彼の名前も何らかの形で書き残されていたのではないかと思える。

今日まで謎の女性とされているエリーゼの足跡を辿ってゆく上でも、このヴァイゲルト博士の経歴を知るということは、エリーゼ発見のための何らかの手掛りが摑める可能性もあると考え、各関係諸機関及び個人に照会を続けてきた。勿論、エリーゼがヴィーゲルト姓であった場合、この調査は徒労に終わることは明白であるが、エリーゼを捜し出すための日独両国における多くの資料が戦災などで焼失したり紛失してしまったりしている状況下では、推理を基に調査を進めてゆく以外、なす術がないのが現状である。

こうした考えからまず当時の警察署の転出転入の記録簿を、ライプチッヒ公文書館で調べて貰った。その結果、彼のフルネームはCarl Weigertであり一八四五年三月十九日生まれで、一八八四年五月三十日からライプチッヒの住民として登録されていたが、フランクフルト・アム・マインに転居する為、翌年三月二十八日に警察署に転出の届け出がなされていた。しかし、この記録には彼の妻や子供達についての記述は全く見当らなかった。ただ確実に言えることは、彼がライプチッヒ生まれでもなくまた亡くなったのでもないということであった。

次にフランクフルト大学図書館への照会によって得られた回答では、一八八六年度版のフランクフルト住所録から彼の名前を見い出すことができたが、一九〇五年度版のものにはもはや記載されていないとの事であった。ここでもエリーゼの名を持つヴァイゲルト及びヴィーゲルト姓の女性を見い出すことはできなかった。この後、フランクフルト市公文書館から彼についての更に詳しい報告を受け取る事ができた。

まず彼の出生地についてであるが、現在ポーランド領になっているが、戦前はドイツ領であったシレジア州の小さな町・ミュンスターベルクであることがわかった。また一九〇四年八月五日、フランクフルトで亡くなり現在もフランクフルト市市営ユダヤ人墓地に埋葬されているということであった。

この報告の中で私にとって最も重要だったのは、彼が生涯独身であったという事実であった。ヴァイゲルト博士の名をライプチッヒ住所録に見い出した時点で私は、彼の子供の中にエリーゼの名を持つ娘がいたのではなかったのかという想像・期待を持っていたが、こうした期待は、この報告で消え去った。

私の手許にはその後、四部の異ったカール・ヴァイゲルトに対する回想録が送られてきた。その内の一つ、一九〇四年にミュンヘンのレーマン出版社から発行された『ミュンヘン医事週刊誌』別冊号に依ると、彼の実家は、ミュンスターベルクにあったホテルの所有者であって、彼はそこの二男として一八四五年に生まれ、当時シレジア州の首都であったブレスラウ市及びベルリンで医学を学び、その後ウィーンで大学を卒業したとなっている。

これとは別にカトヴィッツ市のヴェーム兄弟、書籍・石版印刷所より発行されたブレスラウ市の Ludwig Weigert という人の手になる回想録の中には、当時、彼の母親・姉妹達がブレスラウ市に住んでいたことが述べられている。この著者とヴァイゲルト博士とは同じ苗字ではあるが、どのような関係であったのかは不明である。また残念ながら、四部の回想録のいずれにも彼の生涯における功績が中心として書かれており、プライベートなことについては余り言及されていない為、私が知り得たいと思っている姉妹達の名前などは未だ不明である。

現在ブレスラウ市は、Wroclawという名に変わっているが、彼女達の名前を調べて貰うべく依頼中である。また同じくワルシャワの国会図書館や公文書館への問い合わせも行っているが、折からの政治情勢の変化によるものと思われるが未だ返事らしい返事を貰えないままでいる。

ドレスデンとミュンヘンの住所録から

次にドレスデン、ミュンヘンでの調査経過であるが、ドレスデンには一八八五年十月十一日より一八八六年三月七日まで鷗外は滞在していた。ドレスデン市のザクセン図書館には、現在一八八六年度版のドレスデン住所録が所蔵されているが、六人のヴァイゲルト姓の人々が載っているものの、エリーゼ及びエルンストの名を持つ人物はいない。ヴィーゲルト姓の人物もライプチッヒ住所録の場合と同じように一人も記されていない。また現在のドレスデンの電話帳には四人のヴァイゲルト姓の人が載っているが、一人の人を除いて返事を得られないままでいる。ヴィーゲルト姓の人は、一人もいなかった。

ドレスデンでの研究を終え鷗外は、一八八六年三月八日より一八八七年四月十五日までの間、ミュンヘンに滞在した。一八八七年度版のミュンヘン住所録が存在していることは分っていたが、各都市での住所録が毎年、前年の資料を基に改訂されていたということで、ミュンヘン図書館に所蔵されている一八八八年度版の住所録をここでは参考にした。この中にはヴィーゲルト姓の人物は一人も載っていなかったが、ヴァイゲルト姓の人物は十五人もいた。がしかし他の都市での住所録と同じようにエリーゼ及びエルンスト名の人物はいなかった。

ミュンヘンの電話帳に現在登録されているヴァイゲルト及びヴィーゲルト姓の人々には手紙で問い合わせ中である。

Senckenbergischen naturforschenden Gesellschaft, im Physikalischen Verein, ja auch im traulich-gemütlichen Kreise der „Käferschachtel“ (des am Mittwoch Abend in der „Stadt Ulm“ tagenden „Vereins für naturwissenschaftliche Unterhaltung“) zogen ihn an. Dort lehrte und lernte Weigert in seiner Art: froh, scherzend und lachend, dann wieder tief ausholend und weiter spinnend behandelte er in kurzen unvergleichlich anregenden Gesprächen mit v. Heyden, Böttcher, Moebius, Richters, Reichenbach, Marx, König, Freund, Libbertz, Roemer u. a. die modernsten Errungenschaften der wissenschaftlichen Erkenntnis. Vom Metaphysischen und vom Transzendentalen war er kein Freund. Wenn ihm einer damit kam und mit Fragen und Deuteln und Besserwissenwollen nicht Ruhe gab, da pflegte er schliesslich auf irgend eine ins Unendliche gehende Frage in echtem Sächsisch, das er so meisterlich sprach, zu antworten: „Ja, wissen Sie, mei Kutester, das kann ich Ihnen ganz genau sagen, das weess ich sälber nicht!“ — Andererseits verfolgte er einzelne tiefgründige philosophische Probleme, z. B. auch die neuesten Arbeiten von Driesch und Ostwald, die in letzter Zeit eine Brücke zwischen Naturwissenschaft und Philosophie zu schlagen sich bemühen, mit grossem Interesse.

„Suste nischt ock heem!“ . . . Weigert reiste gern; der Orient, Italien, Schweden und Norwegen, wo sein Freund Gade lebt, England waren seine Reiseziele. Ibsen und Nansen begrüsste er zu freudigem Erstaunen in der Landessprache. Am liebsten aber ging er nach Schlesien, bis runter nach „Gruss-Brassel“ (Breslau), gewöhnlich um die Weihnachtszeit! Da besuchte er seine Mutter, an der er mit rührender Zärtlichkeit hing, seine Geschwister, für die er väterlich sorgte. Über Berlin

Erinnerungs-Blätter

an den

am 5. August 1904 in Frankfurt a. M. verschiedenen

Geheim-Rat
Prof. Dr. Carl Weigert.

Allen seinen Freunden gewidmet

von

Ludwig Weigert
Breslau.

Gebrüder Böhm, Buch- und Steindruckerei
Kattowitz O.-S.

115頁で述べたカール・ヴァイゲルトに対する回想録の表紙、及び彼の母親と姉妹がブレスラウ市に住んでいたことが記述されている部分である（罫で囲った個所）。

まとめ

以上、これまでの調査概要を書き述べてきたが、時が経ち過ぎている上に、第二次大戦や関東大震災などによる資料の焼失・紛失、東西ドイツへの分割、領土的な問題といった政治的な障壁もあって、調査の方は杳として進まないのが現状である。

こうした中で、ライプチッヒ住所録に載っていたヴァイゲルト博士は、時期的にも、また環境的にも鷗外と知り合う機会を持ち得ていたと思えるし、加えて彼に姉妹達がいたということは、ただ単に来日したエリーゼと姓が似通っているというだけではなく、実家がホテルを所有していたという事や、彼自身が社会的にも恵まれた立場にいたという事実からも、仮にエリーゼが彼の姉妹達の内の一人であったならば、エリーゼが来日する際に問題となったと思われる旅費などの面で、比較的容易に工面できうる立場にいたように思える。

いずれにしてもエリーゼを見つけ出すということは非常

この写真は鷗外の『独逸日記』明治二十一年四月一日の項に「遷居す。ハアケ市場 Haackescher Marktと名くる大逵の角に在りて、大首座街 Grosse Praesidenten-Strasse 第十号の第三層なり。」と書き残している、ベルリンにおける鷗外の最後の下宿のあった建物の写真である。しかしこの建物のどこに鷗外が住んでいたのかは、不明である。なお、この写真が写されたのは一九〇〇年頃である。

『舞姫』の主人公、太田豊太郎は、モンビジュウ街三番地に住んでいたことになっているが、鷗外がベルリンに住んでいた頃、モンビジュウ・プラッツは既に存在していたものの、モンビジュウ街はまだ存在していなかったことが川上俊之氏の考証で明らかになっている（『鷗外』誌18号）。上記の写真は鷗外が豊太郎の住居を設定する際、参考にしたと想像されるモンビジュウ・プラッツのもので、奥に見えるのがモンビジュウ離宮である。

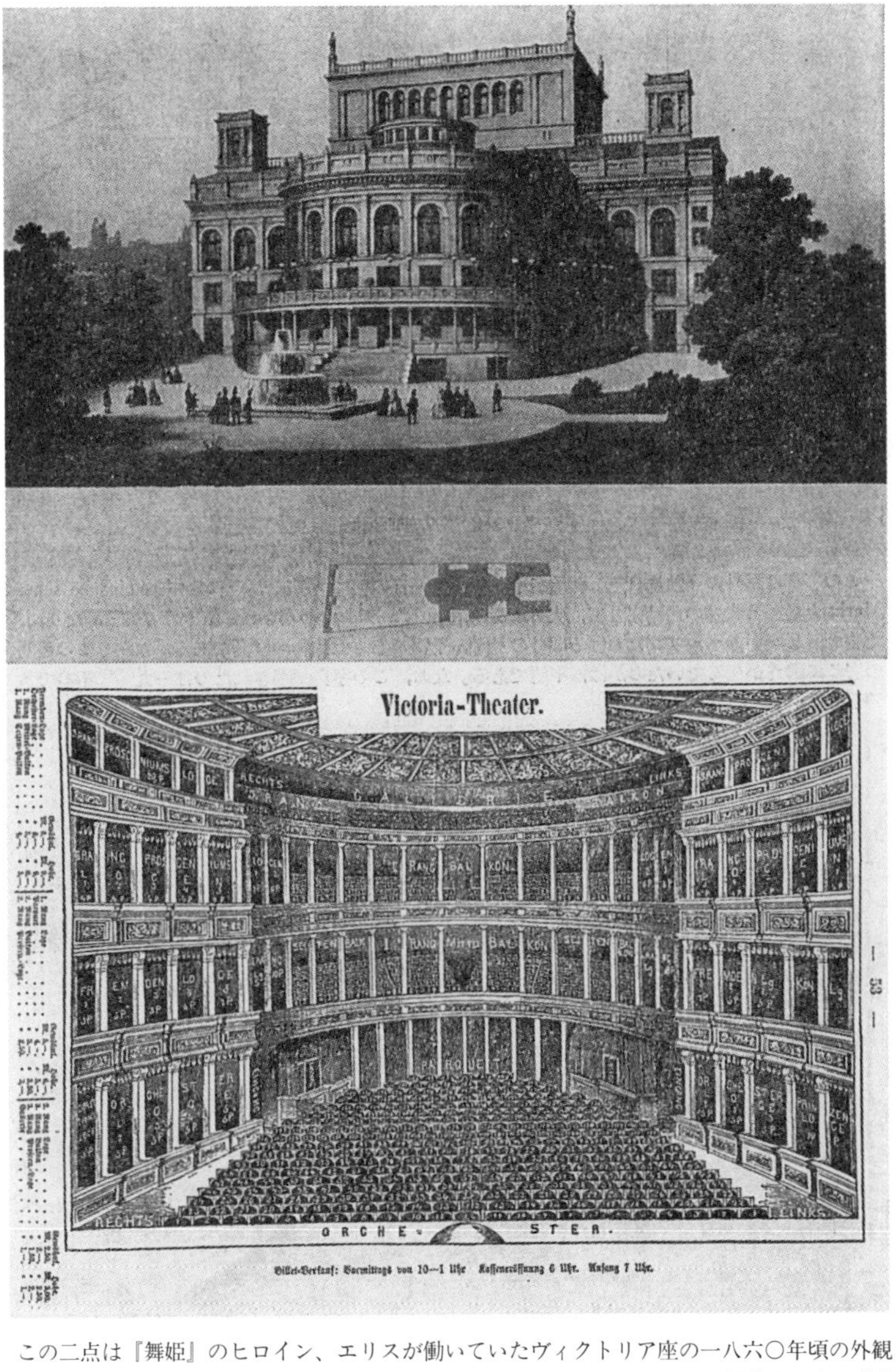

この二点は『舞姫』のヒロイン、エリスが働いていたヴィクトリア座の一八六〇年頃の外観と一八八八年当時の内部説明の図である。ヴィクトリア座については既に篠原正瑛氏が『鷗外』誌23号で、また川上俊之氏が同じく『鷗外』誌29号の中で詳しく述べられている。また小堀桂一郎氏の大著『若き日の森鷗外』の中でもヴィクトリア座について触れられておるので、ここでは二点の図を掲げるのみにとどめたい。

に難しい作業ではあるが、調査・探索は引き続き行っていきたいと思っている。

最後になったが、エリーゼの足跡を追い求める過程で得ることのできた鷗外関係の写真の内の数枚を掲載して今回の調査報告を終えたい。

この写真の撮られた年代は不明だが『舞姫』の中で豊太郎がエリスと出逢った「クロステル巷の古寺」のモデルではないかとされているマリエン教会の写真である。この教会は一二七〇年頃、ベルリン教区の二番目の教会としてレンガを用い、ゴチック様式で建てられた。その後、幾度となく改築された。塔の部分も何度となく火災にあったが、一七八九～一七九〇年にかけて有名なラングハンスの手により修復がなされたりもした。

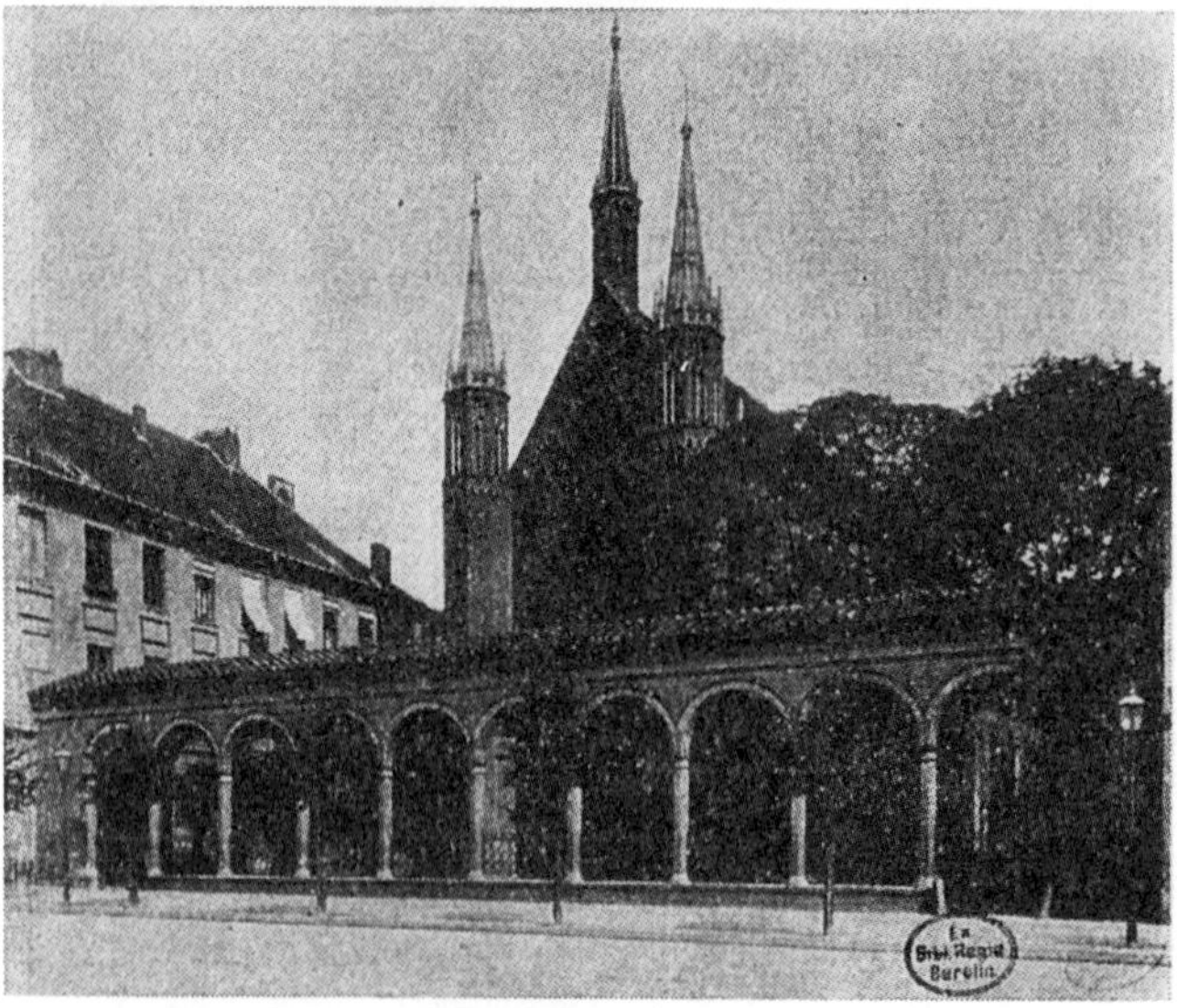

マリエン教会と同じく、太田豊太郎とエリスが知り合った「クロステル巷の古寺」ではないか、とされているクロスター教会の写真である。年代は一八九〇年頃である。一二七一年に建立されたが、一九四五年に被災し現在は廃墟と化している。

第三部　ベルリンのユダヤ人

森鷗外『舞姫』の舞台

――ベルリンのユダヤ人 (二)

山下萬里

本稿では、森鷗外の『舞姫』をとりあげる。この短編小説は周知のごとく約百年前(一八九〇年、明治二十三年一月)、足かけ五年のドイツ留学から帰国して一年半後に、鷗外の創作第一作として発表された。舞台はベルリンであり、ヨーロッパを物語の地とした我が国の小説の嚆矢であろう。

鷗外森林太郎が帝国陸軍の命を受け横浜を出港したのは一八八四年(明治十七年)、ライプツィヒ、ドレスデン、ミュンヘンと研修地を変え、ベルリンに滞在したのは主として一八八七年から八八年にかけてである。作者鷗外によく似た経歴の同時期の留学生を主人公にしているとはいえ、ただちにこれを私小説とか自伝的小説と見なすことはできまいが、物語の背景に、鷗外の直接見聞したベルリンが使われていることは確かといえよう。『舞姫』はその当時のベルリンを知る、貴重な資料ともなっているのである。ここでは、その作品論や作家論を試みるのではなく、テクストとしての『舞姫』の分析を通して、その舞台となったベルリン、わけてもヒロインの少女の住んでいたアルト・ベルリン地区を見てみることにしたい。

『舞姫』は長い研究史を持っている。長谷川泉氏がすでに十年近く前に述べているところでは、「私が勘定しただけで、『舞姫』の基本文献が六〇〇ぐらいあります。近代の一つの作品を本当に読み込むために六〇〇も文献があるなんて、そんな作品なんてないです」[1]という。数年後の嘉部嘉隆氏によれば、「書かれた論文は七百篇を越え、なお毎年数十篇の論が発表されてもいる」そうだから、今では千篇近くになるのかもしれない。「多くの読者や研究者の問題意識をかき立て、また何らかの意見を発表したいという意欲をもたせる、ふしぎな作品」なのである。

もとより筆者は日本の近代文学を専攻する者ではない。参照し得た論文の数はその十分の一にも満たない。嘉部氏の言う、「従って多くの論者は自らの目の届く限りで既発表の論に目を通し、論を進めることになる」というのは筆者のことでもあるが、「既発表の論文すべてに目を通し、研究史を踏まえた上で」という「手続きを経ることは事実上不可能に近い」[2]のが現状である。昨年刊行された次の二書を、現在の研究到達点の指標とし、論を進めることにしたい。

長谷川泉『森鷗外論考　涓滴』（長谷川泉著作選2）明治書院、一九九二年。

山崎國紀『鷗外森林太郎』人文書院、一九九二年。

その際、いわゆる孫引きをせざるをえない場合もあろうが、御寛恕願いたい。テクストは嘉部嘉隆氏の研究に従い、『縮刷水抹集』版を用いる。[3]

『舞姫』の舞台

筆者は前稿「ベルリンのユダヤ人――『ユダヤ人のさまざまな世界』展を手掛かりに――」[4]において、かつてベルリンに移ってきた東欧のユダヤ人が多く居住したいわゆるショイネンフィアテル、一九三八年十一月のポグロム（水晶の夜）や爆撃で延焼破壊され、いまだ再建されえていない幾つかのシナゴーグ（ユダヤ教の会堂）、しだいに広い郊外に設けられていったユダヤ人墓地などを紹介した。副題に掲げた展覧会を手掛かりに、筆者自身が（主に旧東の）ベルリンを探索しつつ明らかにしていくという、紀行文的で自由なスタイルをとることによって、時空を横断して知られざるベルリンにスポットライトをあてることを意図したのである。

それは「黄金の二〇年代」とか「ワイマル文化」といった、従来の魅力的なキーワードでベルリンを眺めても――そこでは確かにユダヤ系の人々の活躍が目立ったけれども――視野に入りにくい、影の部分であった。たとえば〈ショイネンフィアテル〉Scheunenviertelは、ウィーンでいうならば、シュニッツラーが生れフロイトの育った第二区レオポルトシュタットにも相当する、いわばユダヤ人地区を意味するのだが、我が国の翻訳出版物等では、単に「スラム街」などと訳されてしまう場合が少なくなかったと思われるのである。

さて筆者は前稿の末尾を次のように終えたのだったが、これが『舞姫』を踏まえていたことは、いうまでもない[5]。

その後、ズィーゲスゾイレ（凱旋塔）からブランデンブルク門、ウンター・デン・リンデンを歩いたが、雪がひどくて途中であきらめた。

筆者が探索を「あきらめた」その先にあったのは、一八六八年に撤去されるまでは市壁に囲まれていた、かつての帝国首都の中心地、旧東ベルリン観光のハイライトである。フンボルト大学や国立オペラ座があり、名だたる博物館島、旧市庁舎や『舞姫』ゆかりのマリア教会がある。現在、『舞姫』は殆どの高校国語教科書に採用されていると聞く[6]。主人公太田豊太郎も同じ道すじを歩いていることは、よく知られていよう。

或る日の夕暮なりしが、余は獣苑を散歩して、ウンテル、デン、リンデンを過ぎ、我がモンビシユウ街の僑居に帰らんと、クロステル巷の古寺の前に來ぬ[7]。

「獣苑」は、ティーアガルテンという広大な公園（かつての帝室狩猟地）のこと。「ウンテル、デン、リンデン」はむろんウンター・デン・リンデンといわれる大通りである。テクストには書かれてないが、当然、豊太郎はブランデンブルク門を通っているはずである。ブランデンブルク門（建造一七九一年）は外側市壁（市壁は二重になっていた）の市門のひとつで、そこから東の王宮に向かう凱旋通りがウンター・デン・リンデンになる。その東端から橋を渡ったところが王宮である（現存しない）。そこはシュプレー川にはさまれた川中島（北部が現博物館島になる）で、（アルト・）ケルン Kölln/Cölln 地区と呼ばれる。ドーム（左側）と王宮の間を直進してもう一度橋を渡ると、[補注1]対岸のアルト・ベルリン地区となる（この二地区がベルリン最古の地域）。そしてなお直進すると右側に建つマリア教会 Marien-kirche が、一般にこの「クロステル巷の古寺」に想定され、我が国の観光客の関心を誘っている。つづく部分もまたよく知られているに違いない。

余は彼の燈火の海を渡り來て、この狹く薄暗き巷に入り、樓上の木欄に干したる敷布、襦袢などまだ取り入れぬ人家、頰髭長き猶太教徒の翁が戶前に佇みたる居酒屋、一つの梯は直ちに樓樓に達し、他の梯は穴居の鍛冶が栖家に通じたる貸家などに向ひて、凹字の形に引籠みて立てる、此三百年前の遺跡を望む每に、心の恍惚となりて暫し佇みしことは幾度なるを知らず。[8]

筆者があきらめた先には、鷗外の時代には、このような所があったらしいのである。この「狹く薄暗き巷に入り」という閉ざされた空間を、ウンター・デン・リンデンのモニュメンタルな大通りと対比し、鮮やかにテクストを解読してみせたのが、前田愛氏の論文「ベルリン一八八八年――都市小説としての『舞姫』――」[9]であった。ウンター・デン・リンデンは、語り手豊太郎により、テクストではあらかじめ散歩の前に次のように紹介されている。

菩提樹下と譯するときは、幽靜なる境なるべく思はるれど、この大道髮の如きウンテル、デン、リンデンに來て兩邊なる石だゝみの人道を行く隊々の士女を見よ。胸張り肩聳えたる士官の、まだ維廉一世の街に臨める窓に倚り玉ふ頃なりければ、様々の色に飾り成したる禮装をなしたる、妍き少女の巴里まねびの粧したる、彼も此も目を驚かさぬはなきに、車道の土瀝青の上を音もせで走るいろ〳〵の馬車、雲に聳ゆる樓閣の少しとぎれたる處には、晴れたる空に夕立の音を聞かせて漲り落つる噴井の水、遠く望めばブランデンブルク門を隔てゝ緑樹枝をさし交はしたる中より、半天に浮び出でたる凱旋塔の神女の像、この許多の景物目睫の間に聚まりたれば、始めてこゝに來しものゝ應接に遑なきも宣なり。[10]

「凱旋塔」すなわちズィーゲスゾイレ Siegessäule は、まずはヴァルター・ベンヤミン Walter Benjamin（1892–1940）の回想『世紀転換期ベルリンの幼年時代』Berliner Kindheit um 1900（一九五〇年刊）に登場し、ついでヴィム・ヴェンダース Wim Wenders（1945–　）の映画「ベルリン・天使の詩」Der Himmel über Berlin（一九八七年、日本公開一九八八年、共同脚本ペーター・ハントケ Peter Handke,1942–　）で大きく知れわたった。今や再びベルリンを象徴するシンボルの一つになった観がある。たとえば筆者がウィーンで入手したベルリンのガイドブック[11]の口絵カラー写真は、ズィーゲスゾイレである。ただし、世紀転換期であるベンヤミンの幼年時代や鷗外の留学時代には、今と違ってブランデンブルク門の北西四〇〇メートルほどのケーニヒ広場に立っていた。

この普墺戦争（一八六六年）と普仏戦争（一八七〇年）の勝利、ドイツ統一（一八七一年）というビスマルクの勝利を記念して一八七三年に建てられた塔は、巨大なロウソクに似た形をしている。炎にあたる部分が、勝利の女神ヴィクトリアの金色の立像であり、円柱部分の内部は螺旋階段で、女神の足元が展望台になっている。その女神の肩や足元に「ベルリン・天使の詩」の天使が坐って、再統一される前のベルリンの街を眺めていた。筆者も約二十年前一人で登ったが、実に疲れた記憶がある。鷗外も『獨逸日記』によれば、この新しいドイツ帝国のシンボルに友人たちと登っている。はたしてそこからは、『舞姫』の舞台である「クロステル巷」や「モンビシュウ街」を望むことができたであろうか。前田愛氏によれば『舞姫』は、「外的空間から内的空間に入りこんだ異邦人の豊太郎が、最終的にはエリスを破滅させ、ふたたび外的空間に帰還して行く、ほとんど神話的と呼んでもいい構図[12]」を見せているのである。

「クロステル巷の古寺」

豊太郎の散歩の道すじの引用を続けたい。

今この處を過ぎんとするとき、鎖したる寺門の扉に倚りて、聲を呑みつゝ泣くひとりの少女あるを見たり。年は十六七なるべし。[13]

ヒロイン「エリス」との出会いの場面である。この「寺門」の「古寺」のある「クロステル巷」は、実在するクロスター通り Kloster Straße のことであろう。鷗外『獨逸日記』での訳語に従えば「僧坊街」である。その名のごとく教会が多く、この「古寺」がどの教会なのか、確定されかねてきた。すでに前章でふれたように、現在ではマリア教会説が優勢であるかにみえる。しかしマリア教会には、直接クロスター通りに面しているわけではない、という難点がある。

クロスター通りは、ウンター・デン・リンデンからつづくカイザー・ヴィルヘルム通り（現リープクネヒト通り）と直角に交わる通りであった。アルト・ベルリン地区の東部、アレクサンダー広場寄りに位置し、南はシュプレー川北岸から、北はベルゼ駅（つい最近までマルクス・エンゲルス広場駅、現称ハッケ市場駅）近くまで、軽く弧を描いて走っていた。だが、第二次大戦後の復興都市計画により、シュプレー川寄りの四分の一くらいしか残っていない。アレクサンダー広場からマリア教会にかけては、駅をはさんでひとつづきの広場になっており、現在テレビ塔の立つ近辺がクロスター通りだったのではないかと考えられている。この通りの97番地にベルリン滞在中二番目の下宿があり、36番地に大学の衛生部があった。鷗外は九ヶ月半暮らしたこのあたりを、知悉していたに違いない。

マリア教会は、カイザー・ヴィルヘルム通りをシュプレー川の方から歩いていくと、クロスター通りと交差する直前の右側に建っている。由緒ある教会で、「三百年前」どころかもっと古く、見るたびに心が恍惚となってしばらく佇んだこと数知れず、というにふさわしい。しかし広場の中に建つ現状はもちろん、古くからのいくつか残る図版や写真のどれを見ても、わざわざ語り手のつけ加えた「凹字の形に引籠みて立てる」という叙述に符合するとは思えない。どうしても納得しきれない感が残る、と言わざるをえない。

テクストから想像される「古寺」の姿は、すでに通りがあり、家並みもあらかた出来あがって、その中に道路から凹の字型に引っ込んで建てられた会堂ではないだろうか。現状もそうだが、古地図を見ると、マリア教会は周囲の道路に斜行してたっているのがはっきりわかる。「凹字の形に引籠みて立てる」とはなりようがないではないか。(補注2)

また、十六、七歳の少女が声を呑んで泣いているのは、「鎖したる寺門の扉に倚りて」である。つまり、エリスは路上で泣いていた。ひとり泣くための場所もない、子供ならば日中の大部分を路上で過ごすしかないような、非常に狭い住居にエリスは住んでいたのであろうが、この「寺門の扉」は、ふつう『舞姫』においては、教会の会堂自体の入口の扉と解釈されているように思われる。だがはたしてそうなのだろうか。

この「古寺」の会堂は、「凹字の形に引籠みて立て」られているのだから、道路から後方に引っ込んで離れている、と考えるのが自然であろう。その会堂の入口に寄りかかって泣いている少女の姿が、往来を歩く太田豊太郎の目に、すぐ入るであろうか。この直後に語り手は、髪の毛はブロンドで衣服も汚れているようには見えない、と述べており、豊太郎＝語り手が瞬間的にそこまで観察できる近さだったことを示している。そして彼の足音に少女が驚いて振りむき、その半ば涙をたたえた愁いを含むまなざしに彼は「覺えず側に倚り」、声をかけてしまうのである。これはどう考えても、少女は道端に立っていたとしか思えない。

凹字の形に引っ込んで建てられている会堂の前には、空いた庭があり、庭と道路の間には塀と門がある。その閉められた「寺門の扉」に少女は寄りかかって泣いていた、と考える方が無理がないのではないだろうか。しかるにマリア教会には、筆者が見るかぎりどの図版や写真でも、塀や門が存在しないのである。まただからこそ、「寺門の扉」が会堂自体の入り口の扉と解釈されざるをえないのであろう。

さてクロスター通りには、パロヒアル教会 Parochialkirche とクロスター教会 Klosterkirche がある。小堀桂一郎氏は筆者と同様の理由から、中庭のあるクロスター教会がこの「古寺」だと判断している。[14] しかし一八九〇年頃撮影といわれる写真[15]を見ると、道路に面した部分は単なる塀ではなく、立派な廻廊になっていて、出入りはできそうもない。これもまた、筆者にはテクストの記述が該当するとは思えない。さらに、クロスター通りでも南部に位置し、豊太郎がこれから帰って行く「モンビシユウ街」（あとで詳述するが、ベルゼ駅の北西側に位置する）から遠いのも不利である。マリア教会説に傾くゆえんであろう。

ここで一つの仮説を提出してみることにしたい。

まず、次頁の図1を御覧いただきたい。この会堂の図版は、ドイツ観光局で無料で入手できる日本語のパンフレットにも掲載されている。だが一七九五年頃とされる図版で古いのが難であるし、幾度となく心が恍惚となってしばらく佇む、というほどの建物にも見えない。しかし、道路から「凹字の形に引籠みて立てる」のは確かであり、塀も「寺門の扉」もあるようだ。周囲には住居らしきものも見うけられる。これがあの「古寺」だとは考えられないだろ

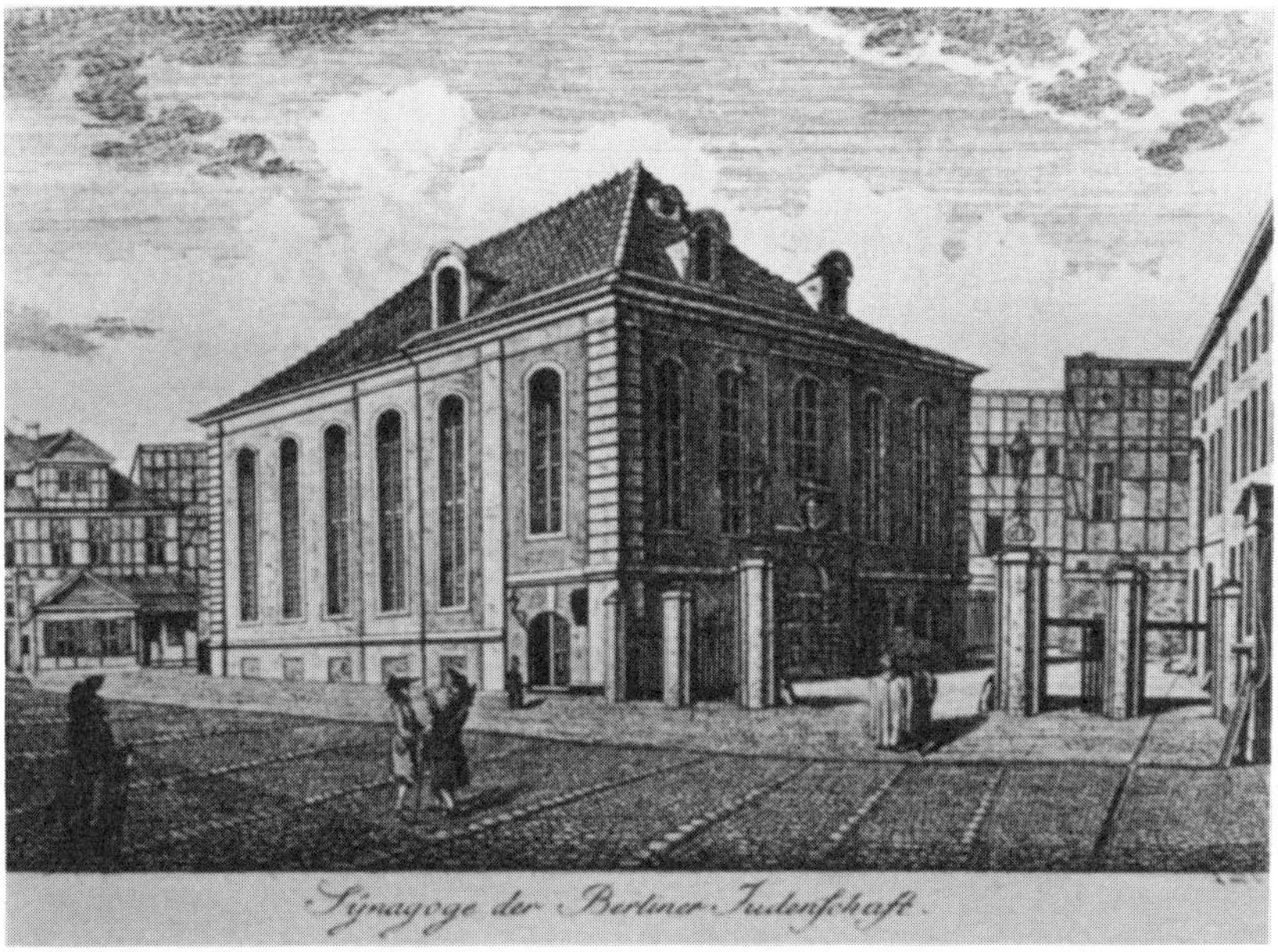

図１　「クロステル巷の古寺」の一つ

うか。

クロスター通りのすぐ西側に平行して走る通りとしては、北部のローゼン通り Rosenstraße と南部のユーデン通り Jüdenstraße があり、二つの通りは、カイザー・ヴィルヘルム通りの南に平行するケーニヒ通り Königstraße(現ラートハウス通り、テクストでは「キヨオニヒ街」)で、少しズレてつながっていた(両通りとも完全な形では現存していない)。そしてベルゼ駅の近くに、そのローゼン通りとさらに西側のシュパンダウ通りを結ぶ横丁、ハイデロイト小路 Heidereutergasse があって、この図1の会堂は、そこに一七一四年に建立されている(この小路も会堂も、今は全く残っていない)。つまり、カイザー・ヴィルヘルム通りやクロスター通りから、「モンビシユウ街」へ向かう途中にあたる。豊太郎の散歩のコースも、次のように仮定するなら、不自然ではない。すなわち、カイザー・ヴィルヘルム通りからシュパンダウ通り(①)に左折、さらにハイデロイト小路(②)に右折し、ロー

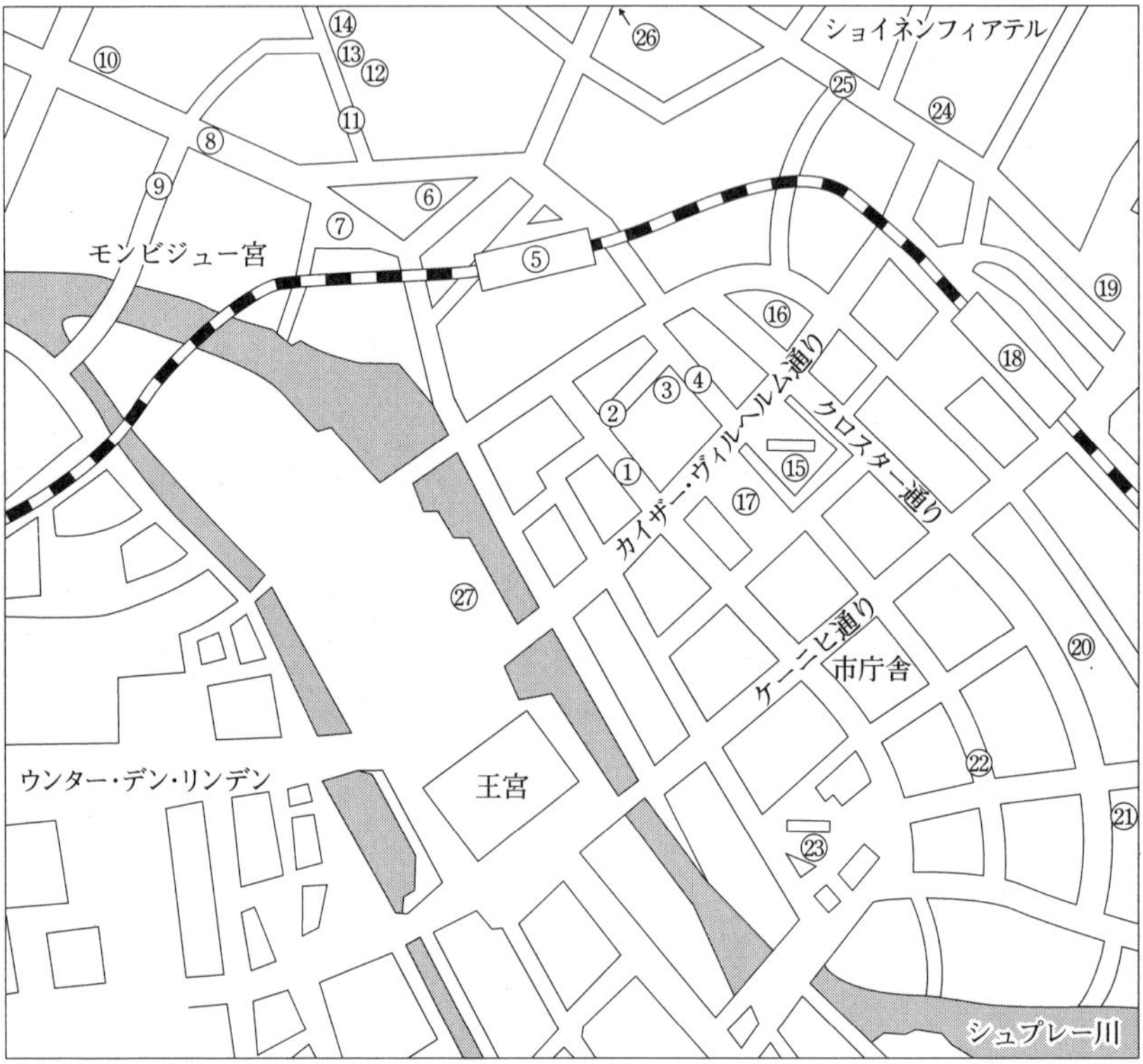

①シュパンダウ通り　②ハイデロイト小路　③旧シナゴーグ
④ローゼン通り　⑤ベルゼ駅　⑥鷗外第三の下宿
⑦モンビジュー広場　⑧オラーニエンブルク通り　⑨モンビジュー通り（未着工）
⑩新シナゴーグ　⑪グローセ・ハンブルク通り　⑫ユダヤ人墓地
⑬ユダヤ人老人ホーム　⑭ユダヤ教区男子学校　⑮マリア教会
⑯鷗外第二の下宿　⑰ノイアー・マルクト　⑱アレクサンダー広場駅
⑲アレクサンダー広場　⑳クロスター教会　㉑パロヒアル教会
㉒ユーデン通り　㉓ニコライ教会　㉔ヴィクトリア座
㉕ミュンツ通り　㉖ローゼンタール広場　㉗ドーム

図２　鷗外留学当時のベルリン

ゼン通り（④）を左折してベルゼ駅（⑤）の東側を抜け、「モンビシユウ街」（⑥）にむかうのである[16]（前頁図2の地図を参照）。[補注3]

また、岩波文庫版では、先に引用した中の「この狭く薄暗き巷に入り」の「巷」に、「こうじ」とルビがふられている。[17]現在なら「ちまた」と読むところかもしれない。一方、「クロステル巷」のルビは「こう」であるが、この「クロステル巷」が「巷」であって、「モンビシユウ街」のような「街」ではないのはなぜなのだろうか。

この「巷」はクロスター通りの界隈一帯を意味している、とする考え方もある。[18]しかし、「森鷗外自筆　舞姫草稾」を見ると、まず「クロステル巷路」と書かれており、その「路」が草稿段階で消されている。[19]つまり、「巷」とは「こうじ」なのであり、すなわち小路＝ガッセ Gasse（路地、横丁）のことなのではないか。[補注4]手元の辞典で漢字を調べると、「巷」は「人家の集まった中の小道」、「街」は「大通り、またはその道に面した人家の群」を意味する。「街」はシュトラーセ Straße の、現在も使われる訳語である。

周知のように鷗外は漢文にきわめて強く、漢字の使い方にうるさい人であった。筆者が数えるかぎりでは、『舞姫』には「クロステル」が四回出てくるが、「巷」が付けられているのはこの最初の一回だけで、あとの三回はみな「街」が使われている。鷗外がまず「クロステル巷路」と書き、さらにその「路」を消したとき、頭にはハイデロイト小路のイメージがあったと考えられよう。そしてあとの三回で「クロステル街」としたとき、それはエリスの住まいを意味した――鷗外第二の下宿、クロスター通り97番地が一般にモデルとされる――から、これは確かにクロスター通りが想定されていたのであろう。きちんと使い分けられている。

「森鷗外自筆　舞姫草稾」をさらに見てみるならば、「古寺」は「凹字の形に横に引籠みて立てる」とあり、その「横に」が草稿段階で消されている。[20]図1のユダヤ教の会堂、すなわち筆者が前稿で紹介した〈旧シナゴーグ〉Alte

Synagoge[補注5]は、正に「凹字の形に〈横に〉引籠みて」建てられているのである。

ベルリンのユダヤ人

前章で筆者は、『舞姫』のエリスが寄りかかって声を呑み泣いていたのは、旧シナゴーグ――ベルリン最古のユダヤ教の会堂――の門の扉ではなかったか、という仮説を述べた。テクストでは「クロステル巷の古寺」とされているが、作者鷗外が頭の中でイメージしていたのは、ハイデロイト小路の旧シナゴーグではなかったろうか、と。「この狭く薄暗き巷に入り」の「巷」が辞書にいう「人家の集まった中の小道」、すなわちガッセ（小路）を意味することは明らかである。ではどうしてテクストでは、ハイデロイト小路ではなく「クロステル巷」とされているのであろうか。その疑問に答えるために、この界隈をやや詳しく見てみることにしたい。

今世紀の代表的なユダヤ学者、ゲルショム・ショーレム Gershom Scholem (1897–1982) は、その回想『ベルリンからエルサレムへ』（一九七七年刊）において、ベルリンの少年時代（一九一二年頃？）に旧シナゴーグの礼拝に出席した経験を、次のように書いている。当時すでにベルリンには正統派シナゴーグは数少なく、ユダヤ人の同化志向を反映し、歌やオルガンを取り入れた自由主義や改革派のシナゴーグが多かった。

その小路はノイアー・マルクトから近かったが、ノイアー・マルクトの界隈は、定住再許可（一六七一年）のあとベルリンに移ってきたユダヤ人の多くが住み、当時もなお非常に多数のユダヤ人が住んでいるところだった。旧シナゴーグにはオルガンも女性コーラスもなく、その古式にのっとった儀式は私に強い感動を与えた。[21]

ここで確かなのは、この界隈には鷗外の当時ですでに二百年以上も前から多くのユダヤ人が住んでいた、ということである。

旧シナゴーグがあったのは、ハイデロイト小路の2－4番地である。それと建物としては接していたと思われるが、角のローゼン通り2－4番地にはユダヤ教区会館があった。ケーニヒ通りを介してローゼン通りと連続していた通りは、その名もユダヤ人通り（ユーデン通り）で、そこにはユーデンホーフ（ユダヤ人館）のあることが知られていた。ハイデロイト小路がシュパンダウ通りにぶつかる三叉路のそば、シュパンダウ通り33番地（旧番地では68番地）には、ベルリンのユダヤ人を象徴する啓蒙主義哲学者、同化の道を切り開いたモーゼス・メンデルスゾーン Moses Mendelssohn（1729－86）の家があった。

そしてクロスター通りでは、ショーレムの父方の曾祖母が、ユダヤ料理店 Koschere Garküche を営んでいた。曾祖父はシュレージエンからベルリンに出てきた移住一世だった。曾祖母がその「ツム・グラウエン・クロスター」（灰色僧坊亭）を「ギムナジウムの近くで」始めたのは、夫の早い死（一八四五年）の後のことであり、(22) 鷗外の時代にもまだ営業されていたのかもしれない。なぜなら前述の中庭のあるクロスター教会（74番地）は、本来フランシスコ派修道院グラウエス・クロスターの一部で、修道院は宗教改革による解体後、一五七四年にベルリン最初のギムナジウムとなったのである。(23) ビスマルクや建築家シンケルも学んだ名門校だった。ショーレムの曾祖母の料理店は、その名からも、上の記述からも、クロスター教会の近くにあったと考えられよう。ショーレムの少年時代には、縁続きの老人がユダヤの戒律を守ってそこで暮らしていたという。その戸前に「猶太教徒の翁」を佇ませれば、テクストの叙述に驚くほど符合する。クロスター通りの南部だから「モンビシユウ街」には遠いが、ユーデンホーフには近い。

また川上俊之氏によれば、エリスの住まいのモデル、クロスター通り97番地の鷗外第二下宿の向かって左隣には、クライナー・ユーデンホーフ（小ユダヤ人館）があったのだという。(補注6)(24)

二百年を超す歴史を持つユダヤ人の多い地域として、この界隈は知られていた。しかし現実のクロスター通りは大学衛生部やギムナジウムもあり、今に残る写真を見ても、川上氏も言うように立派な整然とした通りで、少なくとも鷗外の時代にはすでに、道路もアスファルト（土瀝青）舗装され、再開発がなされていた。[25] 鷗外の下宿自体も、次のようなものであった。

今の居は府の東隅所謂古伯林 Alt-Berlin に近く、或は悪漢淫婦の巣窟なりといふものあれど、交を比鄰に求める意なければ、屑とするに足らず。喜ぶ可きは、余が家の新築に係り、宏壮なることなり。友人來り觀て驚歎せざるなし。前街は土瀝青を敷き、車行聲なく、夜間往來稀なれば、讀書の妨となることもなし。

（『獨逸日記』明治二十年六月十五日[26]）

「狭く薄暗き」云々というテクストの描写は、このクロスター通りには当てはまらない。だが、ハイデロイト小路には当てはまるであろう。先の引用部でショーレムは、ハイデロイト小路について、ユダヤ人の多く住んだ界隈という説明を加えている。だがそれより先に回想されたクロスター通りに関しては、「アルト・ベルリン地区の」としか彼は述べていない。解説を加えずとも通用するということは、アルト・ベルリンのクロスター通りの名は有名で、一般のベルリン人が連想したに違いないイメージがそれにはあったのではないか、と考えられる。またテクストの自筆草稿を見ると、「彼のクロステル巷」（「彼の」は草稿段階で消されている）とある。あのクロスター通り[補注7]というのだから、クロスター通りは有名だったと思われる。その通り名によって界隈一帯のユダヤ人の多く住む地域を暗示する言い方は、十分にありえたろう。そしてその中に鷗外は、ハイデロイト小路と旧シナゴーグをともに盛りこみ、合成して再造形したのだ、と考えられないだろうか。

次にもう一つの地名、豊太郎の「僑居」のある「モンビシユウ街」について考えてみることにしたい。

これも現在のベルリン市街図の上に容易に見いだすことができる。ハッケ市場駅（旧ベルゼ駅）の西方、シュプレー川の南岸からすぐ橋になり、北上してオラーニエンブルク通りOranienburger Straßeに達する、短いモンビジュー通りMonbijoustraßeである。

ただし、「今世紀以後のベルリン市街圖やベデカーの案内書に『モンビジュウ街』を発見して考證に供しようとしても無駄である。［中略］一八八〇年代にはまだ存在していなかった」[27]と小堀桂一郎氏によってつとに断言され、それはその後川上俊之氏によっても実証されている。川上氏によれば、シュプレー川の橋を含む道路工事は一九〇三〜四年に行なわれ、正式にモンビジュー通りと命名されたのは一九〇五年という[28]。

結局「モンビシユウ街」は、オラーニエンブルク通りの少しベルゼ駅寄りに実在したモンビジュー広場のことであろう、ということに今のところは落ち着いているようだ。オラーニエンブルク通りとシュプレー川の間には広いモンビジュー公園（貴族の旧離宮）があり、「モンビシユウ街」がいずれにしろこの方面を指していたことだけは、間違いない。

旧東ベルリン市内をつぶさに歩き、現存する鷗外最初の下宿（現鷗外記念館）を一九六三年に発見した篠原正瑛氏は、豊太郎の「クロステル巷」から「モンビシユウ街」へつづく散歩の道順が「全然見当違いの方向」であることを指摘し、次のように書いている。

このように不自然な道順を想定しないでもすむ町名が他にいくらでもあったのに、合理性を重んじた鷗外が「モンビシユウ街」に固執したのは、なにか特別の理由があったからであろうか。あるいは、モンビシュウMonbijouというフランス語の名を持ったベルリンの美しい離宮（いまはない）に、鷗外が特別な愛情をいだいていたからであろうか[29]。

古くから多くの人が呈している疑問である。さらに、鷗外の時代にはモンビジュー通りはまだ存在しなかったのだから、なおさらである。

当時、モンビジュー宮の近くのオラーニエンブルク通りには、〈新シナゴーグ〉Neue Synagogeが偉容を誇って建っていた。新シナゴーグは、前稿でも述べたように、旧シナゴーグが時代に合わなくなって新たに建設された自由主義（リベラル派）のもので、同化を志向し、勢力も人口も増大するベルリンのユダヤ社会を象徴するシンボルだった。一八六六年の落成式には、あのビスマルク首相も列席した。内部には三千人の礼拝できる席があり、ドイツで最大、最美といわれたオリエント風の新シナゴーグは、鷗外当時にはすでに、黄金色のダヴィデの星を屋上高く輝かせていた。

一八七一年のドイツ帝国憲法の制定は、ユダヤ人の法的平等の、ようやくの実現をも意味した。「ユダヤ教徒であって同時にドイツ市民である」ことが可能になったのである。ベルリンのユダヤ人は着々と力を蓄え、人々もそれに気がつきだしていた。歴史学教授トライチュケHeinrich von Treitschkeの論文（一八七九年）を契機に、ベルリンでは反ユダヤ主義論争の嵐が発生する。[30] 一方、ロシアの一八八一年を端緒とするポグロム（ユダヤ人襲撃）による、大量の東欧ユダヤ難民も、ベルリンに流入しはじめていた。一八七一年に三万六千人余を数えたベルリンとその郊外のユダヤ人は、一九一〇年には四倍近くの十四万二千人以上に膨れあがる。[31] そしてドイツは急激な工業化のため、深刻な不景気だった。

豊太郎は「クロステル巷」から「モンビシユウ街」に帰るとき、旧ベルゼ駅の東側を通り抜けて行くつもりだったろう。ベルリンのSバーン＝高速都市鉄道は、東京の環状山の手線の範となったといわれるが、内側市壁の跡に敷設されたものだ。旧ベルゼ駅の東側は、市壁のあった時代には市門だったところなのである。

かつてはユダヤ人の出入りできる市門は数少なかった（外側の市壁では、この北方のローゼンタール門が唯一ユダヤ人の通行の許される市門として知られていた[32]。入門の際は税が徴収された）。彼らはまずこの市門の近辺に住み、定住再許可の翌一六七二年、内側市壁の外に墓地を開設する。前稿で扱った、いまではモーゼス・メンデルスゾーンの墓のみ残る〈グローセ・ハンブルク通りのユダヤ人墓地〉である。一七一四年、内側市壁の内部、アルト・ベルリンに旧シナゴーグを建立する。その後、新シナゴーグは外部に建てざるをえず（一八六六年）、第二の墓地も、同じくシェーンハウザー・アレーに設けられる（一八二七年）。そしてロシアのポグロムにより新たに流入してきた、主として東欧のユダヤ人が住みつき、内側市壁のこの市門と外側市壁のローゼンタール門（現在のローゼンタール広場）のあいだに、ユダヤ人街――いわゆるショイネンフィアテル――が形成されて行くのである。

こういう鷗外当時の状況下では、モンビジュー方面といえば、新シナゴーグのこと、その背後のショイネンフィアテルのこと、ひいてはユダヤ人のことを暗にほのめかす代名詞でありえたのではないか。ベルリンの非ユダヤ人たちは、そういう使い方をすることがあったのではないか。

筆者はこう考える。この二つの地名、「クロステル」と「モンビシユウ」を鷗外は無理にでも使い、こうしたユダヤ人街（ゲットーではない）を、その歴史とともに暗示したかったのではないだろうか[33]。現に鷗外自身、「頬髭長き猶太教徒の翁が戸前に佇みたる居酒屋」と書いて、その暗示を強化している。このイメージは、テクスト中で鮮烈である。

これに対して、幾度も足を運んでいる場所とはいえ、この時たまたま居酒屋の前に佇んでいた翁が、すぐユダヤ教徒とわかるものだろうか、という疑問もあるようだが、これは一目でわかるのである。鷗外は「頬髭長き」と語り手に述べさせている。ユダヤのしきたりでは、揉み上げを刈ったり剃ったりしてはいけないことになっている。だからこの老人は、ドイツに同化したユダヤ人ではなく、ユダヤの慣習を遵守しているユダヤ人ということになる。黒っぽい帽子をかぶり、黒っぽいカフタン（長衣）を着て佇んでいる老人の姿が目に浮かぶようだ。

こうした一目でユダヤ人と見てとれ、ドイツ語ではなくイディッシュ語を母語とする東欧ユダヤ人の存在は、同化したユダヤ人の間にも、アイデンティティをゆるがす動揺（不快感）を呼び起こし、彼らからも忌み嫌われていくのである。「クロステル」と「モンビシユウ」から連想される地域とは、そうしたところだったのではないだろうか。

周知のごとく、エリスに声をかけた官費留学生豊太郎は、その入り口の戸に「エルンスト、ワイゲルトと漆もて書き、下に仕立物師と注したり」とある彼女の住まいに同行し、父親の葬儀の金のために時計を貸す。そして二人は親しくなるが、それを見た留学生仲間に国へ中傷されて官職を解かれ、国元の母親は自殺する。それを契機に「クロステル街」のエリスの住まいに同棲する。豊太郎は、友人相澤より新聞の通信員の仕事を紹介される。

エリスが「モンビシユウ街」の下宿に金を返しに来たとき、留学生豊太郎の読書は、「少女は、シヨオペンハウエルを右にし、シルレルを左にして、終日兀坐する我讀書の窓下に、一輪の名花を咲かせてけり。[34]」というものであった。それがエリスと暮らし、通信員になると、(補注8)「ビヨルネよりは寧ろハイネを學びて思を構へ、様々の文を作りし[35]」と変わる。この「ハイネ」は、自筆草稿や初出では「ハイゼ」であったが、小堀桂一郎氏は、鷗外の単純な誤記で「ハイネ」が正しい、と断じている。それほどに鷗外はハイネを愛読していたのだという。[36]

さてこのベルネ（ビヨルネ）Ludwig Börne（1786―1837）とハイネ Heinrich Heine（1797―1856）は、両者ともにユダヤ人である。だがショーペンハウアーとシラー（シルレル）はそうではない。ベルネとハイネは、ともにゲットーに生れ、改宗までして解放と同化を求めたユダヤ人だった。ともに自らの思いを激しい文章に書いた。[37] 通信員という仕事のためといえ、豊太郎の読書対象のこの明白な、それも二つの名を並べた対句で書かれている変化は、作者鷗外が意識的に行なったものとしか思えない。

鷗外は、レッシングG. E. Lessing（1729―1781）やハイネを愛読した。前稿でも述べたようにレッシングは、モーゼス・メンデルスゾーンの親友だった。メンデルスゾーンが、彼の『賢者ナータン』の主人公（ユダヤ人）のモデルであることは、知られている。一八八六年八月十三日（ミュンヘン）の『獨逸日記』には、次のごとくある。

府の戯園レツシング Lessing の作哲人ナタン Nathan der Weise を演す。余長松篤棐と往いて観る。ポツサルト Possart のナタン Nathan に扮したるは、實に人の耳目を驚かすに足れり。[38]

小堀桂一郎氏によると、鷗外がみずから積極的に観劇したのは、ドレスデンでの『ファウスト』とこの場合くらいだという。[39] また清田文武氏によれば彼は、あるレッシング研究書の次の箇所にアンダーラインをしているという。[40] 鷗外はメンデルスゾーンについても知っていたのである。

Nathan ist Lessing selbst, nicht sein Freund Moses Mendelssohn,

（ナータンとはレッシング自身であり、彼の友人のモーゼス・メンデルスゾーンではない）

鷗外第三の下宿のあるグローセ・プレジデンテン通り Große Präsidenten Straße 10番地は、モンビジュー広場のすぐベルゼ駅寄りの所である。だが驚いたことにそれは、筆者が（前稿で述べたように）グローセ・ハンブルク通りのベルリン最古のユダヤ人墓地を再見した後、ヴァイセンゼーのヨーロッパ最大ともいわれるユダヤ人墓地に行くために市電に乗った、その停留所のある所なのだった（その時は知らなかった）。

「クロステル巷」も「モンビシユウ街」も、単に自分が下宿した地名を使用しただけなのかもしれない。だが鷗外は、散歩を好む人だった。彼は、下宿からほど近いメンデルスゾーンの墓のある墓地も、それに隣接するユダヤ教区（ゲマインデ）男子学校やユダヤ人老人ホームも、知っていたに違いない。鷗外は現代の日本人以上に、ユダヤ人に関する関心と知識を持ち、深く理解していたのである。

そのことを端的に証明しているのが、『舞姫』(『即興詩人』や『獨逸日記』でも)で用いられている「猶太教徒」という言葉である。「猶太人」とも「猶太民族」とも書かれていない。これは当時のドイツでの(ユダヤ人側の)論調を、正確に反映していると思われる。ドイツに同化し、「ユダヤ教徒のドイツ人(市民)」になることを、当時のユダヤ人は望んだ。[41] いま筆者も用いたが、「ユダヤ人」や「ユダヤ民族」という用語は、近代の国民国家を形成したナショナリズムの産物でもあり、それらは、一八八〇年代に定着した人種主義的な反ユダヤ主義と容易に結びつく性質を持つともいえる。テオドール・ヘルツル Theodor Herzl (1860—1904) が、それに対抗するシオニズム(ユダヤ人国家を建設する運動)を強く提唱するのは、鷗外が帰国してまもなく、フランスのドレフュス事件(一八九四年)の後のことである。

鷗外はベルリンで人に住所を訊ねられると、先に引用した『獨逸日記』に多少書いてもいるが、なぜそんなところに住んでいるのだ、としばしば言われたに違いない。クロスター通り? クライナー・ユーデンホーフの隣りなのか、と。モンビジューの近く? 新シナゴーグのそばじゃないか、と。住む地域や食事・買物をする場所により、社会的地位や階層が測られる。それが日本で想像する以上のものであることは、筆者にも憶えがある。ましてや百年前の、同化ユダヤ人が勃興し、東欧ユダヤ人が流入し、人種主義的な反ユダヤ主義の発生したベルリンであった。

エリス

太田豊太郎とエリスの物語は、よく知られているように、悲劇に終わる。豊太郎はベルリンを訪れた天方伯爵に実力を認められ、すすめられて帰国を決意する。妊娠していたエリスは、それを知り、精神を冒される。豊太郎の友人相澤が、エリスの母親に生計費を与える。豊太郎は帰国の途につき、船上で回想する。

以上が短編小説『舞姫』のあらましである。ところが周知のごとく、鷗外帰国の四日後（九月十二日）に、ドイツ女性が鷗外を追って横浜に着いたのであった。しかも鷗外の家族[42]の回想記などでは、彼女は「エリス」、つまり、物語のヒロインと同名で呼ばれてきている。本章ではこのエリスのモデル問題に少し立ち入ってみることにしたい。そうすることが、当時のベルリンのユダヤ人についての考察につながるはずである。

現実の「エリス」の姓名も、今では探索され、エリーゼ・ヴァイゲルト Elise Weigert ないしはヴィーゲルトWiegertと判明している（この二つの姓は、eとiの順番が入れ替わっただけで、筆記体で書いてみれば、ドイツ人でも間違えやすいことはすぐにわかる）。鷗外が汽車でベルリンを出たのが七月三日、マルセイユ出港は七月二十九日であるが、エリーゼが船でブレーメンを発ったのは七月二十五日であった。エリーゼは三十五日間滞日し、十月十七日、横浜港から帰国したという。それから五ヶ月もたっていない翌八九年三月、鷗外は結婚した。翌々九〇年一月三日、『舞姫』が発表される（執筆は八九年）。同年九月、長男誕生。十月離婚。

「このエリーゼの真相はいまだに不明である」と、山崎國紀氏は書いている。「鷗外研究の場では、エリーゼのことを論文の主題にすることは暗黙の禁忌になっているように思える。鷗外の帰国を追いかけて素早く来日したエリーゼの存在は、今や誰も否定できない厳然たる事実でありながら、多くの研究者は奇妙にも沈黙を守っている。[43]」

筆者は未見であるが、(補注9) 一九八九年五月七日、「百年ロマンス〝舞姫の謎〟黄金髪ゆらぎし少女の迫る鷗外幻想」（テレビ朝日）というテレビ番組が放送された。日曜午後の特別番組だった。エリーゼに関する「このテレビチームの掘り起こしはすごい」（山崎國紀）もので、関係者に衝撃を与えたようだ。山崎氏をはじめ何人かの専門家が述べているところの大意を、まずまとめておきたい。

①エリスの住まいのモデルにもなったといわれる鷗外の下宿（クロスター通り97番地）から一二〇メートルしか

離れていない84番地に、「シュナイダー商会」（毛皮洋服商）があった。鷗外当時の経営者はリヒァルト・ヴァイゲルト、その夫人はエリーゼ・ヴァイゲルト（！）である。ただし夫人は鷗外より五歳年長で、二人の子供がいた。(44)

②この夫妻の従兄カール・ヴァイゲルト博士が、ライプツィヒ大学の衛生部で所長をしていた。ライプツィヒ時代の鷗外も研修に通った所（『獨逸日記』では「リイビヒ街」）で、その指導を鷗外が受けた可能性は高いといわざるをえない（『獨逸日記』には博士の名は出てこない。かえって怪しい。発表時に都合の悪い部分は抹消されたというのが定説である）。このブレスラウとベルリン、ウィーンの各大学に学んだ博士は生涯独身で、フランクフルトのユダヤ人墓地に葬られている。(45)

③ベルリンのヴァイゲルト夫人は、銀行家の娘で、月一回のサロンを主催していた。日本びいきで「日本の間」を持ち、日本製と思われる品を並べていたそうだ。また彼女はエリスと呼ばれており、エリス Elis とサインした写真も残っているという。夫妻はベルリンのシェーンハウザー・アレーのユダヤ人墓地に葬られている。(46)

④この番組としては、留保はつけながらも、ヴァイゲルト夫人がエリーゼであり、「エリス」であると主張していた。

長谷川泉氏はこの番組のあとで、次のように書いている。

まだ決定的にものを言うことは困難だと思う。鷗外よりもはるかに年長で、しかも夫のある女性で、かつユダヤ人墓地問題がからみ、問題を複雑にしている。過去百年という壁が、そして戦禍の傷あとが、調査をはばんでいることは否めない。(47)

しかし確かに、『舞姫』を知るものを興奮させずにはおかない「事実」である。なにしろ「シュナイダー商会」の経営者夫人は、鷗外を追って日本までやってきたエリーゼと同姓同名（ヴァとワの原音は同じ、単なる表記の違い）である。その「シュナイダー」Schneiderとはすなわち、普通名詞ならば「仕立物師」を意味する。エリスの亡くなった父親が「仕立物師」であったことは、思い出すまでもない。

またこのテレビ番組は、ヴァイゲルト博士もヴァイゲルト夫妻もユダヤ人墓地に眠っていることを告げている。「仕立物師」はユダヤ人に多い職業である。筆者がテクストから解読しようとしてきたことが、すでにそこで多く明らかにされていたらしい。

おそらく鷗外は、ライプツィヒのヴァイゲルト博士から日本びいきのヴァイゲルト夫人を紹介され、夫人のサロンに出入りするようになったのだろう（サロンはベルリンのユダヤ女性の伝統である）。鷗外より五歳年長ということは、夫人は三十歳すぎである。しかし夫人がユダヤ人、特に東欧のユダヤ人であるならば、彼らは早婚である。男性は十三歳、女性は十二歳で一人前と見なされる。十五歳、あるいはそれ以上の娘がいたとしても不思議ではないし、再婚で、先妻の娘ということも考えられる。

しかしエリーゼ＝エリス――この違いだが、あまり気にする必要はないのではないか。Eliseをエリーゼと表記するのも、現在の日本での習慣にすぎないともいえる。鷗外にはエリスと聞こえたのであろう。たとえばSimonは普通はジーモンと表記するだろうが、シモンと聞こえる人もいよう。鷗外はモンビジューもモンビシユウと濁らず表記している――は、その関係者ではあろうが、ヴァイゲルト夫人自身ではあるまい。

なぜならヴァイゲルト夫妻は、一八二三年創業の毛皮洋服商の、輸出入もする成功した商人である。(48) 少なくとも親の代からすでにドイツで生まれ育ち、ドイツ語で教育も受けた、ドイツに同化したユダヤ人であったろう（創業者は祖父か曾祖父の代だったと思われる）。(補注10) ふつうに推測すればエリーゼは、ヴァイゲルト夫妻を頼ってヴァイゲルト一族の出身地からベルリンに出てきた、縁続きの家族の娘といったところではないだろうか。ユダヤ人は近い先祖にちなんだ名前をつけることが多く、一族の中に同名の者がいることは珍しくはない。ヴァイゲルト博士の出身地がシュレージエン（現ポーランド他）であることも判明している。(補注11) ショーレムによれば、当時のベルリンのユダヤ人の多くは、ショーレム家も含め、シュレージエンかポーゼンに源を持つユダヤ人だったという。

筆者は、ウィーン大学ユダヤ学科（ユダヤ学研究所）で指導を受けた教授に、手紙で質問してみた。教授の回答の大意を以下に記したい。

ヴァイゲルト姓の人は皆、自分［教授］が確認できるかぎり、シュレージエン出身、ないしは先祖がシュレージエン出自のユダヤ人である。中で著名な人物は、医学者のカール・ヴァイゲルト博士。ヴァイゲルト姓のシュレージエン出身の繊維工場主はかなり多く、すでに十九世紀初頭にベルリンに出てきた者もいたが、それは難民としてではなく、多くは経済的な理由からであった。また、〈エリス〉というドイツにはない名前は、ユダヤ名でもフランス名でもないが、フランス風に響く名前であり、踊り子の芸名にふさわしい。一方、エリーザベト Elisabeth の短縮形である〈エリーゼ〉は、ドイツ名であるが、聖書に由来する名前であり、ユダヤ人にも非常に好まれた。

エリーゼの正体は不明である。だがこうして考えると、彼女がユダヤ人であることは確実だといえよう。(49) 筆者の推測をつづけて述べてみたい。すでにして彼女は、故郷のシュレージエンを捨ててベルリンに出てきた家族の一員であった。そのことは必ずしも貧しいことを意味しない。シュレージエンやポーゼンで豊かに暮らしていたユダヤ人は少なくなかった。一家にとって、ベルリンは通過駅にすぎず、将来はアメリカ（あるいはイギリスかフランスか、パレスチナ）に渡る予定だったのかもしれない。そうしたユダヤ人は当時のベルリンには多数いた。西ヨーロッパにうまく適応できなかった東欧ユダヤ人は、さらに新世界をめざして移住していった。それを、ベルリンの同化ユダヤ人の側も望んでいた。

こういう状況にいたエリーゼだからこそ、鷗外を慕うようになり、一人で極東の島国まで追ってくるという思い切った行動をとることができたのではないか。日本への渡航費ぐらいは、何とでもなったと思われる。アメリカのかわりに日本を選んだのである。日本でエリーゼは、手芸など教えて自活して残りたい、という希望を述べたといわれる。まさしく彼女は、「移住」する覚悟だったのであろう。そしてエリーゼや家族の消息が、あれほど手をつくしてもわからないのは、その後実際にアメリカかどこかに渡ってしまったからなのではないだろうか。一八八一～一九一四年にアメリカに渡ったユダヤ人（主として東欧ユダヤ人）の数は、二百万以上にものぼる。(50)

非専門家の自由を行使して、もうしばらく筆者の推測を書きつづけたい。鷗外の帰国後四日にして横浜に着いたエリーゼは、ユダヤ人であった。それゆえに、彼女は帰国せねばならなかった。違うだろうか。もしエリーゼがドイツ貴族の令嬢だったら、と仮定してみたらどうだろう。二人は日本で結婚できたのではないだろうか。

鷗外の家族はこの結婚に、母親を先頭に頑強に反対した。ユダヤ人という存在の意味するところは、当時すでに我が国でも紹介されていた。シェイクスピアの『ヴェニスの商人』が『人肉質入裁判』と題して発行されたのである。明治十六年（一八八三年）十月、つまり鷗外がドイツ留学に出発（一八八四年八月）する前年であった。その冒頭近くには、「猶太人」の意味するところが、当時の読者にもわかりやすい、不適切な表現で説明されている。(補注13)(51)『人肉質入裁判』は評判を呼び、一八八七年には五版を重ねる。一八八五年には大阪戎座で、宇田川文海による翻案（『何桜彼桜銭世中』）が中村宗十郎一座により上演された。「趣味は読書と観劇」であり「翻訳文芸をも理解し」（森於菟）たという鷗外の母が、留学中の鷗外に思いを馳せながら、目にした可能性はあるだろう。

たとえば、エリーゼ来日（九月十二日）から森家が小金井良精に相談する（二十四日）までの十二日間の空白を、どう解釈するか。鷗外は当初、エリーゼがユダヤ人であることを秘していたのではないか、と筆者は推測したい。その段階では森家の側も、この彼を慕って故郷を捨ててきた女性に、さほど悪感情を抱いてはいなかったとも考えられる。だがある日それを白状すると、母親を代表とする森家は、鷗外の予想以上にあわてふためき、態度を硬化させ、良精に相談したのではなかっただろうか。

また軍の上層部にしても、表向きは目立った反対はしなかったのかもしれない。しかしだからといって、一筋縄では行かないのが、ユダヤ人問題の難しいところである。本当は反対なのであり、もし押し切ればエリートコースから外れてしまうことは、鷗外には自明のことだった。

そしてその鷗外自身にも問題があったのではないか、と筆者は考える。すでに見てきたように、鷗外はユダヤ人について良く知っていた。ポグロムに追われる東欧のユダヤ人に自らの過去を、同化ユダヤ人には将来の姿を認めていたのかもしれない。ベルリンでは、人種主義的な反ユダヤ主義が発生していた。鷗外は旧シナゴーグを望むたびに彼らと日本を思い、「心の恍惚となりて暫し佇みしことは幾度なるを知ら」なかった。ドイツでは、日本人もユダヤ人と同様に抑圧されたのではないか。だからこそ、豊太郎はエリスと生活を共にした。しかし生涯を共にすることは、結局はできない。日本では、日本人もユダヤ人を抑圧するのである。エリートを自認する自らに立ち帰ったとき、自分の恋人がユダヤ人であるという事態に、どうしても引っ掛かりを感じてしまったのではあるまいか。まわりから反対されればされるほど、このこだわりが大きくなっていったのではないだろうか。

しばしば引例される賀古鶴所（『舞姫』の友人相澤のモデル）宛て返信（エリーゼ帰国の三日前）の一節、「其ノ源ノ清カラザルヿ故ドチラニモ満足致候様ニハ収マリ難ク」とは、エリーゼがユダヤ人であり、だからこそ鷗外を追ってきたこと、そしてそのことにこだわりを感じてしまう自分の心を、指していたのではないだろうか。それは賀古や石黒忠悳、小金井良精らとの間では、了解しあえることであったろう。そしてその鷗外の揺れる気持ちも、自分が出世の妨げになることも、最もよく理解できたのは、ユダヤ人であるエリーゼ自身だったに違いない。エリーゼは納得し、帰国した。鷗外のエリーゼへの思いは残った。二人の間にはその後も文通が続いたと伝えられる（晩年に鷗外が焼却させた）。結婚生活がうまくいくはずもなかった。しかし当時の一般の日本人には理解しがたいことであり、噂はつづいた。

『舞姫』は、このエリーゼの事件に対する弁明であるとしばしば言われてきた。ではなぜ、直後の離婚が釈明されないのか。エリーゼの噂よりも離婚の方が社会的ダメージは大きかったのではないか、とも疑問視されてきた。筆者は次のように考える。『舞姫』を発表することは、噂話に先に解答を与えてしまうことである。その際エリーゼは、ユダヤ人ではなく、父親の葬儀費用もないという、誰の目にも明らかに貧しい惨めな状況の踊り子に置き換えられている。噂を耳にしていた人が『舞姫』を読めば、ああ、こういうことだったのか、と得心したのはまず間違いないだろう。だがその翻案の目的は、読者にわかりやすくすることだけではなかった。鷗外には、それによってエリーゼがユダヤ人であることを隠蔽し、噂を打ち消す意図があったのである。鷗外の家族は以後、堅く結束した。それは、何としてでも秘匿せねばならぬことであった。

『舞姫』のヒロイン「エリス」は、ユダヤ人として造形されてはいない。ただし、賀古や石黒を含め、理解される読者に対しては、実際にはユダヤ人であることをあらわすサインを随所に散りばめたであろうことは、これまで見てきたとおりである。(補注14) そこに鷗外の万感の思いが込められていた、と筆者は考えたい。まだ指摘していない一例を示すならば、踊り子エリスの属する「井クトリア」（ヴィクトリア）座のあるミュンツ通りMünzstraßeがある。それはまぎれもない、あのショイネンフィアテルの一部なのである。

『舞姫』発表から十二年後（一九〇二年）の一月、鷗外は再婚した。そして同年九月、アンデルセンの翻訳『即興詩人』を刊行している。比較文学者の島田謹二氏は、「クロステル巷」の情景を描いた一節を引用し、次のごとく説いたという。[52]

『即興詩人』の中の「猶太をとめ」をあれほど真に迫る筆で傳えたわけも、この邊の文字をみれば、よく納得がゆく［後略］

『即興詩人』の「初版例言」には、この翻訳には一八九二年から一九〇一年まで九年かかった等述べられたあと、以下のごとく書かれていた。

此書は印するに四號活字を以てせり。予の母の、年老い目力衰へて、毎に予の著作を讀むことを嗜めるは、此書に字形の大なるを選みし所以の一なり。[53]

鷗外は母親に、もっとも強硬にユダヤ女性との結婚に反対した母親に、どうしても「猶太をとめ」の章を読ませたかったのであろう。

（一九九三年一月記）

［付記］ 本稿は、もともと現表題で発表された論文に、今回本書に収録されるにあたり、つづいて書かれた「森鷗外『舞姫』の舞台・補遺――ベルリンのユダヤ人（三）――」（『拓殖大学論集　人文・自然科学』第1巻第3号（206号）、一九九四年。以下「補遺」と略す）の内容の一部を加筆、また補注し、章見出しを加えたものである。その際、もとの「補遺」での文章を生かすよう努めた。やや不自然なところもあるかもしれない。さらに意の到らぬ箇所や言葉の不足、遠慮等による文意不鮮明な箇所を、明晰にすべく補筆し、一部典拠資料を改めた。七～八年前の論文であり、今の時点からみれば誤りと思われる個所その他もあるが、訂正や削除は（ケアレスミスや「物讀むことをば流石に好みしかど」をめぐる数行の削除などを除き）できるだけ自制し、補注で現在の見解を述べた。

（二〇〇一年一月記）

〔補注〕

(1) 最近の研究では、当時はこの橋(旧橋はカヴァリエ橋、新橋はカイザー・ヴィルヘルム橋)は架け直し工事中のため通行不可能で、王宮を迂回し、東側のランゲ橋を渡らざるをえなかったという。以下の論文を参照。神山伸弘「『普請中』のベルリン――一八八七年・八八年当時の森鷗外第二・第三住居環境考――」、『跡見学園女子大学紀要』第三十三号、二〇〇〇年、一―二八頁。

(2) 神山氏の前掲論文は、マリア教会説である。それによれば鷗外当時、あたりは再開発の工事中で、マリア教会はちょうど、四囲を囲んでいた建物群のうちカイザー・ヴィルヘルム通り(この通り名も拡幅工事後に改称されたものという)側の一辺が取壊され、まさしく凹字の形に取り囲まれていたのだという。それは確かにそうだったのだろう。ならばしかし、「凹字の形に〈囲まれて〉」とでも書かれるのではないだろうか。「引籠みて立てる」(『塵泥』版では「立てられたる」)とは、後方に下げて建てられている、という意味であろう。その下がり方が「凹字の形に」なっている、ということなのではないか。

(3) テクストには、どの橋を渡ったとも書かれていない。補注1で述べたごとく、最近の研究では、ウンター・デン・リンデンから直進する橋を渡ることは鷗外=豊太郎には不可能で、迂回してケーニヒ通りに通じるランゲ橋を通るしかなかったという。だとするとこのコースは不自然だが、作者は当時の日本の読者に、そこまでの厳密な読みを要求できたであろうか。鷗外は、そこに新しい橋が完成間近であることを承知しており、新しい橋や道路を体験する時代の読者が(古い橋や道路を知る読者も)、直進するコースを豊太郎は歩いた、と読むことを予測したはずである、と筆者は考える。

(4) 「森鷗外自筆　舞姫草稾」に付せられた、編者らによる詳細な《読み方》でも、「コウヂ」とされている。さらに『即興詩人』にも、鷗外自身が振ったと考えられるルビ「こうぢ」があるという。筆者も捜してみたが、容易には見つからず、「ピアツツア、デル、ポゝロといふ美しく大なる広こうぢ」というのが目についた。「ピアツツア」(広場)が「広こうぢ」なら、「こうぢ」は単に「道路、通り」の意味なのかもしれない(『即興詩人』ちくま文庫、七六頁)。

(5) 旧シナゴーグは、旧を古、シナゴーグを寺にかえれば、「古寺」となる。ベルリン在住の日本人は、古寺ないし古刹と呼びならしていたのではないか。自筆草稿では、「古刹」と書きかけて、「刹」を「寺」に直している形跡が見て取れる。《読み方》は「フルデラ」であるが、「コジ」も可能とされている。古刹からもリズムからも、「こじ」と考える。

(6) 神山氏の前掲論文によれば、川上氏は後にこの説を変えている。鷗外当時は、再開発工事によって小ユダヤ人館も一掃されていたのだという。しかしたとえ再開発されて様相を一変しても、古い街並みはまだ人々の記憶の中には残っていたろう。ある地域に対する人々のイメージは、そう簡単に変わるものではない。ハイデロイト小路の一本外側の通り、ノイエ・フリードリヒ通りの旧シナゴーグ近くにはユダヤ書の古本屋が二軒あった、ともショーレムは書いている。二十世紀になっても、そこはそういう地域だったのだ。

(7) この「彼の」は「(彼の) クロステル巷 (路) の古寺の前まで來ぬ」とつづくので、「古寺」にかかるとも考えられよう。その後に「余は彼の燈火の海を渡り來て」がつづくため、「彼の」の重複を避けたのであろう。

(8) 誤り。通信員の仕事を得て生活のめどがたってから、エリスが一緒に暮らすことを提案している。以下を参照。松沢和宏「忘却のメモワール――『舞姫』の生成論的読解の試み――」、『文学』一九九七年夏号 (特集=森鷗外を読む)、三四頁。

(9) 鷗外を追ってきた女性が実在し、その名がエリーゼであることをつきとめた中川浩一氏のご好意により、その後、録画ビデオを見ることができた。番組中ですでに、ヴァイゲルト博士 Carl Weigert (1845―1904) の従兄弟に「ポール・エールリッヒ」がいることが指摘されていた。

パウル・エールリヒ Paul Ehrlich (1854―1915) は、一九〇八年にノーベル賞を受けた細菌学者で、ライプツィヒで博士号を取得、一八八七年以降ベルリン大学医学部講師、九一年からは新設されたローベルト・コッホ所長の伝染病研究所に助教授として属し、九九年よりフランクフルトに実験治療研究所を発足させて所長になった。コッホの研究所では北里柴三郎らと研究チームを組み、フランクフルト時代には志賀潔や秦佐八郎と共同で重要な研究を行なっている。ヴァイゲルト博士は一八七九年ライプツィヒ大学教授、八五年よりフランクフルトの病理解剖学研究所の所長。二人の経歴はしばしば重なり、親しい間柄のいとこ同士だったことが窺われる。そしてなによりも、ヴァイゲルト博士もエールリヒも、少なくともライプツィヒやベルリンで鷗外のすぐ近くにいたことは明らかである。

(10) 誤り。ヴァイゲルト家は創業者ではない。その詳しい調査は、以下を参照。植木哲「鷗外の恋人『エリス』」、『關西大学　法學論集』第四十八巻第五・六合併号、一九九九年。

(11) ヴァイゲルト博士の出身地はミュンスターベルク、エールリヒは隣町のシュトレーレン。ともにシュレージエンの、現在はポーランドに属してポーランド名を持つ、人口一万人以下の小都市。プラハよりも一〇〇キロ以上東にあたり、ブレスラウの南方、現在のチェコ、往時のオーストリア・ハンガリー帝国との国境近くに位置する。

(12) たとえば、『普請中』(一九一〇年)のドイツ女性は、築地の精養軒ホテル——あのエリーゼが滞在していたホテル——で、これからアメリカに行くのだと、渡辺に言う(須田喜代次氏の教示による)。渡辺は女性に、あの「ポラック」と結婚したのか、という意味のことを言う。ポラックとはポーランド人に対する蔑称であるが、東欧ユダヤ人の流入する社会においては、東欧ユダヤ人をも暗示することになったのではないか、と考えられる。

(13) 同じ言葉による説明が、『即興詩人』では鷗外自身によって用いられる。

(14) だが、たとえばエリスの母親の着ている「獣綿」にまでユダヤの徴を見ることはできまい。それは単に「ウール」を意味する、と考える。ウールのドイツ語にはWolleとSchurwolleがあり、鷗外の時代にどちらの語がより一般的だったかは不明だが、「木綿」はBaumwolleである。木綿＝Baum(樹木)＋Wolleであるならば、羊(Schur)＋Wolle＝獣綿(Schurwolle)と鷗外は考えたのではないか。獣というとまがまがしい感じだが、単なる動物の意味だろう。Tiergarten(「獣苑」)も、今ならふつうは「動物園」と訳す。

〔注〕

(1) 長谷川泉＋塚本邦雄(対談)「人間・日記・海外体験」、『国文学・解釈と鑑賞』一九八四年二月号、至文堂、三三頁。

(2) 嘉部嘉隆「『舞姫』についての諸問題(一)」、『森鷗外研究1』和泉書院、一九八七年、一〇二頁。

(3) 嘉部嘉隆編『森鷗外「舞姫」諸本研究と校本』桜楓社、一九八八年、一二九—一九七頁。引用の際には、必ずしも旧漢字を用いていない時もある。下記も参照。『鷗外全集　第一巻』岩波書店、一九七一年、四二三—四四七頁(『塵泥』版)。

(4) 山下「ベルリンのユダヤ人——『ユダヤ人のさまざまな世界』展を手掛かりに——」、『拓殖大学論集』(人文・自然科学系)第二〇〇号、一九九二年、七五—九六頁。

(5) ただし筆者はベルリンでは、『舞姫』には全く関心を持っていなかった。マリア教会も、その翌日にごく近くにまで行きながら(アレクサンダー広場とテレビ塔には行ったのだ)一瞥もしなかった。『舞姫』について調べ出したのは、日本に帰ってからである。ある日、モーゼス・メンデルスゾーンの住居を市街図で確認していたとき、すぐそばにマリア教会があるのに気がついた。その教会と『舞姫』の因縁ぐらいは耳にしていた。そして思い出したのである。その短編小説に「猶太教徒の翁」が現れたことを。ヒロインの少女の住まいの戸に書かれた「仕立物師」という文字を。

（6）　武田勝彦氏は長谷川泉氏の著作選の「解説」で、「文学に縁がない者でも、鷗外の『舞姫』、漱石の『坊っちゃん』、龍之介の『羅生門』ぐらいはなんとなく知っている」と書いている（長谷川泉、本文中前掲書所収、四六九頁）。
（7）　嘉部嘉隆編、前掲書、一四九頁。
（8）　嘉部嘉隆編、前掲書、一四九―一五〇頁。
（9）　前田愛「ベルリン一八八八年――都市小説としての『舞姫』――」、『文学』岩波書店、一八九〇年九月号、一一二三頁。
（10）　嘉部嘉隆編、前掲書、一四一頁。
（11）　Günter Nelles (Hrsg.): Berlin mit Potsdam. München (Nelles Verlag) 1991.
（12）　前田愛、前掲論文、一四頁。
（13）　嘉部嘉隆編、前掲書、一四一頁。
（14）　小堀桂一郎『若き日の森鷗外』東京大学出版会、一九六九年、四六九頁。
（15）　金山重秀「エリーゼの身許しらべ――『舞姫』背景の発掘と照明――」、『国文学・解釈と鑑賞』一九八四年一月増刊号、至文堂、三〇三頁。なお、同頁のマリア教会の写真も参照されたい。
（16）　筆者としては、以下のような考え方にも誘惑を感じる。テクストには「獣苑」こそ「散歩」したと書かれているが、あとは「クロステル巷」まで、歩いたとは書かれていない。古いベルリン市街図を見ると、一九三〇年代のものであっても、カイザー・ヴィルヘルム（現リープクネヒト）通りよりも、ケーニヒ（現ラートハウス）通りの方が目立つ。現状ではウンター・デン・リンデンからリープクネヒト通りにつながることに、疑問の持ちようもないが、鷗外の当時は、ただ道なりに歩くと、自然と王宮を迂回し、ケーニヒ通りに続くようになっていたのではないか？　ケーニヒ通りは、ウンター・デン・リンデンの開通以前は、その名のごとく凱旋通りであり、この通りを境にしてアルト・ベルリンは二分され、北半分はマリア教会の教区、南半分はニコライ教会の教区になっていた。ケーニヒ通りには、鉄道馬車が走っていた（写真が残っている）。豊太郎は鉄道馬車に乗り、クロスター通りで下車したのではないか？　『舞姫』中に、乗り合い馬車や鉄道馬車を利用した形跡がないのはなぜだろう？
（17）　森鷗外『舞姫　うたかたの記　他三篇』岩波文庫、一九八一年第一刷、一九九二年第二一刷、一三頁。同書には、振り仮名は同書店版『鷗外全集　第一巻』のほか各種の鷗外全集を参照して付した、という意味の［編集付記］が書かれている。

(18) 篠原正瑛「鷗外とベルリン――『舞姫』「キタ・セクスアリス」『妄想』の跡を訪ねて――」、『鷗外』五号、一九八九年、二七～二八頁。

(19) 「森鷗外自筆　舞姫草稾」、嘉部嘉隆編、前掲書所収、二一四頁。

(20) 同上書、二一五頁。

(21) Gershom Scholem: Von Berlin nach Jerusalem. Jugenderinnerungen. Frankfurt am Main (Suhrkamp Verlag) 1977, S.55.

(22) Ebd., S.12f.

(23) Karl Voß: Reiseführer für Literaturfreunde Berlin. Vom Alex bis zum Kudamm. Frankfurt am Main, Berlin (Ullstein) 1986, S.153.

(24) 川上俊之「『舞姫』をめぐる補註的考察――『エルンスト・ブライプトロイ』のこと等――」、『鷗外』一八号、一九七六年、一七頁。

(25) 同上論文、一六頁。

(26) 『鷗外全集　第三十五巻』岩波書店、一九七五年、一六六頁。

(27) 小堀桂一郎、前掲書、四九四頁。

(28) 川上俊之、前掲論文、一一頁。

(29) 篠原正瑛、前掲論文、二六頁。

(30) この論争に関しては、以下を参照。野村真理「トライチェケ・グレーツ論争とグレーツの孤独」、同『西欧とユダヤ人のはざま――近代ドイツ・ユダヤ人問題――』南窓社、一九九二年所収、九一―九六頁。

(31) Julius H. Schoeps (Hrsg.): Neues Lexikon des Judentums. Gütersloh/München (Bertelsmann Lexikon Verlag) 1992, S.69.

(32) Ebd., S.395.

(33) ゲットーと自然発生的なユダヤ人街とは、区別されねばならない。ゲットーは、追放するかわりに、ある区域に強制的に居住させたもので、税を徴収する目的もあった。鷗外の時代には法的平等が実現しており、入り口の門が閉ざされるようなゲットーが、ベルリンに存在したとは考えられない。ユーデンホーフがどのようなものだったかも、筆者にはいまだよくわからないが、鷗外当時も、ただ建物と名称が残っていただけであろうと思う。クライナー・ユーデンホーフに対して、ユーデン通りにあった方（こちらが有名）を、グローサー・ユーデンホーフ（大ユダヤ人館）ともいうようだ。

さて旧シナゴーグには、塀と門があった。新シナゴーグも、あとから簡単な塀と門が取り付けられている。ゲットーの門も内側から施錠することもあったというが、古いシナゴーグの場合、どうしても外的に備える必要があったのであろう。キリスト教の教会では、一般にそういうことはないのではないだろうか。現在でも、ウィーンの旧市街のシナゴーグ前には、銃を持つ複数の警官が常時パトロールしていた。

(34) 嘉部嘉隆編、前掲書、一五八頁。
(35) 同上書、一六五頁。
(36) 小堀桂一郎、前掲書、五一二頁。
(37) ハイネとベルネに関しては、以下をはじめ、多くの所で語られている。山下肇『ドイツ文学とその時代【増補版】』有信堂、一九七八年、一〇八―一三〇頁。
(38) 『鷗外全集　第三十五巻』一四五頁。
(39) 小堀桂一郎、前掲書、二三頁。
(40) 清田文武「若き鷗外とレッシング」、日本文学研究資料寛厚会編『森鷗外Ⅱ』有精堂出版、一九七九年所収、八三頁。
(41) 下村由一「反ユダヤ主義とシオニズム」、江口朴郎編『民族の世界史15　現代世界と民族』山川出版社、一九八七年所収、一四六頁以下。
(42) 小金井喜美子、森於菟、小金井良精ら。
(43) 山崎國紀、本文中前掲書、四四頁。
(44) 同上書、六六頁以下。
(45) 金山重秀、前掲論文、二九七頁以下。
(46) 荻原雄一「『エリス』再考――五歳年上の人妻だったのか――」、『鷗外』四六号、一九九〇年、一六一頁以下。
(47) 長谷川泉、本文中前掲書、三〇一頁。
(48) 荻原雄一、前掲論文、一六九頁に、シュナイダー商会の看板が図示されているなかに「Gegr. 1823」とあることによる。

（49） エリス＝ユダヤ人説は、以下など、意外に古くから存在したようだ。川副国基「『舞姫』――『黄なる面』の太田豊太郎――」、同『近代文学の評論と作品』早稲田大学出版部、一九七七年所収、一五三―一六七頁。

（50） Eli Barnavi (Hrsg.) : Universal Geschichte der Juden. Von den Ursprüngen bis zur Gegenwart. Wien (Verlag Christian Brandstätter) 1993, S. 194.

（51） 英國・シエキスピヤー氏原著『人肉質入裁判』日本・井上勤譯述、吉野作造編『明治文化全集　第十四巻・飜譯文藝篇』日本評論社、一九二七年、三一一―三三〇頁。

（52） 小堀桂一郎、前掲書、四九六頁。

（53） 『鷗外全集　第一巻』岩波書店、一九七一年、二一一頁。

『舞姫』と19世紀ユダヤ人問題

真杉秀樹

はじめに

かつて前田愛の「ベルリン一八八八年――都市小説としての『舞姫』」[1]が、数多い『舞姫』論の地平に登場した時、その斬新な視角と、緻密な文学理論による分析裁断の故に、一方では「日本の文学の記号学の分析の中では非常に新鮮なコントリビューションであったし、文学ばかりでなく、文化の記号論にまでそのまま広がっていくような射程を持って」[2]い、非常に興味深かったとか、また端的に「都市論と重ねて記号論的分析を適用した優れた考察」[3]であるとかいった、その先駆性と刺激性を揚言する発言があった反面、他方では、「記号論の季節の逸早い幕開け」と一言しながらも、「近代自我史観的『舞姫』研究の成果を一方的に捨象、もしくは回避した」[4]ものだと批判するむきもあり、称揚、批判こもごもに錯綜する評価であったといえるが、いずれにしろその活況を呈した反響はいまだに記憶に新しい。

典型的には、この前田論に対する小泉浩一郎氏の批判文に代表される批判的受容のその後の展開は、奇妙にも前田の死をもって小康状態となった趣で、一旦鎮火したような様相を呈して、鳴りを静めているように見受けられる。それはまた、前田論を称揚した側にもいえることであって、前田のなした文学空間の都市論、都市空間の文学論のアプローチを引き継ぎ、その文学記号論を実践する者も特に現れていないように見られるのである。少なくとも『舞姫』論におけるそれは、いまだ現れてはいないのである。前田個人は、「『舞姫』を考える時に、今話に出たデーブリンの『アレクサンダー・プラッツ』とか、ベンヤミンの『ベルリンの幼年時代』とかを重ね合わせていくと、そこからまたいろいろな意味を引き出すことができるだろうと思います。[5]」と、『舞姫』の読みの更なる可能性を想定していたようだが、それは彼の死によって停止したままになった。

しかし、前田論の称揚、批判両論を冷静に検討しながら第三の道を切り開いている論者がいないかというと、決してそうもいえないのである。筆者はそれを田中実氏の論に見る。氏の「多層的意識構造のなかの〈劇作者〉[6]」や『森鷗外　初期作品の世界[7]』中の小泉論文「前田愛氏『ベルリン一八八八年——都市小説としての『舞姫』』をめぐり」解説における論理、評言を見ると、「前田氏の方法によって再浮上する主人公は、ベルリンという都市、その可視的な空間しか抱えることができなくなっている。小泉氏の批判したのはこのときの抽象的自我である。前田氏が描いた主人公は葛藤（自我）を喪失しているのであるから、〈近代的自我〉からの批判が有効になった。だが、それは〈近代的自我史観〉が〈都市論〉を有効に批判したと言うより、小泉氏の批判が前田氏の方法に有効に働いたと言った方がよい。太田の葛藤は〈近代的自我〉という実態概念との間に起こるのではないというのは筆者の立場」であるとい い、前田の文化記号論的「舞姫」論の、主人公の空間位相学の戦略（それは、あざといほどに意図的な《戦略》であると筆者は思っている。）にも、また、戦略機能子として「自我史観」を使用した小泉論文の意図性にも搦め取られずに、論理階型をクリアーに認識し、稠密かつ流動的に「劇作者」である《作者》の自我構造を写し取るその『舞姫』論には、『舞姫』論史のなかの一つのパラダイム転換が確かに看て取れるのである。

筆者は、豊太郎の自我は、現象学的「志向作用」（ノエシス）として外界に働きかけ、また同時に働きかけられ、不断の交渉のなかにおいてしか成り立たず、従って、外界である都市空間にもまた自我が（自我として）投影されうると認識している。その意味では、文学の都市空間論は一つの自我像でもあると認めうるという立場であり、それからして、前田の『舞姫』論に対しても首肯する点はあり、おのずからその論に対しての一つの読みのポジションを持っているが、しかし、それをここで論じる用意は持ち合わせていない。筆者がここで提起しておきたいのは、『舞姫』の文化記号論を記す前に、あるいは記すことと並行して、『舞姫』の文化論を記しておく必要がある、または、記すことに価値はあるのではないかということなのである。それは、『舞姫』のなかに読むヨーロッパ文化であり、またそれに対する豊太郎の、自国の文化をうちに臓したその異文化対応のコミュニケーション論である。そのなかには、具体的なベルリンの歴史的変遷の考察も含まれるだろう。

こうした意味で、筆者は『舞姫』のなかにユダヤ人の要素を読み取ったのであり、また、ユダヤ人の視点から『舞姫』を読んだのである。しかしそれは、文化論として『舞姫』を読んでみようという意図が初めからあったのではなく、あくまで《作品》・『舞姫』を読むなかでそうした志向が出て来たのであり、その具体項が「エリス、ユダヤ人」説であった。それはいうまでもなく、筆者が『舞姫』のなかに、エリス＝ユダヤ人説を読み取ったということである。

管見によれば、エリス＝ユダヤ人説の嚆矢は川副国基の「『黄なる面』の太田豊太郎」[8]であるが、そのエリス、ユダヤ人説を受ける形で、筆者は一九八八年三月に、「エクリチュールの揺蕩――『舞姫』私論」[9]なる拙論を発表している。これは、川副論に目を通した上での論である。尤も、川副論文を読む以前の読みの段階で、筆者はエリスがユダヤ人ではないかという疑惑を抱懐していた。論考の中心テーマは、鷗外の作品行為（エクリチュール）としての『舞姫』および『舞姫』という記述物（エクリチュール）の航跡ということであるが、そのなかの細部テーマとしてエリス、ユダヤ人説を記している。

また、エリス、ユダヤ人説としては、「国文学　解釈と鑑賞」平成元年九月号と「鷗外」（森鷗外記念會）平成二年一月号に刺激的な『舞姫』およびエリス論が掲載された。荻原雄一氏の「『舞姫』再考　エリス、ユダヤ人問題から」および「『エリス』再考――五歳年上の人妻だったのか」である。両論とも『舞姫』に関する論考（前者はそのフィクションとしての作品論、後者はそのモデルとしてのエリス論）だが、どちらもその論旨の基底としての問題テーマを、「エリス＝ユダヤ人」という観点として設定している。いわばこの二論は、エリス、ユダヤ人説という視点を前提認識として、作中人物と実人物の両面において『舞姫』を論究、照射したものだといえる。

荻原論は、エリス、ユダヤ人説を最も明確かつ大胆な推理によって提出した論考であり、その点、エリス、ユダヤ人説の系列のなかで一つの里程標となるものであろう。また更に正確にいっておけば、荻原説の判断、推理の出発点として大きな比重を占めるものとして、これは論文ではないが、テレビ朝日系で放映された（一九八九年五月七日）「百年ロマンス」と題されたスペシャル番組がある。これは『舞姫』のヒロイン、エリスのモデルを、ローラー作戦で調べ上げたものである。荻原氏の「『エリス』再考」は、この番組の結論を延長した線において独自の結論を出している。

本論は、この二つの荻原説のうち、前者である「『舞姫』再考」をエリス、ユダヤ人説の主要参照文献とし、それを参照検討するのを梃子に、以前記した自説もふまえて、新たに『舞姫』におけるエリス、ユダヤ人問題の細部を検討することをその意図としている。

ドイツ帝国下のユダヤ人

『舞姫』のなかのユダヤ人に関する要素の具体項に入る前に、まず前提条件として彼らのドイツにおける歴史的位置付けと当時のベルリンでの生活を巨視的に俯瞰しておきたい。

鷗外の留学した一九世紀末のドイツ帝国時代のベルリンは、「官僚・軍事機構の強化により帝都としての性格を強める一方、文化や科学の領域でも多くの人材を引き寄せ[10]」ていた。その医学における代表的人物が、鷗外がベルリン時代に教えを乞うたコッホである。またこれと並んでベルリンは、「産業都市としても、従来の産業部門に電気工業、化学工業、出版業などを加え、またドイツの中心的金融都市として発展を続け、一八七五年に約九六万を数えた人口は、一九一〇年には二〇七万に達す[11]」る。そして一八四〇年代に顕在化した都市問題は解決されないままに、より先鋭化してゆき、工業の発展に伴い市郊外にジーメンス・シュタットのような新たな工業町が建設される一方、富裕な市民は同じ郊外でも西部および南西部へと流出を続け、工業都市ベルリンが吸収した労働者たちは、《赤いベルリン》と呼ばれるようになる旧市内や市北部の《安アパート地区》に堆積を続けたのである。ここでいう旧市内がシュプレー川東岸のクロステル街に該当するのである。そして《安アパート地区》の前身は、ベルリン市壁のローゼンタール門の外に形成された貧民街である。

しかし、これら工業労働者たちの住居地であった旧市内、市北部において、ユダヤ人はまた差別を強いられていたのである。「ユダヤ人ではない鍛冶屋や農民は工場や鉱山に道を見出したが、ユダヤ人のプロレタリア大衆は消費資料を製造する小工業に流れ込んだ。[12]」いくつかの場所では、ユダヤ人労働者もまたあらゆる苦難を乗り越えて、機械化された工業に地位を獲得したが、一九世紀末から二〇世紀初めにかけては、彼らの大部分は亡命の途につかざるをえなかったのである。前資本主義的なユダヤ人商人の手工業労働者への転化の過程には、更に機械によるユダヤ人労働者の排除という、もう一つの過程がかぶさったのである。つまりユダヤ人には、常に二重の苦難が課せられたのである。アブラム・レオンも指摘するように、「ユダヤ人労働者階級の消費財生産業（靴屋や仕立物師など――引用者・

注）へのとじこめは、もちろん、ユダヤ人大衆の経済的、社会的構造の最もいちじるしい現象の一つであった」のであり、また「ユダヤ人労働者は手工業生産に固有のあらゆる不都合、特に、社会的弱さ、季節的雇用、収奪の激化、悪い労働条件などで苦しんだのみならず、ますます彼らの経済的地位より追われたのである。[13]」

職種に関する資料としては、一九世紀初頭のユダヤ人と非ユダヤ人の手工業者の職業的構成についてレシンスキーが『ここ百年間のユダヤ人民』において、次のように述べている。「非ユダヤ人は、ガリチアでは、金物職人の九九・六パーセント、織布工の九九・二パーセント、鍛冶屋の九八・一パーセントを占めていたのに対し、仕立屋の九四・三パーセント、毛皮商人の七八パーセントはユダヤ人であった。[14]」要約していえば、「農民のかたわらには、非ユダヤ人の鍛冶屋がおり、金貸しのかたわらには、ユダヤ人の仕立屋がいたのである。」というような状況なのである。

このような状況は、ユダヤ人の東ヨーロッパ単位での動向からいってドイツにおいても該当するものであろう。またユダヤ人の代表的職業として更に一言しておくならば、これは彼らに対する一般的通念とすらなっている金貸し業がある。「小さなユダヤ人町について語る者は、そこに住む小商人、居酒屋の主人、金融業者、あらゆる種類の仲介業者の集まりについて語る。」とレオンは記している。また彼は、「すべてのユダヤ人が小さい都市に住んでいたわけではなかった。彼らの社会的役割は大きな都市でも、小さな都市でも同じであった。」と付記している。

このような状況が、東ヨーロッパ、ドイツ、ベルリンでのユダヤ人の生活状況だったのである。そのような状況からいって、鷗外が一八八〇年代後半のベルリンにおいてユダヤ人の存在および生活の一端を目にするということは充分ありうるのである。それは、一部に指摘があるように、『舞姫』のなかで「頰髭長き猶太教徒の翁[15]」と描写されるように、鷗外が当時のユダヤ人への目配りさえしていたというようなことではなく、一年半弱そこに滞在し、生活していた留学生の目に必然的に入らざるをえないような彼らのベルリン下での歴史的必然の位置、動向であったのである。じじつベルリンにおけるユダヤ人の人口的比率も、無視しがたいものになっていたのである。「ベルリンのユダヤ教徒の人口比率は、一八四九年の二・三％から一八七五の四・七％へと増加し、プロイセンの高等学校（ギムナジウム）生徒数の一〇分の一、ベルリンでは四分の一をユダヤ教徒が占め[16]」ていたのである。『舞姫』のエリスは、その年齢を「十六、七なるべし」と描写されているが、ベルリンではそのくらいの年格好の者の四人に一人くらいはユダヤ人であったといっていいだろう。尤も、作中のエリスは、正式のドイツ教育を受けていないとおぼしいが。以上述べてきたような事実と統計的資料をもとに推定すれば、その住んでいる場所、父親の職業、青少年中の比率からして、エリスがかなりの高い確率でユダヤ人であったと認定できるであろう。またそれには更に、作中人物・エリスと実人物・エリーゼの双方にわたって該当するユダヤ人的要素を付け加えることができる。すなわち「踊り」と「刺繡」の要素である。

踊りについては、「ゲットーの中の金持ちの婦人はそれぞれ『サロン』をもっており、また金持ちの人は自分で学校を開いて友人をそれに招いた。ダンスは、信心深い人々が避けたものだったが、年中行事のお祭りの時には、少なくとも、大事な義務と見ら[17]」れた。「百年ロマンス」で報告されたエリーゼ・ヴァイゲルトは、このような金持ちの婦人の一人であろう。また、サロンの女王として典型的なヘンリエッテ・ヘルツ（一七六四—一八四七。父親のベンヤミーン・デ・レモス博士は、当時のベルリンで医師をしていた。）は、幼年時を回想してこういっている。「母は、私が裁縫学校へ行かなくてはならないと思うようになった。私がフランス語を話し、踊りができて字が読めるのに、刺しゅうと裁縫ができないというのがその理由である……[18]」エリーゼ・ヴァイゲルトもまたフランス語が堪能であった。ここにも出ている刺繡ということでいえば、「儀式（シナゴーグでの——引用者・注）に用いる品は入念に探し求められたが、それは常にユダヤ人芸術家によるものとは限られなかった。契約の箱の前に垂れる金襴や『律法の巻物』用の覆いは、主婦たち自らの手で長い冬の夜に見事に刺繡して作られた。[19]」というような民族習慣・生活習慣があった。このような金糸・銀糸を使った刺繡は、儀式の用具や、商家の商標に代表的に使われていたのである。

以上のような要素から、実在の女性、エリーゼ・ヴィーゲルト（あるいはヴァイゲルト）を連想するのは、実に容易である。鷗外の妹・喜美子の次の文章は、周知のものである。「踊もするけれど手芸が上手なので、日本で自活して見る気で、『お世話にならなければ好いでせう。』といふから、『手先が器用な位でどうしてやれるものか』といふと、『まあ考へて見ませう』といつて別れたのださうです。[20]」また「大変手芸が上手で、洋行帰りの手荷物の中に、空色の繻子とリボンを巧につかつて、金絲でエムとアアルのモノグラムを刺繡した半ケチ入れがありました。[21]」

以上で、エリス、ユダヤ人説の基礎資料の記述を終わり、次に『舞姫』本文におけるユダヤ人の要素に入りたい。

「猶太教徒の翁」が佇む居酒屋

『舞姫』におけるユダヤ人に関する要素は、まず最も明確なものとして、豊太郎が「漫歩」して通りかかったクロステル巷の居酒屋の戸前に佇んでいる「頰髭長き猶太教徒の翁」がある。そしてこれに続く明確な指標が、「ビョルネ」と「ハイネ」である。次に、その可能性のある要素として、エリスのファミリー・ネームの「ワイゲルト」と、その父の職業の「仕立物師」、またエリスたちの住居の入り口に住む「靴屋」といった職業も挙げられる。更に付け加えれば、これは可能性はより希薄になるが、エリスの職である「恥づかしき業」の「舞姫」、彼女の頭に被っていた「巾」、その母親の纏っていた「獣綿」、更にはその父親の亡骸の様子、また「新聞」といったような項目が挙げられよう。

順次その説明をしていけば、次のようになる。「ユダヤ人を見分ける別の方法が模索された。顎ひげ（頰髭もセットにされている。――引用者・注）もその一つで、多くの共同体でごくふつうになっていた。」[22]という頬髭の長い猶太教徒の翁は、いうまでもなくユダヤ人の要素そのものであるが、ここで確認しておきたいのは、この一九世紀末のみならず二〇世紀に入ってもなお特徴的であったユダヤ教徒の長い頬髭という典型的な指標を、その当時の鷗外が知識として（また実見してもいたであろう。）もっていたということと、そのようなユダヤ人の翁が佇んでいてもおかしくないのが居酒屋であり、あるいはそのような翁が佇んでいてもよいような居酒屋があったのであり、エリスが泣いていた場所が、そのようなユダヤ人が自然に目に入る場所に設定されているということである。作者・鷗外は、その場所にユダヤ人がいてはおかしいような場所に描写の焦点を合わせなかったであろうし、また、そのようにユダヤ人がいる場所に不自然な設定としてエリスを登場させはしなかったであろうということだ。

ユダヤ人は、市街から移動して来ても一つの門からしか入ることができず（ベルリンでは、ローゼンタール門からしかユダヤ人は入ることを許されなかった。その後その門の外、周辺部には貧民街が形成された。）、また日曜日や教会のすべての祝日には外出もままならなかったのであり、そのようなユダヤ人の人物がほど遠からぬ所にいる場所で泣いているエリスとは、どちらかといえば、れっきとしたベルリン市民であるよりは、ユダヤ教徒の翁、あるいは貧民に近い圏域に所属する人物であろう。またのちに述べるように、この一九世紀末には、ユダヤ人のキリスト教への改宗がある程度進んでいたという事情を考慮して、そのようなユダヤ人が比較的自由に外出できたと仮定しても、真正のキリスト教徒・ベルリン市民の市街のなかで泣いていたとは考えられぬのである。もしそうであるとすれば、そのエリスの泣いていた教会は、ユダヤ人の居住区域からさほど隔たっていない場所にあった教会であろう。

次の指標であるビョルネ（ルードヴィヒ・ベルネ）とハインリヒ・ハイネは、「一人前のドイツ人になりきろうとして改宗までした」が、結局は、「ユダヤ人の仲間からは見捨てられ、ドイツ社会にも受け容れられず、後悔と苦悩のうちに[23]」客死（二人ともパリで）した、ジレンマに置かれた典型的な知的ユダヤ人である。この二人の名を、鷗外がさほどの意図なく作中に象嵌したのだとしても、その両者に共通するジレンマは、主人公豊太郎の置かれたジレンマの先蹤として、実にアナロジカルである。豊太郎もまた、「同郷の留学生」からは疎外され、かつまたドイツ社会からは認容され難い（あるいは本人自身、異郷に埋もれる決意を貫徹し難い）ジレンマの渦中にある人物である。

エリスのファミリー・ネームの「ワイゲルト」については、荻原氏が、「ヴァイゲルトもヴィーゲルトもワイゲルトもヴァイゲルもヴィーゲルも、みな源は〈ヴァイカント〉で、ユダヤ人のファミリー・ネームである。このため、カール・ヴァイゲルト博士とエリーゼ・ヴァイゲルト（ヴィーゲルト）に縁故関係があろうがなかろうが、エリーゼはそのファミリー・ネームからユダヤ人なのである。[24]」と述べている。この伝でゆけば、ノーベル平和賞のユダヤ人作家、エリー・ヴィーゼルも、その源は同一ということになろう。因にかれは、ルーマニアのシゲト出身である。またユダヤ人名の語源とその変化形が出た序でにいっておけば、ヴィーゲルトとヴァイゲルトとの違いは、一八世紀後半の代表的ユダヤ人啓蒙思想家、モーゼス・メンデルスゾーンの本名とドイツ名との関係に類比することもできるのではなかろうか。彼の本名は、モーゼス・ベン・メンデルといったが、彼がローゼンタール門を通過してベルリンへ入ろうとした時、「税関の役人は彼の名前を発音しにくいと思い、そこでその税関の役人はこの彼の名前を正確にドイツ語に訳した。それ以後この少年はモーゼス・メンデルスゾーンと呼ばれるようになった。[25]」という謂れがあったのである。鷗外がライプチヒ大学の衛生学研究所に通っていた時期、同じ建物の病理学研究所の所長代理をしていたのがカール・ヴァイゲルト博士であり、その従妹が、「百年ロマンス」において報道されたエリーゼ・ヴァイゲルトであるが、この二人は、この当時にあっての代表的な知的・高階級的ユダヤ人である。一八七九年の時点では、「プロイセンに一六人のユダヤ教徒大学教員がおり、うち四人が正教授の地位を得ていた[26]」のみであるから、このヴァイゲルト博士は極度に成功したユダヤ人の一人であるといえよう。

エリスの居住環境と職業

エリスの父親の職業「仕立物師」は、典型的なユダヤ人の職業である。先に引用したレシンスキーの『ここ百年間のユダヤ人民』で統計化されていたように、一九世紀のガリチアの仕立物師の九四・三パーセントがユダヤ人であった。ポーランド南東の地方のこの統計割合も、エリスがユダヤ人であることを認容する有力な推定要素になろう。更に別の資料では、同じく一九世紀において、「ユダヤ人は商工業のあらゆる分野に入りこみ、そのうちのある職業を(例えば仕立職など)殆ど独占していた。[27]」と記している。荻原氏が指摘するように、この職業はユダヤ人ファミリーネームとして女優エリザベス・テーラーの名前にも体現されている。

続くエリスの住む集合住宅の一員「靴屋」も、先に記した「ユダヤ人労働者階級の消費財生産業へのとじこめ[28]」と呼ばれる職業の一つである。その意味でいえば、その集合住宅は、「消費財生産業」の労働者が肩を寄せ合う空間だといえよう。但しその例外となるのが、「鍛冶が家」である。先のレシンスキーの統計資料でいえば、鍛冶屋の九八・一パーセントが非ユダヤ人手工業者によるものである。「靴屋」は、エリスたちの住居の「入口」の階にあることが明示されているが、しかし、「三百年前の遺跡」である「古寺」の向かいにあるこの鍛冶屋がエリスたちの住居とどれくらいの距離を置いているかは正確には判らない。「寺の筋向ひ」にエリスたちの住む集合住宅の「大戸」があるのであるから、この鍛冶屋のある建物とエリスたちの住む建物とは、仮にその間に通りを挟むにしろ、ブロックとしては(寺の前の街路に沿って)横並びにあるといえよう。そして距離的な想定をしてみれば、この鍛冶屋の位置とエリスたちの住居の建物とは、「大戸」を境にして、寺の「向ひ」と「筋向ひ」として把握される程度の範囲内の近距離であろう。

また、このような「古寺」「居酒屋」「鍛冶が家」「大戸」、入り口に「靴屋」のある四階建ての粗末な建物といった要素およびそれらの位置関係、空間的な距離を総合すると、この「古寺」とその周辺が、マリエン教会界隈では決してありえないということが結論付けられるであろう。マリエン教会を取り囲んでいた三階あるいは四階建て（屋根裏部屋を入れれば、四階、五階）建築は、一八八六年の時点で取り払われている。そのあとに残ったのは、ノイマルクト（新市場）前の更に広がった広場空間である。これは、杉本俊多『ベルリン』[29]所載のブレーブ、ローゼンベルク（43頁）およびJ・H・ヒンツェ（53頁）の絵を見てみると実体的に看取できるのだが、マリエン教会正面の広場は、ゆうに百メートルに届く奥行きのある広さである。またクロステル街に平行する辺りの距離は、百数十メートルに及ぶであろう。加えていえば、教会正面の建物群は、幾何学的に近代化された建築で、「楼上の木欄に干したる敷布、襦袢などまだ取入れぬ人家、（中略）鍛冶が家に通じたる貸家など」という情景は到底見出しがたいのである。このような広さの空間では、夕暮れ時、寺門の前で「声を呑みつゝ泣くひとりの少女」は、見過ごされかねないのである。またここで記しておけば、先に述べたエリスの家辺りの位置関係は、筆者はパロヒアル教会を「古寺」の想定モデルとして別に検討している。

建物に関して、最後に一点補足しておけば、「猶太教徒の翁」がその戸前に佇んでいる「居酒屋」とは、少なくともユダヤ人を排除しない人物が経営している店であろうということだ。更にいえば、この店主がユダヤ人である「可能性」もあるといえよう。先にも引用したように、「ユダヤ人町について語る者は、そこに住む小商人、居酒屋の主人（中略）について語る。」という事情である。これは、「ユダヤ人町」に限ることではなく、「彼らの社会的役割は大きな都市でも、小さな都市でも同じであった。[30]」と考えてよいのである。東ヨーロッパにおける「小商人、居酒屋の主人、行商人よりなる圧倒的多数のユダヤ人」[31]という当時の状況である。まして、鷗外の留学した一八八七および八八年のベルリン、あるいはプロシアでは、トライチュケ（ベルリン大学教授）に代表されるユダヤ人差別論者の反動的言説が再び有力になっていた年代である。猶太教徒の翁を戸前に佇ませている居酒屋の主人とは、少なくとも彼らに対する排除意識を持つまでには至っていない人物だと想定できるのである。

次にはエリスの職業である「舞姫」であるが、これは先に若干点検したので、ここではこの職種の持つ意味を中心にして、エリーゼ像の補足をするに留めたい。作中でも述べられるように、それは「当世の奴隷」と認識されるような「恥ずかしき業」であり、ベルリン下層市民の子女あるいは差別された異人種（あくまでゲルマン民族の視点からする）の子女が就くべき職種だったといえよう。これをユダヤ人の視点にずらしてみると、富裕なユダヤ人の子女においては生活的教養の一つとして身に付けるべき種目であるが、プロシアの公的教育さえ受けられない子女においては、やむをえざる被強制的選択として機能していたであろう。これには、「差別迫害のために職業の制限もあったが、そのなかで学問・芸術・医療などは、能力さえあれば比較的差別に影響されないので、この分野に進む傾向が強かった。[32]」といった状況が当時においてあったということに起因しよう。知的・高階級的ユダヤ人の進んだそのような職域をごく底辺的にレベル・ダウンさせたものが、そうした下層階級ユダヤ人の子女の職業である。つまり、「芸術」の領域を最下級にした「芸能」としての職業である。それは彼らが不可避に追いやられた被差別的職業領域であることに変わりはない。

エリスはそのような位置にある女性だと設定されているわけであるが、山﨑國紀氏は実在のエリーゼも作中のエリスとほぼ近似する女性ではないかと推定している。小金井喜美子がエリーゼのことを「踊りもする」と記していることと作中の設定をほぼそのまま直結して、次のように記す。「もし谷口の仲介があったとすれば、決して特殊な女性ではなく、貧家の出ながら純朴で賢い女性で、ただ経済的援助を欲していた、そうしたレベルの女性であったのかも知れぬ。（中略）この谷口謙の仲介と、この『踊り』という線を結んでみると、案外、エリーゼは〈舞姫〉であったとも考えられる。〈舞姫〉を本業とし鷗外と交際していた。あの小説『舞姫』のエリスと全く同じだとは言わぬが、境遇のつつましさと、あの温和で控え目、そして豊太郎に習い勉強する向学心などの資性は、ほぼエリーゼと相似であったとも考えられる。[33]」

山﨑氏はこの文章の前に、「谷口謙が、鷗外にエリーゼを紹介したとしても決して不自然ではあるまい。」と記してその推理の前提としているが、これはにわかには首肯しがたいように思われる。谷口が上司石黒忠悳に「仏国婦人某氏」を紹介したり、「留学生取締」に「一美人を媒」したりして、「衽席の周旋」をしているその状況からすると、そのようなこともありうると推定するむきになるやもしれぬが、それはいささか短絡的な感を免れないような気がする。そこにおいては、荻原氏がするような、鷗外の「性格」読みが反映されていないように思われる。ここでは、鷗外の性格読みを導入すべきではあるまいか。鷗外が『独逸日記』に記す谷口謙の人物像への批判感情からすると、前記山﨑説は、そのままには受け入れがたいのである。とはいうものの、谷口謙が間接的には関わっている可能性を私は否定するものではない。それは、石黒忠悳の「現地妻」（前記谷口の紹介した）、「蒼山」（仮名）を媒介項においては成立する間接的関係としてである。それにしても、谷口という男の、女性周旋術の敏速な発揮には驚くべきものがあるといわねばならぬだろう。

「蒼山」は、鷗外の恋人をおそらく知っていたであろう。「石黒日記」に記された「蒼山」の言葉のうちには、そういう事情が反映しているように思われる。「蒼山氏ヲ訪フ　談又森ノ事ニ及フ　同氏曰同人勤勉毎週一回接話スト」（明治二一年二月二六日）ここでは、エリーゼの人物像の推理的穿鑿をすることはこれ以上は控えるが、私は彼女の人物像を推定する線として、次の三つの場合を可能性として考えている。①「蒼山」の知っている（あるいは彼女を通じて紹介された）女性[34]。②カフェーの女給的女性（鷗外の友人、原田直二郎のドイツでの恋人であったマリイのような存在。）③鷗外が通ったサロンに関係する女性（「百年ロマンス」において推定したのは、そのようなサロンの主催者としての女性である。また荻原雄一氏は、そのサロンのコンパニオン的女性ではないかと推理している。）そして、この三つの線は、部分的要素としては、全てがその想定的女性のなかに含まれる可能性もある。

先の論旨に戻れば、踊り子というような芸能領域に就く下層階級ユダヤ人の女性は、同じユダヤ的職業との横の繋がりに接近するものともなる。それは、「賤しき限りなる業」に堕ちかねないボーダーライン上の生活空間での関わりである。「賤しき限りなる業」に堕ちた者は、「珈琲店に坐して客を延く女」とならざるをえないのである。このような娼婦がカフェーに座しているのを、鷗外は『独逸日記』に記している。「午後加治とクレップス氏珈琲店 Café Krebs (Neue Wilhelmstrasse) に至る。美人多し。云ふ売笑婦なりと。一少女ありて魯人ツルゲネエフ Turgenieff の説部を識る。奇とす可し。」（明治二〇年五月二八日）ここにおいて、ユダヤ人によってその多くを占められる居酒屋などの飲食業と、ユダヤ女性の堕ちてゆく先としての売笑婦との接点が成立するのである。このような組み合わせは、猶太教徒の翁と居酒屋の関係と相似形をなすもので、両者の関係が、類縁的なものであることを意味する。ここでは、ユダヤ人下層階級者の依存する共同体的世界が現出しているといえよう。しかしそれは、あくまで外観的なものであり、「猶太教徒の翁」やエリスの亡き父の内面に強固にある（あった）であろう、宗教的、信念的矜持はまた別のレベルにあると見ねばならないだろう。

第二章の冒頭に記した『舞姫』中のユダヤ人に関する要素のうち、まだエリスの被る「巾」、母の身にまとう「獣綿」、父親の亡骸の安置の様子、「新聞」といった事項の分析が残っているが、紙幅の都合上それらの分析は、別稿に譲りたい。これまでの記述で、エリス、ユダヤ人説の概略は網羅できたのではないかと思われる。

〔注〕

(1)「文学」一九八〇・九
(2) 対談「『舞姫』の記号学」(『國文學』昭和五七・七)中の山口昌男氏の言。対話者は、前田愛。
(3) 朝日新聞「土曜の手帖」。但し、注(2)の対談中の引用による。
(4) 小泉浩一郎「前田愛氏『ベルリン一八八八年――都市小説としての『舞姫』をめぐり」「東海大学紀要文学部」昭和五八・三
(5) 注(2)の対談中での発言。
(6)「日本文学」、昭和六一・二
(7) 一九八七・一一、有精堂
(8)『現代作家・作品論』一九七四・一〇、河出書房新社
(9) 愛知県立鳴海高等学校「紀要」
(10)『平凡社大百科事典』№13、一九八五・六
(11) 注(10)に同じ。
(12) アブラム・レオン『ユダヤ人問題の史的展開』湯浅赳男訳、一九七三・一一、柘植書房
(13) 注(12)に同じ。
(14) 注(12)の書中での引用。
(15) 引用は、「国民之友」(明治二三・一)版による。以下の引用も同じ。但し、ルビは省き、旧字は新字に改めた。
(16) 植村邦彦「もう一つの『ユダヤ人問題』論争」「現代思想」一九九四・七、所収
(17) シーセル・ロス『ユダヤ人の歴史』長谷川真、安積鋭二訳、一九六六・五、みすず書房
(18) レーオ・ズィーヴェルス『ドイツにおけるユダヤ人の歴史――二千年の悲劇の歴史』清水健次訳、一九九〇・三、教育開発研究所

(19) 注(17)に同じ。
(20) 「次の兄」『森鷗外の系族』一九四二・一二、大岡山書店、所収
(21) 「森於菟に」「文学」一九三六・六
(22) E・R・カステーヨ、U・M・カポーン『ユダヤ人の2000年　宗教・文化篇』那岐一尭訳、一九九六・七、同朋舎出版
(23) 大澤武男『ユダヤ人とドイツ』一九九一・一二、講談社現代新書
(24) 「『舞姫』再考　エリス、ユダヤ人問題から」
(25) 注(18)に同じ。
(26) 注(16)に同じ。
(27) 注(17)に同じ。
(28) 注(12)に同じ。
(29) 一九九三・二、講談社現代新書
(30) 注(12)に同じ。
(31) 注(12)に同じ。
(32) 滝川義人『ユダヤを知る事典』一九九四・四、東京堂出版
(33) 『鷗外　森林太郎』一九九二・一二、人文書院
(34) この「蒼山」がユダヤ人であれば、エリーゼとの親近性は、より増すであろう。例えば、次のような竹盛天雄氏の指摘がある。「わたくしはこの石黒日記(「石黒忠悳日記抄」)を解読するにあたって(昭和四十九年から五十年にかけて)石黒が相手の女性を蒼山と記しているのに対し、そのドイツ名を推定しようとして原文三郎教授(ドイツ文学)に意見をきいたとき、教授からこの女性はユダヤ人ではないかと示唆されたことがあった。」(「『舞姫』——エリス像について」、『日本文学史の発見』一九九四・一二、三省堂、所収)

『舞姫』におけるアルト・ベルリンの地誌

――「クロステル巷の古寺」とパロヒアル・シュトラーセを中心に

真杉秀樹

はじめに

『舞姫』は、近代文学史上その作品論が最も多く、また人口に膾炙した作品だが、その作品論の多さが必ずしも作品の解釈、理解の度を深めていないところが不可解な作品でもある。読者にその読みと探索への欲求を使嗾させるその作品の挑発性も定位しがたいものがあるが、いまや一千篇に垂んとする論究がありながら、その作品理解の基層においてさえ充分に探究・定着されていない部分があるのも事実なのである。

例えば、ヒロイン・エリスの家庭であるワイゲルト家の一九世紀ベルリンでの階層や生活の実態、その住居や豊太郎との出会いの《場所》の、アルト・ベルリン地誌上での定位。また、豊太郎のエリスとの出会いに至るその漫歩のルート、併せてそれとパラレルになっているかの如き作品末尾での人事不省に至る彷徨（獣苑からクロステル街への）の道筋、等々である。特にアルト・ベルリンの地誌をふまえた作品世界の探究については、昭和四〇年代半ばからの篠原正瑛氏の一連の論文（「鷗外とベルリン」をテーマとした）や五〇年代前半の川上俊之による『舞姫』の比較文学的考察に並行したベルリン地誌への言及などが優れた成果を定着した。

ベルリン（わけてもミッテ地区）の地誌、都市空間については、そのフィールド・ワークによる細部検証と推定において、篠原論文などはいまだにその分析の有効性と尖端性を失っていない。また五〇年代後半に入ってからは、これらの実証的ベルリン地誌論に加えて、前田愛による文化記号論を駆使したテクストの都市空間論(1)が現れ、秀抜な分析を展開した。しかしそれは一方で、いささか二項対立的（中心と周縁）な図式と巨視的な視点に過ぎたきらいがある。それは記号論的アプローチには不可避な実存的次元からの方法論的な距離感、疎隔感である。また、都市のトポロジー分析と主人公の心理空間との異レベル的照合が、一見論旨のなかで円滑に展開しているように見えながら、その実さほど単純には試行しえぬことも判明した。いみじくも前田自身が論文中に記しているように、『舞姫』における鷗外の、「リアリズムの節度をこえた何か」、その「何か《エトヴァス》」の実存的な心性は、半ば意図的に探究されることなく残されることになったのである。

こうした有数な先駆的論究の開拓した地平を望みつつも、筆者がここで検証しておきたいと思うのは、鷗外留学当時のベルリン（特にアルト・ベルリン）の建築物や街路の実情、また、そのような実風景と作中風景との対照である。そこにおいては、作中に描かれた都市風景は実風景のどの局面が最も適合するかという探究方向が主に取られることになる。つまり、『舞姫』作中の舞台を、現実風景によって再構成しようという意図である。そうすることによって、作品のなかの現実部分、また、現実のなかの作品化部分の境位を測定する契機となすことができるのではないか。そのためには、いまだ充分には確定されていない作品のモデル箇所（建物や居住場所など）や空白部分を、一つ一つ検討していく必要があるだろう。それを公式的にいえば、『舞姫』作中のベルリン探究において、事実に根差した基礎論を構築しようということになる。

本論ではその手初めとして、「クロステル巷の古寺」のアルト・ベルリン地誌上でのモデルの推定と、エリスの住居にまつわる問題を主な論点として、作品空間における都市の諸相を検証していきたい。

古ベルリンの街路と交通

作中においてエリスが「声を呑みつゝ」[2]その寺門の扉に倚っていた「クロステル巷の古寺」をめぐる考証には、これまで主に三つの立場が表明されてきた。そのモデルとする教会の名をもって分類すれば、クロステル教会説（小堀桂一郎氏に代表される）[3]、マリエン教会説（小堀説を批判する篠原正瑛氏および川上俊之氏）[4]、パロヒアル教会説である。

近年これに加えて、エリス＝ユダヤ人説に立つ山下萬里氏の「旧シナゴーグ」説[5]が提唱されている。この山下説は、そのモデル教会（ユダヤ教ということでいえば、会堂といった方が相応しいであろうが。）の探究方向を急展開（その宗教の種類とクロステル通りからの逸脱）させるものとなったが、いずれにしても、これらのモデル教会説はいまだその方向を収斂させることなく、定説に至らない状況にある。筆者自身もエリス＝ユダヤ人説をとるものであるが[6]、まずこの四方に別れたモデル教会説の検討から入っていきたい。

現在、観光案内書にまでそのモデル性を記載され、最も一般化しているマリエン教会説から検討すれば、この説の妥当性の第一が、豊太郎の散歩からの帰路からして自然であるというのが、従来の見解である。しかし、この道順の自然性は、同時に『舞姫』中の別の道順とは衝突する見解となる。即ち、エリスがヴィクトリア座から自宅へ帰る順路である。その途中で、豊太郎が新聞記事の材料集めをしているケーニッヒ街のカフェーに立ち寄らなければならないからである。作品の記述に即せば、「寺の筋向ひなる大戸を入れば、缺け損じたる石の梯あり。」というのがエリス

図版1　マリエン教会（1893年）

図版2　マリエン教会（1828年）

の住処であれば、マリエン教会説に立つ限り、それはクロステル通りかローゼン通り、遠くてもシュパンダウ通りの一角にあるはずで、家への「返り路によぎりて」ということでは、その家と反対方向に一旦向かわなくてはならないことになってしまうからだ。

また、その教会正面の形状にしても、「凹字の形に引籠みて」という表現に合致しているとは思われないのである。現在（二〇〇一年）見るマリエン教会の正面（ファサード）は、そこに下りるための階段が数段、入り口の前の窪んだ平面にむけて付いているが、その正面の入り口に向かう辺りをそう見ることはできないのである。何故なら、その階段は、溯ること一八九三年の時点では存在していなかったからだ(7)（図版1、参照）。また、前田が指摘した、繁華なカイゼル・ウィルヘルム通りに面していることの難点もその通りで、鷗外留学当時のそこは、アルト・ベルリンでも有数の通りだったのである。

それは、一八二八年時点のJ・H・ヒンツェの絵(8)を見ても、充分に想像できるのである（図版2、参照）。ヒンツェの絵では、マリエン教会正面に三階あるいは四階の建物が取り囲んでいるが、その家並みも一八八六年には取り払われており、鷗外留学当時は、より一層広々としていたのである。ヒンツェの絵でも、幌の付いた馬車が十台ほど横並びに並んでおり、メイン・ストリートであることが偲ばれるが、その教会前の景観は、一八八八年時点では、殺風景なものになっていたのである。このような場所でエリスが泣いていたとは思われないのであり、その「筋向ひ」といっても、かなり距離のある向こう側のどちらを指す（クロステル通りとローゼン通りのあいだのブロックなのか、ローゼン通りとシュパンダウ通りのあいだのブロックなのか）のかもわからないというのが実際であろう。加えて、『舞姫』文中に、「楼上の木欄に干したる敷布、襦袢などまだ取入れぬ人家、頰髭長き猶太教徒の翁が戸前に佇みたる居酒屋、一つの梯は直ちに楼に達し、他の梯は窖住まひの鍛冶が家に通じたる貸家などに向ひて、凹字の形に引籠みて立てられたる、此三百年前の遺跡」とあるように、このマリエン教会の向かいや筋向かいになるローゼン通りやシュパンダウ通りに「居酒屋」や「窖住まひの鍛冶が家」があったかどうかも、調査の要があろう。

また、「鎖したる寺門の扉に倚りて」という言葉に合致するかどうかも疑問が残る。この「寺門」というのが、教会の正面玄関の入り口そのものを指すものであれば問題はないが、それが、塀やフェンスの門の扉ということであれば、マリエン教会は「古寺」にいよいよ該当しなくなるのである。山下萬里氏もこの「寺門」を塀やフェンスの門だと考えている。「この『寺門の扉』は、ふつう『舞姫』においては、教会の会堂自体の入り口の扉と解釈されているように思われる。だがはたしてそうなのだろうか。[9]」として、それを教会を囲む塀に取り付けられた「門」だとしている。

山下氏は、この「古寺」の立地形態においても、一歩進んだ解釈を提出している。すなわち、『舞姫』自筆原稿の「凹字の形に横に引籠みて立てる」という記述の「横に」についてである。この「横に」というのがどのような立地位置を指すのか解釈の幅がありそうだが、山下氏は、自身の提唱する「古寺」のモデルとしての旧シナゴーグの建ち方（門柱のあるフェンスを入り、凹字型にくぼんだ前庭に向かって左側に正面入り口のある）を、そうだと解釈して、「正に『凹字の形に《横に》引籠みて』建てられているのである。」と言明する。この「横に」の解釈が山下氏のいう通りなのかどうか、また旧シナゴーグにしても別の図版[10]があり、まだ検討の余地があるが（図版3、参照）、自筆原稿の記述を正確になぞり、「古寺」の建ち方に論究の筋を一歩進めたことは間違いのないところである。この「古寺」のモデル説の付帯事項である豊太郎の散歩ルートに再び言及すれば、山下氏は、次のような興味深い指摘も行っている。

「筆者としては、以下のような考え方にも誘惑を感じる。鷗外は『獣苑』こそ散歩したと書いているが、あとは『クロステル巷』まで、歩いたとは書いていない。古いベルリン市街図を見ると、一九三〇年のものであっても、カイザー・ヴィルヘルム（現リープクネヒト）通りよりも、ケーニヒ（現ラートハウス）通りの方が目立つ。現状ではウンター・デン・リンデンからリープクネヒト通りにつながることに、疑問の持ちようもないが、鷗外の当時は、ただ道なりに行くと、自然と旧王宮を迂回し、ケーニヒ通りに続くようになっていたのではないか。ケーニヒ（キング）通りは、ウンター・デン・リンデンの開通以前は、その名のごとく、凱旋通りであり、この通りを境にしてアルト・ベルリンは二分され、北半分はマリア教会の教区、南半分はニコライ教会の教区になっていた。ケーニヒ通りには、鉄道馬車が走っていた。（写真が残っている。）豊太郎は鉄道馬車に乗り、クロスター通りで下車したのではないか？『舞姫』中に、乗り合い馬車や鉄道馬車を利用した形跡がないのはなぜだろう。[11]」

この仮説は、二つの意味で興味深い。一つは、『舞姫』テクストの空白部分を利して、今までの一般的（習慣的）想定であった《徒歩》による通過を読み替えて、《鉄道馬車》という交通機関による可能性を呼び出した点である。この指摘は、これまで「獣苑を漫歩して」という記述によってその後の記述もその線に沿って読んでしまっていた、ある種の読みの惰性を、一旦遮断し、読みのパラダイムを変換している。この読みは、まだ検証しなければならない

図版4　ケーニッヒ通りから見たクロステル通り（右）

図版3　ハイデロト小路の旧シナゴーグ

様々な点――どの場所で豊太郎は乗ったのか。また、その乗車可能性として、何処に停車場があり、当時どのような乗車ラインが巡らされていたのか、など。――を持っているが、少なくとも、『舞姫』の読みに、いまだ仮定的な空白が散在し、これまで一つの解釈（共同体）の惰性が存在していたことを改めて炙り出した点において見るべきものがある。因に一つの検証を行っておけば、山下氏はどの写真を参考にしたか知らないが、ケーニヒ通りに鉄道馬車が走っていたのは、他の写真に軌道が写っていることでも証明される[12]（図版4、参照）。またその鉄道馬車がどのようなものであったかは、現在のベルリン、Uバーンのクロスター駅のプラットホーム壁面に描かれている絵によって容易に確認できる。

もう一つの点は、この指摘によって、アルト・ベルリンの地誌について、これまでの読者の感覚を修正できるのではないかということだ。つまり、単なる地図上での地理感覚ではなく、現地での実際的感覚と鷗外当時の都市空間感覚を、より実体的に考える契機をなすという点である。具体的にいえば、地図上のアルト・ベルリン認識と、現地を歩いた者の認識には違いがあるということであり、また、現在のベルリン東部（わけてもミッテと呼ばれる中心部——アルト・ベルリンも含む）の建物と道路の配置と、鷗外当時のそれとの違い、差異である。先の山下氏の指摘にしても、本文の「余は獣苑を漫歩して、ウンテル・デン・リンデンを過ぎ、我がモンビシユウ街の僑居に帰らんと、クロステル巷の古寺の前に来ぬ。」という記述からすると、読者としては、そこまで深読みする必要はないのではないかと思われるむきもあるかもしれないが、本文の記述には、現地の地誌と交通（移動）に慣れている者（豊太郎＝鷗外）ゆえの、思わぬ省略語法が隠されていると考える余地はあるということだ。

例えば、現在のベルリン東部、ミッテ地区を歩いてみると分かることだが、ウンテル・デン・リンデンを過ぎて、旧王宮（博物館島と呼ばれるシュプレー川の中州部分の中央辺りで、現在はマルクス・エンゲルス広場になっている。）のところまで来て、もし歩を旧王宮の正面前に移し、そこからケーニヒ通りに入ろうとすれば、それは地図上で見るよりも意外に手軽であり、続いて、市庁舎、ユーデン通り、クロステル通り、あるいはパロヒアル通りに至ることは徒歩でも格別の苦もなくできるというのが実感である。そこに、交通機関として、鉄道馬車や乗り合い馬車が加われば、このミッテ地区のさほど広からぬエリアは、至便な交通網を持っているといえよう。豊太郎ならずとも、急がぬ時には、ゆっくり漫歩してみてもよいという気持ちを懐かせるくらいの地誌である。参考までに鷗外留学当時の王宮近辺の写真を掲げてみる（図版5、参照）。

クロステル通りとクロステル教会

続いて、クロステル教会の点検に入りたい。

クロステル教会説の支持理由の主要点は、その存在場所と正面の立地形状であろう。『舞姫』本文にエリスの住居付近の地名として「クロステル巷」、「クロステル街」といった名称が示されていることから、自然にそのモデル教会はクロステル通りのなかに探られ、名前もそのままクロステル教会と呼称されるこの教会が検討に付され、その細部が更に点検されることになる。そしてその支持理由の主要点が、今述べた二点である。

図版５　王宮とケーニッヒ通り

まず、その存在場所について見てみると、この教会は、北は現在のＳバーン（高速都市鉄道）のハッケ市場駅手前から、南はシュプレー川の手前まで、Ｓバーンに沿って円弧を描く二キロメートルに満たぬクロステル通りの中間点やや南寄りの、通り東側に位置する。この教会に向かって左隣にはギムナジウムがあり、更にその左隣には国立美術学校がある。右隣には四、五階建ての建物が続き、そのブロックの南端は、パロヒアル通りに接する所まで続く。また、通りの西側には、クロステル教会の左筋向かいにフランツェーズィッシュ教会があり、国立美術学校の右筋向かいには、ドイツ民俗学博物館がある（地図、参照）。

こうした通りに面した様々の建物を見ただけでも判るように、このクロステル通り（『舞姫』中の表記ではクロステル街）は、決して寂しい通りではないのである。マックス・ミスマン

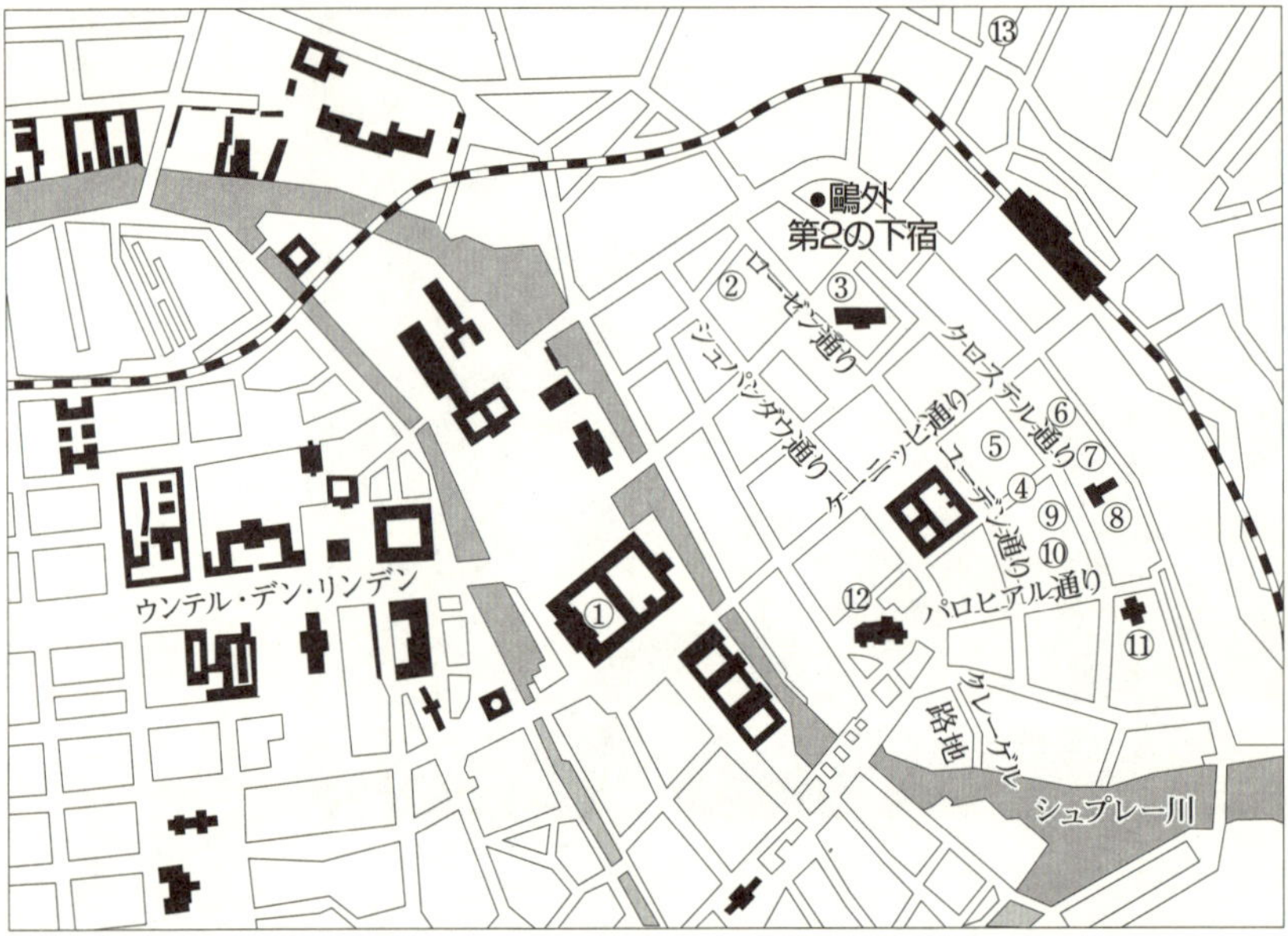

①王宮，②旧シナゴーグ，③マリエン教会，④ズィーベル通り，⑤ドイツ民俗学博物館，
⑥国立美術学校，⑦ギムナジウム，⑧クロステル教会，⑨フランツェーズィッシュ教会，
⑩ユーデンホーフ，⑪パロヒアル教会，⑫ニコライ教会，⑬ヴィクトリア座

1885年のベルリン（『ベデカ』による）

の写真集『大ベルリン[13]』掲載の一九一三年の写真（「パロヒアル教会近くのクロステル・シュトラーセ」18頁。図版6、参照）では、通り中央にUバーン（地下鉄）のクロステル・シュトラーセ駅の入り口が開き、左右には四、五階建てのレンガ造りの建造物が整然と続く開けた通りである。パロヒアル教会から二百メートルも行かぬクロステル教会の前もこのような様子を呈していると考えてよいだろう。（先のクロステル教会横のギムナジウムからケーニヒ通りまでの一八八五年頃の写真（図版4）を参照。）

　またクロステル通りは、パロヒアル教会のある辺りから南に向かうに従って徐々に道幅は狭まっている。このクロステル通りが、決して裏通り的にさびれた道ではない（特に北へ向かえばより一層）ことはこれまでにも研究者によって指摘されているが、この写真

（鷗外留学時よりは四半世紀の隔たりがあるが。）や一九二八年版の絵地図[14]（図版7）を見た感じでは、「クロステル巷」として描かれた「古寺」の界隈は、そのままクロステル通りを意味しているとは考えにくいように思われる。『舞姫』本文の描写に近いような路地を見つけようとすれば、それは、クロステル通りから派生する通りに見つけねばならぬだろう。

図版6　パロヒアル教会とクロステル通り

視点を変えて、今度は鷗外留学時にも該当させられるこの界限を写した文献に検証材料を求めてみると、この通り、及びその付近の建物で、このクロステル教会の「古寺」のモデル性を高めるものに、例えば、ユダヤ学者ゲルショム・ショーレムの回想記『ベルリンからエルサレムへ』がある。そこで記されている彼の曾祖母の経営していたユダヤ料理店、グラウ・クロスター亭[15]の存在である。山下氏は、この料理店について、「店名からして修道院（クロステル教会の前身であり、クロステル教会左隣のギムナジウムもその一部であった。――引用者・注）に近い曾祖母の料理店は、クロスター教会にも近く、その前に『猶太教徒の翁』を佇ませれば、鷗外の叙述と驚くほど符合する。クロスター通りの南部だから『モンビシュウ街』には遠いが、ユーデンホーフには近い[16]。」と記している。山下氏はこう書くが、この料理店の正確な位置は今のところ判っていないのであり、

ⒶJÜDENHOF（ユーデンホーフ） Ⓑパロヒアル教会 Ⓒクロステル教会 Ⓓマリエン教会

図版７　古ベルリンの街並み

クロステル教会より南（通りの左右どちらか判らないが。）にあるとすれば、パロヒアル教会に近い可能性もある。ユーデンホーフに近いとすると、より一層パロヒアル教会に近い可能性があろだろう。

『舞姫』本文には、「早足に行く少女の跡に附きて、寺の筋向ひなる大戸を入れば、缺け損じたる石の梯あり。」とあるが、クロステル教会の筋向かいは左がフランツェーズィッシュ教会であり、右斜め向かいがラートハウス通りに続くズィーベル通りで、この通りが、作品に描かれているような陋巷であるとは、写真や絵地図を見ても思われない。例えばズィーベル通りは、その通りの南側は比較的小ぶりな建物で構成されているが、そのクロステル通りと接する角の辺りは、諷刺画家ハインリヒ・ツィレの〝PHOTOGRAPH DER MODERNE〟[17]に掲載されている写真（一九一〇年のもので、通りの南側であろうと思われる。252頁）で見てもすっきり整った街角で、パロヒアル通りのような狭い感じではない。また、通り北側は、先の一九二八版の絵地図で見る限りにおいても、逆に比較的大きな建物で構成されている。（一ブロックの側面が四つの建物だけで構成されている。）この絵地図と今挙げたハインリヒ・ツィレの写真集の一九世紀末のアルト・ベルリンの街角とはさほど変わっていないのである（図版8、参照）。

クロステル教会の正面（ファサード）の形状については、前田愛がいった、「戦災をうけたままのかたちでのこされているクロステル教会の廃墟を見ると、表通りの平面から階段を降りたところに、窪んだ矩形の前庭があり、この前庭をへだてて教会の入口がある。[18]」という今の形状だけでは充全に判断することはできぬだろう。確かに、現在（二〇〇一年）見るクロステル教会の廃墟も、前田の記した通りの形状を示している。しかし問題は、一九世紀末のその形状である。今のところ確認できるクロステル教会の一八八八年（鷗外留学時）に最も近い写真は、金山重秀「エリーゼの身許しらべ[19]」に付載された一葉である。これには、「年代は一八九〇年頃である。」という説明が付されている。またこの写真の左隅には、三階建てのギムナジウムが隣接してくっきりとその側面を写し出されている。またこのクロステル教会とギムナジウムは、先の絵地図においても同じ形態として描かれている。してみると、一九二八年まで、殆どそのままの形態を維持してきたといえよう。

次に、一八九〇年のクロステル教会全体の形態を点検してみると、建物の前にはまず、クロステル通りの歩道があり、次に教会の本来の正面の前に、教会の幅いっぱいの回廊（あるいは、一種の塀）があり、これがエントランスを兼ねているように見える。回廊の柱と柱の間には、低い柵が付けられている。そしてその向こうに、正面入口とその左右にある尖塔、および入口の間の屋根の主塔が、往時の形に完全に揃っている。回廊の通りに面した部分は瓦ぶき風に見える。回廊前の歩道は、先に挙げたマックス・ミスマンの写真のクロステル通りにある歩道とほぼ同じであり、このパロヒアル教会の見える辺りの歩道と繋がっている。クロステル教会の前には、街灯と数本の同じ太さの支柱が一定間隔で立っている。パロヒアル教会近辺も、一九一三年の時点だがほぼ同じ形式、高さの街灯が立っている。鷗外留学時も二〇世紀初頭も、通りの規模や歩道の様子は殆ど変わっていないと思ってよいであろう。図版4のクロステル通りとケーニヒ通りの交差する角においても同様の街灯が確認できる。

図版８　ズィーベル通り

前田愛は、この教会の正面の「窪んだ矩形の前庭」をのみ対象として「凹字」に当てはめているが、教会を鳥瞰した形で見ると、建物全体が、引っ込んで建てられているのである。先にも記したように、現在見るクロステル教会も階段の付いた前庭だけが窪んでいるが、それは、建物全体から見てみると、狭い視野での特徴といえるかもしれない。多分一九世紀末のクロステル教会も、この前庭の窪みは何らかの形で存在したのであろうが、建物全体が完全に存在していた状況では、その前庭の窪みだけがそれほど目に顕ったかどうかは疑問である。『舞姫』本文にあるような、「凹字の形に引籠みて立てられたる」（傍点・引用者）といういい回しからは、かえって建物全体を視野に入れて、その引き込み方を見た方がよいように思われるのである。少なくともいえるのは、現在廃墟として残っている部分だけを頼りに、視野狭搾的な解釈をしてはならないということである。また、このような立地形態が、先に山下説のところで述べた「横に」という描写に当てはまるかどうかも、即断できない。建物全体としては、敷地の北側に「横に」片寄って窪んで建てられているというういい方ならできるが。

パロヒアル教会と周辺住民

パロヒアル教会説については、篠原正瑛氏が、「長谷川泉氏は、最初はパロヒアル教会説をとっていたが、いまは私のマリエ教会説を支持しているようである。[20]」と記しているが、現在のところ、この教会説を押す研究者は目立った形では現れていない。また山下氏は、「このアルト・ベルリンの『古寺』は、これまでの解釈ではマリア教会（ないしパロヒアル教会）とされてきた。[21]」と記すが、パロヒアル教会説は、どちらかというと傍流説として扱われてきたきらいがある。それだけ決定的な主張がなかったということでもある。しかし、改めてこのパロヒアル教会を点検すると、『舞姫』文中の描写に該当する要素を見出すことができるのである。それを、教会自体の形象、その立地するエリアであるパロヒアル通《シュトラーセ》りの地域的性格の二点を主要論点にして以下に具体的に検討してみたい。

パロヒアル教会は、クロステル通りとパロヒアル通りが交差する東南の角に、クロステル通りに正面を向けて建っている。（図版6、参照）また、その面しているクロステル通りも先に述べたように南端に近く、それから南は道幅が狭まってゆく丁度変化点に位置する。その北側面は文字通りパロヒアル通りで、この通りは道幅も狭く、路地といってよい実態である。また、教会東の裏面にはワイゼン通りが控えており、この通りは陋巷というに相応しい通りである。この通りを更に猥雑にしたのが、シュパンダウ通りの果て、シュプレー川北岸に通じるクレーゲル路地《ガッセ》である。つまりパロヒアル教会は、《通り《シュトラーセ》》と《路地《ガッセ》》、通りの《中央》と《末端》との《境界》に位置する教会なのである。いうなれば、街並みと住民の生活の規模と性質を切り分ける要所にある指標として機能しているのである。その街並みと住民の職種の点検に入る前に、パロヒアル教会の立地形態を見ておきたい。

パロヒアル教会に向かって左は、先にいったパロヒアル通りが東西に擦過している。その右には四階建ての建物が膚接しているが、[22]その建物は、パロヒアル教会よりも前に迫り出している。つまり、それが迫り出している分だけクロステル通りは道幅を狭めているのである。先にいったクロステル通りの道の狭まりは、実質この建物がそれを作り出しているといえるのである。また逆にいえば、パロヒアル教会はクロステル通りに面して窪んでいる形にもなるのだ。完全な形ではないが、これもまた「凹字の形」に半ば引っ込んでいるとも見ることができるのである。更に細かくいえば、先に指摘したクロステル教会とは対照的に、建物全体としては、敷地の南側に「横に」片寄って窪んで建てられているのである。

今いった「凹字」の形状は、二〇世紀初頭の状態であるが、それは一八世紀初頭においては、また別のいい方ができるのである。J・B・ブレーブの一七〇八年の絵[23]（図版9、参照）によると、パロヒアル教会の正面（ファサード）自体が若干「凹字の形」に窪んでいるのである。パロヒアル教会には、その周りに石塀と金属製のフェンスが存在する。その存在は、一九一三年の時点で確認することができる。[24]（図版10、参照）一九世紀末前後のクロステル通りやパロヒアル通り近辺の建物の変化の無さから考えると、このパロヒアル教会のフェンスは、鷗外留学時にも存在したと考えることができよう。

①クロステル教会　②パロヒアル教会

図版 9　古ベルリン（ブレーブ画，1708年）

図版10　パロヒアル教会のフェンス（左）

パロヒアル教会周辺の街並みとそこに住む住民の職種に観点を移せば、まず挙げるべき点は、パロヒアル通りの雰囲気と性格である。この通りは、クロステル通りが比較的広やかな公共的な性格（そこにある建造物は、学校や博物館、教会といった制度やセレモニー性にまつわるものが目立った。）を持ったものであったのに対して、私的な通りの性格を帯びている。そこに住む人々は、零細な生活を営む者たちが大半である。例えば、

図版11　パロヒアル通りの住民

図版12　パロヒアル通りの街並み

「窖住まい」の雑貨屋や様々な修繕屋などの家内労働者がささやかな看板を掲げている様子が写真に写されている。[25]（図版11、参照）このような町筋には、「窖住まいの鍛冶が家」やエリスの住む陋屋の一階にあるような靴屋も存在していただろう。一つ一つの家の間口もクロステル通りのそれよりも格段に細分化されており、家々の高さもまちまちである。パロヒアル通りについては、前田愛が次のように記していた。（但し、典拠資料は記していない。）「通《シュトラーセ》りというより路地《ガッセ》と呼んだ方がいいこの狭い横町には、地下室で営業する靴屋が密集し、路上には切りきざまれた原料の皮革が散乱していた。[26]」

パロヒアル通りには、クロステル通りと同じく両サイドに歩道が付いているが、その歩道を除く道の中央部は、人が横並びに三、四人も歩けば塞がってしまうほどの狭さである（図版12、参照）。この通りは、東から西へ行くほど狭くなっているのである。しかし、これよりも狭い通りがあり、それが、パロヒアル教会背後のワイゼン通りである。ここでもう一度確認しておきたいのは、このワイゼン通りにしろパロヒアル通りにしろ、それらを派生する中心点にパロヒアル教会があるということである。つまりこの教会は、路地へ入る入り口として機能していると考えることができるのだ。この教会の前にエリスをもってくるということは、こうした意味で他の教会よりも適合性が高いといっていい。それ以外にも、馬車が大通りから一曲がりしてエリスの家に近づけるような条件もなければならないのである。加えて、エリスがヴィクトリア座での温習から「帰り路によぎりて」、豊太郎の居る「キヨオニヒ街」の休息所に寄らなければならないという条件。そうした条件を適えるには、エリスの家は、前田もいうように、「ケーニッヒ街の南手にある」[27]、あるいはクロステル通りも南方面にあると考えるのが自然であろう。そう考えた場合、エリスの住居がパロヒアル通り、あるいはそのごく近辺にあると推定するのは決して無理なことではない。

ユーデンホーフのたたずまい

続けてクロステル教会の通りを隔てて西側のブロックに焦点を当てれば、このブロックは一種特異なブロックである。そこは、フランツェーズィッシュ教会の背後に位置する。このブロックのほぼ中心には建物のない空間があり、それが南西方向にカギ形に続き、西側のユーデン通りに抜けているのである。一九二八年の絵地図ではそのカギ形の曲がり目辺りに、JÜDENHOFと記してある（図版7、参照）。つまり、ユーデンホーフ＝ユダヤ人館である。このブロックの中空にあいたエリアの周りが全てユダヤ人関係の建物であったとまではいえないにしても、南西に入口をあけた辺りは、ユダヤ人館関係の建物であろう。それは、一九〇六年時点で写されたユーデンホーフの写真[28]とほぼ対照できるからである。（図版13、参照）この写真に見られる清潔に保たれ、整然としたといってよいたたずまいの中庭は、従来からいわれている「不健康な状況下にあってもゲットーが疾病の温床とならなかったのは、ユダヤ人が律法の民として、厳しい清潔に関する規則を順守していたからである。[29]」という習慣を思い起こさせるものがある。このユーデンホーフの写真には、「中世のゲットーであった場所」という説明書きが添えられている。またこの写真には、中庭に出た数人の大人や子供、屋根裏部屋の窓からのぞいている女性といった、ユダヤ人たちが写っている。そして『舞姫』のエリスが住む家の周辺もまた、実はそのようなこざっぱりしたたたずまいを見せていたのである。それは、『舞姫』草稿の初案段階で確認される。

図版13　ユダヤ人館

「寺の筋向ひなる大戸を入れば、表家の後ろに煤にて黒みたる層楼に取囲まれたる中庭あり。片隅には芥溜の箱あれど街の準には清らなり。石の梯を登りて見れば、潜らば頭や支えんと思ふ計りの戸あり……。」（傍点・引用者）

この鷗外の初案のエリスの家付近の形象は、ユーデンホーフの景色と類似するものを持っている。一九〇六年時点のユーデンホーフと違って、一八八八年時点のユーデンホーフはもう少し雑然としていたのではないかと想像されるが、そのようなユーデンホーフと重ね合わせられる趣をエリスの住まいは持っているのである。このユーデンホーフもまた、パロヒアル通りの「表家の後ろに」、二階、あるいは三、四階の「層楼」として、「中庭」を囲んで建っているのである。

冒頭にも記したように、筆者はエリス、ユダヤ人説[30]を以前から持しているのであるが、その延長線上で、エリスの住居はパロヒアル通り、更に詰めればユーデンホーフ近辺の建物に住んでいた可能性があると推定している。なかには「この辺にユダヤ人ゲットーがあったのは一二世紀から一六世紀までの話で、鷗外がクロステル通りに下宿していたころには、とくにこの地区（ユーデン通りおよびユーデンホーフを含めた一帯――引用者・注）にユダヤ人が集まり住んでいたわけではない。[31]」といい切る研究者もいるが、ここで問題になっているのはワイゲルト家というユダヤ人一家が住んでいたかどうかということであって、ユダヤ人が集団で住んでいなくともよいのである。しかし、現にユーデンホーフが健在である以上、そこに宗教的、教育的に集うユダヤ人がおり、そこがそうした収斂機能を果たしていたことは事実であろう。

『舞姫』に描かれた「頭や支えんと思ふ計りの戸」のある住居については、山下氏がつとに報告している。「『欠け損じたる石の梯』を上がっていくと、『四階に腰を折りて潜るほどの戸』がある。ドアは錆びた針金の先きをねぢ曲げたもの。こうした高さ1メートルあまりの入り口のドアは、筆者も前々稿で述べた〈ショイネンフィアテルを巡る徒歩ツアー〉の際にガイドに見せられ、その異様さに息を呑んだ経験がある。（中略）このような背丈の低いドアが、このあたり（ショイネンフィアテル――引用者・注）の低所得者集合住宅によく見受けられ、鷗外も目にしていたことは、ドアノブの細密描写に窺われる。[32]」ショイネンフィアテルとはユダヤ人居住区の別称である。つまり、ユダヤ人の居住場所には、このような「潜らば頭や支えんと思ふ計りの戸」は、珍しいものではないのである。

最後に、『舞姫』のエリスの住居付近のディテールで点検しておきたいと思うのが、「寺の筋向ひなる大戸」である。このような「大戸」が本当にあったのかどうかである。筆者はこれは、鷗外が実見した風景ではないかと推測している。そしてアルト・ベルリンの写真集[33]を隈なく見てみると、そのイメージに近いものが実際に存在したのである。それは、クレーゲル路地を写した一枚で、「クレーゲルの門と壁」という説明がある。（図版14、参照）鉄枠と木でできた左右に開いた両開きの扉が写っている。地面は石畳である。この写真は一九〇二年のものであるが、この門

図版14　クレーゲル路地の大戸

と扉の形式は、一九世紀末も同じであろう。何故なら、他にも年代をずらして同じクレーゲルの一角を写した一九世紀末のものがあるが、殆ど風景が変わっていないからである。『舞姫』のなかに描かれた「大戸」とは、このようなものを指しているのではなかろうか。

以上、実際の街並みと市街図とを突き合わせて縷々論じてきたが、結論的にいえば、『舞姫』の「古寺」のモデルはパロヒアル教会が、低からぬ妥当性を持っており、エリスの住居は、パロヒアル通り付近にあり、ユーデンホーフ近辺の建物のなかにあるというのが、筆者の推定である。「古寺」を複数の教会の合成イメージだと考えることもできるが、あくまで実在の教会のなかでその条件とイメージが最も地誌的に適合するという意味で選ぶとすれば、筆者はパロヒアル教会が妥当だと思うのである。『舞姫』全体を読んだ印象からいえば、要所となる事象や事物には、鷗外は現実の要素を芯として埋め込んでいるのではないかという気配を少なからず感じるのである。鷗外はエリスとの関係に繋がる資料を生涯にわたって隠蔽したが、そのように隠蔽した行動と心理の一種の反動のように、作品のなかに文字通りリアルな具体的事物がバランスをとる天秤の錘として埋め込まれているように思われてならないのである。

〔注〕

（1）「BERLIN 1888」『都市空間のなかの文学』一九八二・一二、筑摩書房、所収

（2）引用は、特に断りのない限り「国民之友」（明治二三・一）版によるものとする。以下の引用も同じ。但し、ルビは省き、旧字は新字に改めた。

（3）『若き日の森鷗外』一九六九・一〇、東京大学出版会

（4）篠原正瑛「鷗外とベルリン」「鷗外」一九六九・五、「鷗外とベルリン（続）」「鷗外」一九七〇・一〇、「鷗外とベルリン（三）」「鷗外」一九七一・六、川上俊之「『舞姫』をめぐる補注的考察――『エルンスト・ブライプトロイ』のこと等――」「鷗外」一九七六

（5）「森鷗外『舞姫』の舞台――ベルリンのユダヤ人（二）――」「拓殖大学論集」一九九三・四

（6）以下の拙論参照。「エクリチュールの揺蕩――『舞姫』私論」愛知県立鳴海高等学校「紀要」一九八八・三、「『エリス、ユダヤ人問題』をめぐって――『エリス』『ワイゲルト』家の可能性――」「文学研究」平成九・七、「『舞姫』と19世紀ユダヤ人問題」「鷗外」一九九八・一、「『エリス、ユダヤ人問題』をめぐって――『獣綿』『伏したる』人の可能性――」「文学研究」平成一〇・四

（7）一八九三年のマリエン教会の写真絵葉書による。F・アルベルト・シュバルツ撮影（Sammlung Markisches Museum Berlin 所蔵による。）

（8）杉本俊多『ベルリン』一九九三・二、講談社現代新書、所載。53頁

（9）注（5）に同じ。

（10）山下は、自身の提唱する旧シナゴーグの図版の典拠を示していないが、それは、マリオ・オッフェンベルク編『アダス・イスロエル、ベルリンにおけるユダヤ人共同体（一八六九―一九四二）――絶滅と忘却』（Museumspädagogischer Dienst Berlin, 1986）に掲載されている図版（10頁）と同じもの（一七一三年建設）であるが、同じ本の別の頁（27頁）には、「ハイデロイト小路の旧シナゴーグ」として建物全体の形状の違う写真が掲載されている。

（11）注（5）に同じ。

（12）川越修『性に病む社会』（一九九五・一一、山川出版社）所載の写真（「ケーニッヒ通りからみたクロスター通り（一八八五年ごろ）」13頁）による。

(13) Argon Verlag GmbH, Berlin 1991

(14) Vogelschauplan vom historischen Zentrum Hauptstadt Berlin (Bien & Giersch Projektagentur GmbH, Berlin) 1928

(15) ゲルショム・ショーレム『ベルリンからエルサレムへ』(岡部仁訳、一九九一・九、法政大学出版局)に、「わたしの父の祖母は(中略)ベルリン旧市街のクロスター通りに、ギムナジウムからほど遠からぬ場所でグラウ・クロスター亭というユダヤ料理の食堂を経営していた。その当時、飲食律《コッシエレ・》小料理屋《ガールキュッヘ》といわれていた店である。」とある。

(16) 注(5)に同じ。

(17) エッノ・カウフホールト編(Munchen・Schirmer-Mosel, 1995)

(18) 注(1)に同じ。

(19)『森鷗外の断層撮影像』「国文学　解釈と鑑賞」昭和五九・一、所収

(20) 注(4)の「鷗外とベルリン(続)」

(21)「森鷗外『舞姫』の舞台・補遺――ベルリンのユダヤ人(三)――」「拓殖大学論集」平成六・一

(22) 注(13)の同書の写真による。(18頁)

(23) 注(8)に同じ。(42頁)

(24) 注(13)の『大ベルリン』の写真による。(18頁)

(25) 注(17)に同じ。(TAFEL131、243頁)

(26) 注(1)に同じ。

(27) 注(1)に同じ。

(28) 注(10)の同書による。(106頁)

(29) 大澤武男『ユダヤ人とドイツ』一九九一・一二、講談社現代新書

(30) 注(6)の諸論文、参照。

(31) 注(20)に同じ。

(32) 注(21)に同じ。

(33) 注(17)の同書による。(TAFEL134)

「エリス」の肖像
――ドイツ女性の社会史からの照明

真杉秀樹

はじめに

筆者は、本論考に先立つ拙論「『舞姫』におけるアルト・ベルリンの地誌――「クロステル巷の古寺」とパロヒアル・シュトラーセを中心に――」[1]において、『舞姫』作中の舞台と一九世紀ベルリンの実景との相関関係を論じた。それは、いまだ充分に論究されていない作中の街並みのディテールや登場人物の生活空間の分析をすることによって、作中の実在の風景と架構された風景との境位を測定しようとするのが意図であった。それは別言すれば、『舞姫』作中に描かれるベルリンの社会・文化の事実検証をすることによって、『舞姫』におけるベルリン（文化・都市空間）の受容、また逆に、ベルリンを基盤に成立する『舞姫』の作品空間の特性を探索する試みだったといってよい。

本論は、その試みに続くものであり、ここにおいて更に焦点化されるのが、ヒロイン・エリスの人物形象や生活状況と、その対比としての当時のベルリンにおける同年代の少女の実像である。現在の研究結果からは、エリスのモデル、エリーゼ・ヴィーゲルト（ヴァイゲルト）と鷗外の出会いがベルリンにおいてなされたという確証はないが、作品の舞台がベルリンであり、また彼女がドイツに住んだ実在の人物であるということからすれば、作中人物エリスと当時のベルリンにおける同年代の女性の実像との比較検証は、決して無意味なものではあるまい。また付随的にいっておけば、そこにおいて照らし出されてくる人物像との類似において、来日したエリーゼの実像への接近が併せて可能になるであろう。

エリスの教育状況

ヒロイン・エリスにおいて具体的に検証される主要な項目は、（一）彼女の教育レベル。（二）その職業「踊り子」と当時における社会的位置についてである。そして、その女性としての社会的位置の点検は、同時に類似した境遇にいるカフェーの女給などの下層階級の女性の実態を明らかにすることになるが、それはそのままエリスのボーダー性（一般市民女性と売春婦などの非合法的生活者との境界性）の検証ともなる。また、このような当時の女性の社会学的検証は、その対象として鷗外の留学関係者の現地恋人（契約妻）をも含むことになる。まず、第一項目から見てゆきたい。

作中でエリスは、「年は十六七なるべし。[2]」と豊太郎から推定されている。作中時間の一八八〇年代末期における同年代の少女の教育状況はどのようなものであったろうか。まず総括的にいえば、プロイセンでの就学義務は、「一七六三年に義務化され、一八一六年にはすでに六〇％実施され」、「八〇年代には一〇〇％実施された。[3]」という状況である。その就学義務としての公立の初等教育機関は、民衆学校や初等学校である。庶民の子女がそれを受けられるようになったのは、一八世紀から一九世紀への転換期以降のことである。そして、女子が初等教育を修了するのは一

三、四歳までである。しかし市民層は、「しばしば、その子女を下層民の子供と同席させることを好まなかった。それゆえ彼らは、子女の教育のために家庭教師を雇用したり、のちには独自に私立学校を設立したりした。[4]」その後、中等女学校がまず大都市において設立され、一九世紀前半の過程で中都市あるいは小都市にも徐々に普及してゆき、多くの女性たちが十六、七歳まで学校に通うようになった。

こうした当時の教育制度に照らしてみるに、エリスが公的教育を受けているとしたら、初等教育の段階まであろう。「父の貧きがために、充分なる教育を受けず」という生活状況の彼女が、中等教育を受けた可能性はないであろう。それどころか、唯一の初等教育も最後まで受けられなかった可能性もある。次に挙げる例は、一八四七年生まれの社会民主党の女性運動指導者オティーリ・バーダーのケースであるが、彼女は「十歳になったころ初めて学校に行った。（中略）私は、長くは学校に行けなかった。一三歳になったとき、父は私たちといっしょにベルリンに移り、これで私の学校生活は終わった。[5]」こういうケースは、当時決して珍しいものではなかった。貧しさの度合いによっては、もっと悲惨な例は枚挙にいとまがないのである。

このように、「充分なる教育を受け」られなかったということから派生してくるのは、その教養の低さということであり、読み・書き、つまり、リテラシーの能力の低さという事態である。ここに、かねてからの『舞姫』の問題点の一つ、「言葉の訛をも正し、いくほどもなく余に寄するふみにも誤字少なくなりぬ。」という箇所が浮かび上がってくる。つまり、豊太郎によるエリスの「教育」というテーマであるが、ここには厳密にいうと二つのレベルがある。一つは、単にリテラシーの能力の問題であり、もう一つは、彼女の向学心、好奇心という心理的レベルでの問題である。先の教養ということでいえば、彼女は教養というものの底に位置付けられる資質としての向上心を備えていたといいうるであろう。それが、「彼は幼き時より物読むことをば流石に好みしかど、」である。

もう一つのリテラシーの次元でもまた、二つの観点が考えられる。一つは「文法や単語の綴りの誤り」という書記的側面であり、もう一つは、「訛り」という発音的側面である。前者については一九世紀後半のドイツでは、「貧しい労働者たちには、『文章の書ける人たち』が少なかった[6]」ことは事実で、丁寧に手紙を書くこともできない人々が、下層労働者のなかには数多くいたのである。こうした意味での書記能力の不足を豊太郎がエリスに補ったということは、当時のドイツでは、ごくありうる状況であった。彼女の場合、教える教養者がただ異邦人であったにすぎないのである。カルルスルーエでの公式演説さえ達者にできる日本人とドイツの下層労働者の娘とでは、「夢にも知らぬ」懸隔があったのは現実そのものであろう。

後者の発音的レベルについては、エリスの居住場所や出身地が関係してくるであろう。例えば、漱石が記すロンドン訛り（コックニー）のようなものが、アルト・ベルリンにもあったとすれば、それは正統ドイツ語からする「訛り」として意識されたであろう。しかしこれは、当時のアルト・ベルリンの言語状況の精密な検証が要ることゆえ、この段階では不用意な類推は控える。次に考えられるのは、下層社会での「内部小言語」（ポール・グッドマン）つまり、隠語やスラングとしてのそれである。文字通りのそれではなくとも、スラング的な崩れがエリスの使うドイツ語にあったということはありうることである。

更に考えられる可能性としては、例えば当時充分に顕在化していた「ベルリンへやって来る東方ユダヤ人[7]」というような流入者の使用する言語である。このユダヤ人の場合であれば、イディッシュ語訛りということになろう。エリス＝ユダヤ人説を提唱している荻原雄一氏などはその可能性を指摘するが[8]、それはありえないとして安易に一蹴できるものではないだろう。この場合は、「誤字」についてもそれが該当する。

次には、これも流入者のヴァリエーションであるが、エリス（つまりワイゲルト家）がベルリンのような大都市ではない地方出身者であるという可能性がある。先に例示したオティーリ・バーダーのような場合である。『舞姫』の文中には、「ステッチンわたりの農家に、遠き縁者あるに、」という記述があるので、例えば、こうしたベルリン中心部以外の出身者というような仮定である。尤もこの「ステッチン」については、三好行雄も注記するように、「ステッチン――Stettin ベルリン市郊外、リンデン街より約二キロ北にステッチン駅がある。また、ポンメルン州（ドイツ北部のバルト海に面した州）にも同名の都市がある。[9]」という二つの可能性があるが、これはベルリン市郊外のそれが可能性としては高いであろう。鷗外が『独逸日記』（明治二〇年一二月一二日および一四日）に記しているそれが念頭にあったとすれば、より一層ベルリン市郊外のそれということになるであろう。この場合には、大都市周縁部出身者という仮定になる。尚いい添えておけば、ポンメルン州のステッチンにしても、「バルト海との連絡を可能にし、食料確保に大きな意義をもったベルリン―シュテッティン鉄道[10]」というように、一九世紀前半の初期工業化時代のベルリンと縁の深い都市である。

踊り子・カフェー・娼婦

以上が、ドイツ公教育における状況であるとすれば、エリスには更に別の教育可能性がある。それは、先に挙げたエリスがユダヤ人である場合の可能性である。以前に発表した拙論[11]でも記したが、ユダヤ人には宗教的、教育的制度・施設としてシナゴーグがあった。そこで、ユダヤ教の律法（トーラー）を学ぶことを手始めに、子供たちはリテラシーの能力を身につけることになる。ただしここには、一つ問題がある。トーラーの基本がヘブライ語であることと、当時のドイツでの主流ユダヤ人である東方系のアシュケナージの人々が最も親和感をもって使用していたのが、イディッシュ語であったことである。つまり、そのシナゴーグで教育されたリテラシーの能力が純正ドイツ語として発揮されないということである。ヘブライ語とドイツ語の融合形としてのイディッシュ語の能力が彼らの言語能力のベースになってしまっているのである。従って、そこからは先に挙げた「言葉の訛」を正すという教育が、付き合う相手によっては必然的に出てきてしまうことになるのである。

鷗外留学当時のベルリンでは、西区各市域「ティーアガルテンの南側一帯からクアフュルステンダム一帯（中略）やがてはグルーネヴァルトやダーレム」[12]に住む富裕なユダヤ人と、アルト・ベルリンやシュタット・バーン（都市高速鉄道）のループの北東に位置するヒルテン街などに住む下層ユダヤ人とに二極化しており、それぞれの通うシナゴーグも、前者の新シナゴーグ（オラーニエンブルク通りにあり、その落成式にはビスマルクも列席した）と後者の旧シナゴーグ（ベルゼ駅近くのハイデロイト小路にある。）にと、典型的に別れていた。（厳密には、ナシゴーグはこれらだけに限られるものではない。）上流ユダヤ人の家庭ではドイツへの帰属が相当に進んでおり、シナゴーグ通いも一つの形式に堕していて、家庭でユダヤ教の戒律を守っていることなど、とうになくなっていた。また言葉も殆どドイツ語で、教養言語（サロンで使われる）としてのフランス語さえ日常化していた。山の手に住むそのような富裕なユダヤ人一家の一例が、ヴァルター・ベンヤミンの育った家庭である。それからすると、ユダヤ人といっても格調高いドイツ語を流暢に話していたという現実はあるわけだが、『舞姫』作中のエリスは明らかに下層階級であり、彼女がユダヤ人である場合、そのようなことはありえないであろう。

以上に述べたものが外的制度としての学校（シナゴーグもまた学校である。）における教育状況だとすれば、もう一つの側面に家庭内教育がある。いうまでもなくそれは親からする教育であり、彼女の場合、「剛気ある父の守護」が重要な規範として心理的基盤を作っている。その教育者としての「父の守護」が現実的に最も発揮されたのが、彼女の「身持ち」の側面である。つまり、「『キクトリア』座」の「仲間にて、賤しき限りなる業に堕ちぬは稀なりとぞいふなる」状況にあって、エリスがそれをかつがつ免れていたということである。それに対して、夫死後の妻（つまり、エリスの母）は、あくまで現実原則を娘に要求する。すなわち、劇場の「座頭」に文字通り身売りを提案するのである。「それもならずば母の言葉に。」である。

このような状況は、一九世紀後半のベルリンの下層階級ではさして珍しいことではなかった。例えば下層労働者の家では、あらゆる収入の可能性として苦肉の策で下宿人をなけなしの部屋に入れていた（つまり同室に）が、その「男性下宿人が一二歳の少女に暴行を加えることも稀ではない。[13]」という状況さえあったのである。エリスも、当然仕事に就かなくてはならない下層階級の少女である。彼女は、少なくとも父親が病の床についた段階から家の外の仕事に就くよう要請されていたろう。当時の下層労働者によくある状況として、彼女はそれまでは（父が元気な時まで）仕立て屋としての家内仕事を手伝っていた可能性が高い。それは、父の仕事が他に人手がいるくらいの規模のものであるというような次元の話ではなく、家族に仕事を手伝わせることが必須なほど、彼の仕事が低賃金で逼迫したものだということである。統計的資料[14]を示せば、次のようになる。一八八二年におけるドイツの女性の就業者の構成比（%）である。家族従業員（四〇・七）、女中・家事使用人（二七・九）、女子労働者（工業と商業一一・八／農業一五・五）、職員・官吏（一・七）、自営業者（一二・三）、という状況である。当時家族従業員が最も高い比率であったのである。

この段階で、次のテーマへと移ることができる。すなわち第二項目の彼女の「職業」である。ワイゲルト家の貧困という状況が、エリスの「労働」という事象を生み、そこから彼女の「恥づかしき業」（舞姫）という職業が生み出されるのである。ここで考えねばならないのは、彼女の職業が当時どのように社会的に位置付けられ、世人にどのように受け取られていたかということである。「舞姫」という職業は、当時にあっても、決して一般的な職業ではない。

例えば、同じく一八八二年時点でのドイツにおける女性就業者の産業分野別構成比（％）を見てみると、次のようである。[15]

農業（六一・四）、家政（一八）、工業・手工業（一二・八）、サービス業（七・七）。

この分類のなかでは、エリスの職業はサービス業のなかに入れられるであろう。当時の「舞姫」＝踊り子が、サービス業とクロス・オーバーする存在であることは、踊り子の歴史がそれを証している。一八八〇年三月一七日のドイツ帝国議会での説明として、次のようなことが報告されている。

「劇場経営は居酒屋の商売と密接に結びつけられ、居酒屋の主人による乾杯の音頭取りが売り物になるような劇場がうまれた。こうした劇場では、薄っぺらな茶番劇が出し物となり、腰の軽いミューズが大衆を引き寄せ、猥褻とはいかないまでも、悪趣味や下品な行為に大衆を誘惑しているのだ。[16]」

最も「腰の軽い」踊り子兼女給が、このような実態として当時存在していたのである。ここで一つの疑問として浮かび上がるのが、このような「踊り子」の一般的状況として、どれくらい「腰が軽」かったのかということである。

例えば、先の報告で説明されているようなのは、当時として特別に低級でもないというのが、実態なのだ。つまり、先に引用した「賤しき限りなる業に堕ち」ていた踊り子も相当な数いたということである。参考に、端的に一八四六年の売春婦の分類を示せば、『ベルリンの道徳状況――女性が耐え忍ぶ売春の廃止をめざして――』という司法官試補の書物で次のように記されている。

「公娼は除外するとして、以下のように売春婦を分類できるだろう。（原文・改行）踊り子、売春宿の女、酒場女、浴場女、街娼、夜鷹、臨時の娼婦（つまりいわゆる色好みの女、仕立女、花や帽子を作る女、並びに売春する女中）、最後に情婦。[17]」（傍点・引用者）

この記述は、あまりにも殺伐として単純な感じを受けるが、実はことはもっと進んでいる。同じ年のベルリンの警察官吏が報告した『ベルリンの売春とその犠牲者』では、次のように報告されているのである。

「ベルリンには、著者の見積りによるとおよそ一万人の売春婦がいる。これにたいしてベルリン人口は男女それぞれ一八万三、〇〇〇人、一七万人であり、あわせて三五万二《ママ》、〇〇〇人である。これに著者は『毎年ベルリンに流入してくる』よそ者四万人を住民数に加えて、売春婦一人あたりの男性の比率を二二人とはじきだしている。したがってこの四万人を除外すれば、売春婦一人あたりの男性は一八人となるだろう。（中略）さらに著者によれば、売春婦とそうでない女性の比率を計算するために、十七歳から四十五歳までの女性だけが売春婦になれるものとし、この年代の女性人口が八万七三〇〇人しかいないことを勘案すれば、ベルリン女性の八人に一人は売春婦であるという。[18]」

これは、にわかには信じがたい話だが、当時のベルリンの現状を迫真的に報告しているものであろう。若干数字はアバウトだが、他の資料にもほぼ同じ状況が報告されているからである。

「一八四〇年頃、人口が四〇万ほどであったベルリンの下層社会について、ある作家は次のような数字をあげているという。売春婦一万人、犯罪者一万二千、住所不定の者一万二千、女奉公人一万八千（そのうち少なくとも五千人はひそかに売淫をしている）、『飢餓賃金』のもとにあえぐ職工二万、被生活保護者六千、貧しい病人六千、乞食三、四千、（後略）[19]」

以上は、一八四〇年代の状況であるが、このような状況は、四〇年後の一八八〇年代においても変わっていなかったろう。人口が三倍以上（百十二万）になった分、下層民の数と比率は高くなっていただろう。簡単にいってしまえば、「煤煙と売春、貧困と犯罪、それが帝国の首都ベルリンの書割めいた華やかさのすぐ裏にうかがえる真の姿だった[20]」というのが実情だったといって過言ではなかろう。

このような社会的雰囲気のなかにあって、「踊り子」という職業に就く女性は、「ビーダーマイヤー期」的な市民家庭の娘と違って、いつ体を売る羽目にならないとも限らないボーダー・ライン上にある存在であった。先に、踊り子のサービス業的性格を指摘したが、文字通りサービス業であるカフェーの女給もそれ以上にボーダー的な存在である。しかし、世評的に芳しからざるこれらの職種にも、それに就くだけの何らかの理由があったものと思われる。例えばそれは、就業期間である。

「多くの市民家族は、夏期の旅行中やまたクリスマス前にはクリスマス・プレゼントを節約するために奉公人を解雇した。商工業における景気の後退も、同様に大量解雇につながった。（中略）このような状況のなかで、多くの若い女性には、売春で生活費を稼ぐ以外の道はなかった。急速に膨張する工業と政治の中心都市は、娯楽文化の拡大とともに、彼女たちにそのための機会をいくらでも提供した。[21]」（傍点・引用者）

奉公人、例えば女中などは年間を通して一定の家庭で働くことなど考えられなかったし、そもそも働くに「耐える」家庭（非人間的に過酷でない家庭）を見つけられるだけでも幸運というのが、当時の状況なのである。

こうした奉公人や商工業労働者と比べて、踊り子やカフェーの女給は、一年を通して比較的長い期間雇用されていることができた。これが、あるとすればその理由であろう。まして、踊り子の場合、一つの技芸を持っているのである。しかしそれがまた、別種の過酷さを与えることは、のちに引用する『舞姫』中の記述に詳しい。先の記述の、売春の機会を拡大した「娯楽文化」とは、一八八〇年の帝国議会で説明された劇場と居酒屋の接近であり、劇場（テアター）と娯楽クラブ（エタブリセマ）の区別のしにくさというような状況やカフェー、ビアホール、余興酒場、カバレットの隆盛といったことを指していよう。それを最も端的に職業的に表現すれば、「踊り子」と「女給」の近接、混交ということである。

視点を変えれば、当時のベルリンの一般的な男たちにとって、遊びを前提にした接近の最も手軽な対象が彼女たちであったといえるのだ。『舞姫』のなかでそれを最も端的に表現しているのが、「されば彼等の仲間にて、賎しき限りなる業に堕ちぬは稀なりとぞいふなる。」である。街頭に立つ女を拾ってみれば、それが踊り子であったというようなことにもなるのである。

現地妻の周旋

作中のエリスの場合は、「十五の時舞の師のつのりに応じて」というのであるから、まだしもその女性としての行路は律義であるといえよう。これは、父の病気という事態から家庭内労働から離脱せざるをえず、目を外に向けて発見した就職先であったのだろう。ここでも、「貧困」が、彼女の人生行路を決定してゆくという事態が看て取れる。「詩人ハツクレンデルが当世の奴隷といひし如く、はかなきは舞姫の身の上なり。薄き給金にて繋がれ、昼の温習、夜の舞台と緊しく使はれ、芝居の化粧部屋に入りてこそ紅粉をも粧ひ、美しき衣をも纏へ、場外にてはひとり身の衣食も足らず勝なれば、親腹からを養ふものはその辛苦奈何ぞや。」である。また鷗外自身記すように、そのような貧困の果てに街頭に立つ女がカフェーへ侵入するという状況もある。

「会散じて国民骨喜店（欧文・略——引用者）に至る。娼婦の濃妝して客を待つ者其数を知らず。其中或は妖艶人を動かす者なきに非ず。然れども其面貌に一種厭ふ可き態あり。名状すべからずと雖、一見して其の娼婦たるを知る。蓋し売笑は社会の病なり。而して此病は青楼の禁を得て除く所にあらず。（中略）伯林には青楼なし。故に咖啡店は娼婦の巣窟と為り、甚しきに至りては、十字街頭客を招き色を鬻げり。其風俗を紊すこと之を青楼に比して奈何を知らず。」（「独逸日記」明治一九年一一月二〇日）

カフェーに座し客を物色する娼婦の姿である。このカフェーという空間は、女給、踊り子、娼婦が一本化する場所である。「賤しき限りなる業に堕ち」、街頭に立った踊り子がカフェーに侵入するという経緯である。あるいは女給が娼婦化するのである。彼女たちの「相手」が、一般の男たちである前に、パトロンや座頭である可能性はもちろんある。いずれにしろ、当時のベルリンの男たちが、カフェーで「色を（中略）漁する」という状況は一般的であったのである。それはベルリンの男たちに限らず、異邦人もまた該当しただろう。

例えば、鷗外と同じ「留学生」仲間の谷口謙なども、こうしたカフェーで女を漁していた一人であろう。彼は、知られているように、「留学生取締」の福島安正に「一美人を媒」（「独逸日記」明治二〇年七月二六日）している。この福島にあてがわれた女は、決して一般市民の息女ではあるまい。何故なら、彼はその女のために「陰疾」（「独逸日記」明治二〇年十月二三日）をうつされる羽目になっているからだ。鷗外は同じ日付の項に、こう記している。「谷口の選豈其人を得ざる耶。」まさしく谷口の選択は、優良な女性のなかからはなされていなかったのである。

「陰疾」を男にうつすような女性は、当時どのような生活的位置にいた女性かというと、それは女給が圧倒的であった。むろんそのなかには、売春の疑いで検挙された娼婦としての女給もいる。ベルリンは、プロシアの都市のなかで兵士の性病罹患率が最も高い都市だということが、一九〇〇年の『ドイツ性病撲滅協会移動展示会案内』に示されているが[22]、この状況は、一八八〇年代末期においても変わらぬだろう。それは、他の都市に対してベルリンの比率が圧倒的であるからだ。それは、ベルリンが軍事の最大拠点であり、その統計が「兵士」を対象としているからでもある。またこの統計は、徴兵検査時のものであるので当時としては正確な資料である。一般市民を対象にしたそれなどは大規模には不可能であり、病院から報告されるそれは、氷山の一角でしかない資料であろう。

このようなベルリンにおいて性病にかかっている男女はどのような職種とパーセンテージであるかといえば、次のようである。

「兵士　四〜五％（ベルリンの駐屯軍の数値）、労働者　八％（指物工の中央疾病保険支部の数値）、女給　一三・五％（飲食店経営者の地域疾病保険の台帳より）　三〇％（売春の疑いで検挙された女給についての警察の報告）、商人　一六・五％（ドイツ商店員同盟ベルリン支払窓口による。）、学生　二五％（学生疾病保険の数値）[23]」

この数値は一九〇二年のものであるが、一九世紀末期を推定するには充分な資料であろう。他の職種に対して、女給が圧倒的な数値を示していることは明白であろう。この女給というのが飲食店に勤める女性というかなりアバウトなものであるとしても、またこれに対して表面化しない他の職種の女性を数値化したとしても、女給の罹患率はやはり圧倒的であろう。また、この女給の三〇％の数値とその説明からは、彼女たちと売春との関わりが明確に看取できる。

先の論点に戻れば、福島安正に「陰疾」をうつした女性の職業的出自は、「女給」であるのはまず間違いないであろう。谷口が、当時正統的なサロンに出入りしていたとは考えにくいし、また仮りにサロンで知り合った女性、あるいは女性の伝手で他の女性を紹介してもらい、福島にあてがったとしても、それがそのような性病持ちの女性であったとは確率的にいって考えられないのである。換言すれば、女給と付き合うことが、いかに罹患者になる危険性が高いかということだ。谷口の女性周旋窓口が、カフェーなどの飲食店であることはまず間違いないであろう。

また、谷口は上司石黒忠悳にも「衽席を周旋」（「独逸日記」明治二〇年九月二七日）しているが、その該当女性の「蒼山」も基本的には福島の場合と同様であろう。谷口が福島に女性を周旋したカフェーかなにかに石黒も連れてゆき、そこで石黒は「蒼山」を認めたという構図であろう。「石黒忠悳日記」には、次のようにある。「九時蒼山ヲ訪フ

氏ト別杯ノ約アレバナリ（中略）回顧スレバ去年八月十六日両福島谷口ト共ニ某場ニ至リ初メテ此人ヲ知リ（中略）氏曰（中略）且希クハ英京仏都佳人多シ　旅客ノ士必ス之ヲ訪フ　必ス其病ナキモノヲ撰レンヿヲト」（明治二一年六

月二六日）石黒がベルリンを去るに際して、寄港地の英国や仏国の女の性病を注意せよと忠告するような女は、所謂「玄人」の女であろう。つまり、自分も性病を警戒しなければならないような女である。

谷口が、そのように次から次へと女の周旋をできるということは、そのネットワークが迅速に発揮される種類のものか、それが実に安易なものであるかであろう。たぶん谷口は、カフェーなどで女に声をかけ、その女を上司に紹介したか、一人の女から他の女の紹介を受けたというようなところが実際であろう。『独逸日記』によれば、カフェーの女たちは次のように記される。「午後加治とクレップス氏珈琲店（欧文・略）に至る。美人多し。云ふ売笑婦なりと。一少女ありて魯人ツルゲネエフ（欧文・略）の説部を識る。奇とす可し。」（明治二〇年六月二八日）また、谷口の福島への周旋は次のように記される。「夜谷口を訪ふ。谷口の曰く。僕は留学生取締と交際親密なり。既に渠の為めに一美人を媒すと。」（明治二〇年七月二六日）この「美人」は、先のカフェーの「美人」と同類の「美人」であろう。

ここで併せて、石黒の契約妻の「蒼山」の女性像も当時のドイツ女性史に照らして位置付けをしておこう。「蒼山」という隠語で呼ばれるこの女性は、『独逸日記』には「石氏と同居する所の仏国婦人某氏と倶にペルガモン総視画館（欧文・略）を観る。」（明治二〇年九月二七日）と記されている。この女には、「家嫗」がおり、彼女と一緒に日本に帰る石黒を駅まで見送りに来たことが、先と同じ日付の日記に記されているが、この「蒼山」も、基本的には、福島の女や『舞姫』作中のエリスと変わらない位置にいた女であろう。一人暮らしの女（石黒はもちろん鷗外も、彼女の部屋を訪ねている。）で、単なる女給などよりは金回りと生活スタイルは一般自立女性に近いように見える。しかし、基本線は女給やその変化形の娼婦たちと同レベルの女性である。そもそも契約妻とは、長期雇用の娼婦といってよいであろう。「蒼山」に近い類型を一八四六年のベルリンに探してみるとどうなるであろうか。例えば、次のような女性たちがいる。

「街頭が活気づいてくると、手工業者たちにつづいて（中略）小さな頭巾をかぶり、部屋着姿のままで買い物のために外出して用を済ますと家に帰ってくる女たちもいる。家の中で一日中、ひとりで仕事をするのである。こうした若い女たちは、ほとんどすべてがグリゼッテであり、ベルリンのなかでは独特の要素を成しているひとつの階級である。近年ベルリンでは、この膨張しつつあるグリゼッテたちの《自由な関係》が知られるようになった。おそらく、他の多くのものと同様に、フランス人がもたらしたものであろう。」彼女たちは、「軽率な恋愛から若い男と同棲することにいとも簡単にうなづくのだが、この関係が近年非常に増えてき」ており、「これを（中略）パリのお針子をもじって『グリゼッテ』と呼ぶ。[24]」

「蒼山」の女性としての条件は、結婚歴があるにしろ、ないにしろ、目下は独身で、契約期間中は石黒の来訪条件に応じて彼を自由に受け入れられるといったところである。このような枠からいえば、いずれにしろ彼女は、自立女性（契約妻というのも一つの「仕事」である。）として位置付けられるだろう。グリゼッテと同じように、彼女も自立しているのだ。「蒼山」の生活スタンスは、基本的にはグリゼッテと同じである。むろん、先に述べたベルリンの女性の状況から鑑みれば、グリゼッテたちが、売春をしている可能性は高い。また「蒼山」が、かつて、あるいは石黒との契約直前にも、街頭やカフェーで娼婦をしていなかったという保証もないだろう。彼女のベルリンでの位置付けが、「独特の要素を成しているひとつの階級」であるということはいえそうである。また彼女は、《自由な関係》をベルリンにもたらしたとされているフランス人と同じ「仏国婦人」である。

福島安正や石黒忠悳の現地妻が以上のような社会的位置を推定される女性たちであったとすれば、鷗外が付き合った実人物のエリーゼはどのような位置にいる女性だったのだろうか。それは、先のようなドイツ社会の底辺層の女性の検証を基礎に、更に教養層たる市民クラスの（あるいはそれ以上の）家庭の女性の史的検証を加えることによって、より正確な推定ができるであろう。その推定作業はすでに行われ論考をなしているが、紙幅の都合上それは次の機会に譲りたい。

〔注〕

（1）「鷗外」平成一一・一
（2）引用は、「国民之友」（明治二三・一）版による。以下の引用も同じ。但し、ルビは省き、旧字は新字に改めた。
（3）ウーテ・フレーフェルト『ドイツ女性の社会史　200年の歩み』若尾祐司他訳、一九九〇・六、晃洋書房
（4）川越修他編著『近代を生きる女たち　一九世紀ドイツ社会史を読む』一九九一・二、未來社
（5）注（4）に同じ。
（6）注（4）に同じ。
（7）ヨーゼフ・ロート『放浪のユダヤ人』平田達治他訳、一九九二・九、法政大学出版局。尚、ロートが指摘しているのは一九二〇年代のベルリンの状況であるが、そのような動向は、一九八〇年代にすでに見えていた。
（8）「『舞姫』再考　エリス、ユダヤ人問題から」「国文学　解釈と鑑賞」平成元・九
（9）『近代文学注釈大系　森鷗外』昭和四一・一、有精堂
（10）川越修『ベルリン　王都の近代――初期工業化・1848年革命――』一九八八・八、ミネルヴァ書房
（11）「『エリス、ユダヤ人問題』をめぐって――『エリス』『ワイゲルト』家の可能性――」「文学研究」平成九・七
（12）浅井健二郎『経験体の時間　カフカ・ベンヤミン・ベルリン』一九九四・一一、高科書店
（13）注（4）に同じ。
（14）注（3）に同じ。
（15）注（3）に同じ。
（16）井戸田総一郎「劇場と都市――一八七〇・八〇年代のベルリン劇場事情――」寺尾誠編著『都市と文明』一九九六・三、ミネルヴァ書房、所収
（17）注（4）に同じ。

(18) 注(4)に同じ。
(19) ドゥローンケ『ベルリン』一八四六年(浅井健二郎『ドイツ文学における都市と自然』一九八五・二、東京大学)
(20) 檜山哲彦「都市の空気に死はみちて……『ドラマ』をめぐるベルリンの世紀末」辻邦生・責任編集『世紀末の美と夢2(ドイツ・オーストリア) 華麗なる頽廃』一九八六・八、集英社、所収
(21) 注(3)に同じ。
(22) 川越修『性に病む社会 ドイツある近代の軌跡』一九九五・一一、山川出版社
(23) 注(22)に同じ。
(24) 注(4)に同じ。

森鷗外『舞姫』の舞台・三説

山下萬里

一九九九年六月十八日「朝日新聞」(夕)に、文化欄ではなかったが、「鷗外人気、静かに舞う」という七段抜きの記事が出た。「小倉赴任あす百年」と見出しを付して、北九州市で秋にかけてさまざまな催しが行なわれること、東京の文京区立鷗外記念本郷図書館(以下鷗外図書館と略す)に増改築と記念館設置の動きがあることを述べ、さらに「鷗外研究では、ベルリンゆかりの地を調べた新発見が相次いだ」とし、次のように報じた。

神山伸弘・跡見学園女子大助教授(哲学)は、「独逸日記」の足跡を訪れて、ベルリン国立図書館などで、一八八八年の住所録、地図、都市計画関連記録を調べ上げた。この結果、ベルリンでの鷗外の第二の下宿(クロステル街九七番地)が、都市再開発のただ中にあった状況をつかみ、さらに第三の下宿が現存する可能性を探り当てた。新住民のエリート留学生・鷗外と、再開発で消え行く運命の旧市街に住む下層市民の娘(『舞姫』のヒロイン・エリスのモデル)との出会いの背景が浮き彫りとなり、近く発表する。[改行]また、植木哲・関西大学教授(法学)は、鷗外を追って来日したエリスを追跡。戸籍簿や不動産登記簿に綿密に当たった結果、これまでの通説の「五歳年上の人妻」ではなく、「十五、六歳の仕立屋の娘」との新説を昨年打ち出した。

二〇〇〇年三月、神山伸弘氏の紀要論文「『普請中』のベルリン――一八八七年・八八年当時の森鷗外第二・第三住居環境考」[1]（以下神山論文と略す）がようやく発表され、次いで四月、植木哲氏の論考も『新説　鷗外の恋人エリス』[2]（以下植木書と略す）として刊行された。以上に先立ち、両氏の講演会もそれぞれ鷗外図書館で催されている。第二五六回文学講演会（一九九八年二月十四日）が神山氏の「『普請中』のベルリン――一八八七－八年の鷗外住居考――」（以下神山講演と略す）であり、第二六三回文学講演会（一九九九年二月二十日）が、植木哲「鷗外の恋人さがし――『エリス』は16歳？――」（以下植木講演と略す）であった。稿者は、勤務先大学のキャンパスが文京区内にもあって、貼られている鷗外図書館の催し物等のポスターに気づくことがある。同文学講演会はいつ訪れても満員の盛況だが、ともに聴講することができた。

本論では、この両氏の「新発見」をもとに、いくばくかの議論を試みたい。

橋はなかったのか？

その約半年前にベルリンから帰国した神山氏（以下敬称を略す）の講演は、スライドを多用してスリリングであった。思いもかけず、拙論がいくたびか引用された。一九九三～九四年に稿者は、『舞姫』に関する紀要論文二編とエッセイ一つを発表している。「森鷗外『舞姫』の舞台――ベルリンのユダヤ人（二）――」[3]（以下拙論①と略す）、「森鷗外『舞姫』の舞台・補遺――ベルリンのユダヤ人（三）――」[4]（以下拙論②と略す）および「森鷗外・ベルリン・ユダヤ人」[5]である。『舞姫』をテクストに、中・東欧のユダヤ人の流入しつつある十九世紀末ベルリンの、アルト・ベルリンとショイネンフィアテルの社会的・文化的ミリューを探ろうとしたものであった。拙論は神山論文ではまず中段で、次のように引用された。神山論文は、表題同様、神山講演と大きな相違はない。

「鷗外の当時は、ただ道なりに歩くと、自然と旧王宮を迂回し、ケーニヒ通りに続くようになっていたのではないか」という山下萬里の指摘は、慧眼というべきである。（神山論文13頁）

『舞姫』の太田豊太郎は「獣苑を漫歩」し、「ウンテル、デン、リンデンを過ぎ」、「モンビシユウ街の僑居に歸」ろうとして「クロステル巷の古寺の前に來」る。獣苑（ティーアガルテン）とウンター・デン・リンデンから一足飛びにクロースター通りにまで来てしまい、テクストはその間に空白部分がある。従来、ほとんど疑いもなくそれとされてきた経路があったが、稿者なりに集めた古いベルリンの写真や地図を眺めていると、上に引かれている道すじの方が目立ち、自然に見えてきた。しかし稿者にはまた別の強く惹かれる仮説があり、上記の予感とは両立しがたく思われた。そこで「注」において、「次のような考え方にも誘惑を感じる」と前置きし、「現状ではウンター・デン・リンデンからリープクネヒト通りにつながることに、疑問の持ちようもないが」として、上に引用された文章を続け、乗り物（鉄道馬車）も利用したのではないか等述べるにとどめたのである（拙論①69頁）。

神山論文によると、これまで一般に想定されてきたカイザー・ヴィルヘルム通りは、再開発の結果、小ブルク通りとパーペン通りが拡幅整備、改称された通りで、完成は鷗外の帰国後であるという。同じくルストガルテンと同通りを結ぶカイザー・ヴィルヘルム橋も建設途上であり、鷗外は同橋によってシュプレー川を渡ることはできなかった。それらを証明する地図や写真の数々が、講演では次々にスライドで映し出されたのである。

この「新発見」にしたがえば、豊太郎は、王宮広場からランゲ橋を渡ってケーニヒ通りを市庁舎前あたりまで行き、シュパンダウ通りか他の脇道に入ってノイヤー・マルクト方向に北上するのであろう。乗り合い馬車を利用できる区間は利用したかもしれない（植木書もほぼこれと同じ経路を述べる）[6]。すると右手にマリア教会がある。神山論文は、「マリエン教会[7]」が諸説を呼んでいる「クロステル巷の古寺」である、とする。鷗外留学当時の同教会は、周辺の再開発にともなって周りを四角く囲む建築物の一辺、それも正面側のパーペン通り＝カイザー・ヴィルヘルム通りに面する家並みが取り払われ、まさしく凹字の形のように建物が囲む中に建っていたのだという。「おそらく異論もあるに違いない」とし、「クロスター教会説」に並べて、稿者の仮説を紹介する。

最近では山下がユダヤ会堂（Juden Tempel）説を唱えている。（神山論文14頁）

しかし神山論文は、山下説の「ハイデロイター小路（Heidereutergasse）に面したユダヤ会堂」は、当時の市街図によれば道路面が建物で塞がれており、凹字の形に引っ込んではいなかった、という。したがって「ユダヤ会堂説」は否定される。

神山論文は講演とは違い、スライドを実際に指差して説明したりできないため、写真や図版を、時には拡大もして多数掲載し、語り口にも工夫しているが、飲み込みにくいところもある。たとえば、「小ブルク街」の位置関係がよくわからない。だが神山論文により周辺の再開発の諸相が判明し、なぜ豊太郎の語りが「ウンテル、デン、リンデン」から「クロステル巷」に飛躍するのか、推測がつくようになったと思われる。空白の経路は、工事による迂回の区間とぴったり重なる。鷗外は、工事をつぶさに見ていた。神山論文によれば工事前のそこには、歩行者用の小橋（カヴァリエ橋）が架かっていたという。橋と道路さえあれば、ルストガルテンからマリア教会までは目と鼻の先、五百メートル足らずなのである。工事の前後と工事中とでは、人の自然な流れが異なることは明白だった。移動の方法や経路を語ることを、作者は排除せざるをえなかった。語り手は口を閉ざした。まさしく我々は、作者のたくらみどおりの読みをしてきたのだ。

のちの真冬、ホテル「カイゼルホオフ」から夜更けの雪の中を、豊太郎は心錯乱して帰る。「クロステル街まで來

ドーム（左）と王宮の間にマリア教会を望む（1904年）(8)

しときは、半夜をや過ぎたりけん。こゝ迄來し道をばいかに歩みしか知らず。」（『舞姫』第一巻、445頁[9]）先ほどの散歩と同じコースといっていいだろう。語り手は、「獣苑」、「モハビット、カルゝ街通ひの鐵道馬車の軌道」、「ブランデルブルゲル門」、「ウンテル、デン、リンデン」以外、ここでも口を閉ざしている。

「クロステル巷の古寺」は
「マリエン教会」か？

植木書と植木講演はともに、「通説」の「エリス」のモデルを詳査して否定し、モデルの「新説」を提唱する。稿者は、なるほど、こういうふうにして調査するものなのか、と強い印象を受けた。文学畑の研究者には、ここまでできるものではない。その徹底した、「地道で根気を要する作業」（植木書121頁）の労は、十二分に認めたい。

その上で、植木書から、神山論文からと同じように、拙論が検討されている部分をやや長く引用したい。植木書でも、拙論が引かれているのである。「世紀末のベルリン——『舞姫』の舞台——」と題する植木書第三章で、「クロステル巷の古寺」は「マリエン教会」であると特定する個所である。第一の説は「クロースター教会」とし、否定している。

第二は、主人公がモンビシュー街の僑居へ帰る途中に、「頬髭長き猶太《ユダヤ》教徒の翁」が住んでいたことと関連し、ユダヤ会堂説が主張されている（山下萬里「森鷗外『舞姫』の舞台」『拓大論集』一巻一号）。場所は、新設のカイザー・ヴィルヘルム通り（現在のカール・リープクネヒト通り）の北側にあるハイデロイター小路に面するユダヤ会堂（Juden Tempel）とされる。たしかに、位置的には主人公がモンビシュー街へ帰る途中にある。この会堂は一七一四年に建造されたと言われるが、今は存在しない。［改行］当時（一八八〇年）の地図を見ると、カイザー・ヴィルヘルム通りの前身にあたるパーペ通りの北側に（旧）シナゴーグ（ユダヤ教会）があり、その一角にこのユダヤ会堂が建っている。したがって、付近には多くのユダヤ人が住んでいたものと推測される。ただし、同会堂は、道路に面しており、「凹字の形に引籠みて立てられた」建物ではない。（植木書61〜62頁）

「パーペ通り」は、神山論文では「パーペン通り」と表記されるPapenstraßeであろう（以下パーペン通りと記す）。そうした違いもあるが、ここでも神山論文でも、山下は「ユダヤ会堂（Juden Tempel）」を主張したとされている。だがそれは、稿者の用いたことのない用語である。拙論では、「〈旧シナゴーグ〉Alte Synagoge」ないし「旧シナゴーグ——ベルリン最古のユダヤ教の会堂——」（拙論①53頁）としてある。それが両者で「ユダヤ会堂（Juden Tempel）」説とされ、よく似た論旨で否定されているのである。

シナゴーグは「ユダヤ教の会堂」を意味する。たしかに「旧シナゴーグ」は、神山の掲げる地図上のJuden Tempelのことであろう。また神山論文においては、「ユダヤ会堂」はシナゴーグの単なる別称として用いられているようだ。したがって、神山論文ではなぜ拙論の用語を用いて引用しないのかという疑問が残るのみだが、植木書では「(旧)シナゴーグ(ユダヤ教会)があり、その一角にこのユダヤ会堂が建っている」とされているのだから、シナゴーグとユダヤ会堂は区別されている。植木書の「ユダヤ会堂説」は、拙論の説とは明らかに異なる説である。なお細部にこだわるようだが、テクストには「頰髭長き猶太教徒の翁」は居酒屋の「戸前に佇みたる」とあり、「住んでいた」かどうかは明らかにされない。

さて「Tempel」は、キリスト教徒が非キリスト教の寺院、礼拝堂に対して用いる呼称である。当時、市街図等にはJuden Tempelと記されていた。それゆえ神山論文も植木書もそれを使用したのであろう。しかし現在は、地図でもSynagogeとなっている。当時もユダヤ人たちは、Synagogeないし Gotteshaus(聖堂)と呼んでいた。十九世紀には改革派のユダヤ人(モーゼス・メンデルスゾーンの弟子たち)に、自派のシナゴーグを意識的に「Tempel(神殿)」と呼ぶ動きもあった。だが旧シナゴーグは正統派のシナゴーグである。ユダヤ人がふつうTempelと言う場合、多くは古代エルサレムの「神殿」を指す。その遺跡の一部が「嘆きの壁」になっている、あの神殿である。Tempelは民族全体のためのもので、その聖性は永遠であり、他の目的に用いることは許されない。それにたいしシナゴーグは、ある教区共同体Gemeindeとその住民のための施設であり、一個人が所有することもできる。大事なのはそこでつかさどられる神聖な儀式であり、共同体はシナゴーグを他の目的で使用したり、売却、移転も可能である。すなわちシナゴーグとTempelは、たがいに置換しえないものなのであり、[10]「Juden Tempel」は、ホロコースト(ショアー)後の現在は、通常使用されない用語なのである。「ユダヤ会堂」も曖昧な訳語であり、一般的な通称ではない。稿者は用いない。

神山講演の終了後、稿者は名乗って神山氏に挨拶した。コピーをベルリンに郵送してくれた人がいて山下の論文はよく読んだ、とうかがった（ただし拙論①のみ。拙論②はその際に抜刷を進呈した）。しかし植木書は上記のごとく、拙論にきちんとあたっているのかどうか疑わしいと言わざるをえない。それはたとえば、さきに引いた植木書における、本文の括弧内に記された拙論の出典表示のやり方と、以下に引用する神山論文の「注（17）」でのそれとの相違にも、端的に表れている。

山下萬里「森鷗外『舞姫』の舞台——ベルリンのユダヤ人（二）——」、『拓殖大学論集　人文・自然科学』第一巻一号、一九九三年、五五頁参照。（神山論文23頁）

この神山論文の注記が妥当であるのに比べ、植木書では拙論①の副題が欠落している。また、『拓大論集』なる紀要は存在しない。「人文・自然科学」篇と「社会科学」篇に分冊することになっての第一巻第一号であり、『拓殖大学論集』としては通巻第二〇二号にあたる。植木書の記述は、神山論文と大筋ではよく似ているが、少しずつズレているのである。

次に、神山論文の「注（4）」を引用したい。

ベルリンでは、植木哲（関西大学法学部）とともに鷗外について共同研究をおこない、筆者はおもにベルリンにおける地図、住所録、写真、旅行案内等の地誌的資料を発掘し、植木はおもに不動産登記簿等からエリス関連の資料を発掘した。共同研究では、日常的に調査・研究の到達点を討議し、資料を交換し、各自の原稿を相互に——直接ないし電子メールで——回覧して、事実認識を補正しあった。本稿は、こうした植木との共同研究の賜物である。ここに、共同研究者植木にたいし感謝しておきたい。なお、本稿の記述のうち植木の教示によって筆者の眼が開かれた点のある場合には、煩を厭わず指摘しておいた。（神山論文22頁）

植木講演では、神山の名とともに共同研究である旨が述べられたように思う。両者の共同研究であることを、そこで初めて知ったと記憶するからである。しかし植木書には、神山の名は以下で出てくるのみで、「共同研究」という言葉はない。

ルッシュ夫人を追いかける過程で、私は強力な援軍を得た。同じ時期、ベルリン・フンボルト大学でヘーゲル研究に従事していた神山伸弘氏（跡見学園女子大）が、専門の歴史学の観点から、私の研究に興味を持ってくださった。私達二人は、連日のオペラ通いのかたわら、幕が引けた後その日のプリマドンナの出来を肴にワインを傾けつつ、一九世紀のベルリンについて語り合った。もちろん、鷗外の恋人についても論じた。［改行］その神山氏が、第三の下宿につき意外な事実を発見した。当時、ベルリンで発行されていたフォス新聞に、同所の空き部屋広告が出されていたのである。（植木書157〜158頁）

鷗外第三住居の家主であるルッシュ夫人に関しては、植木書でも神山論文でも検討されている。植木書では、ルッシュ夫人が営んでいたのは「一八八八年の住所録によれば」「洗濯屋」（159頁）であり、白いワイシャツを鷗外が洗濯に出して知り合ったのだろうとされている。それにたいし、神山論文は「肌着製造工場（Wäschefabrik）」（16頁）とし、どうして鷗外とルッシュ夫人が知り合ったのかはわからない、と述べている。

このズレの原因は、神山論文が添えている原語「Wäschefabrik」にあると思われる。名詞 Wäsche は「洗濯物」だけでなく、「洗濯のできる布製品、特に下着類」をも意味する。ふつう「洗濯屋」は Wäscherei であり、Wäschegeschäft であれば「下着類の専門店」である（Geschäft は「商売、営業、商店」、Fabrik は「工場、製作場」）。

神山論文と植木書の引用部分を見るなら、ベルリンでの両者間で資料や情報の交換その他が日常的に行なわれていたことはたしかだろう。ルッシュ夫人が Wäschefabrik を営んでいたという情報を、植木は「強力な援軍」たる神山から得たのか、その逆なのか、あるいはそれぞれ独自に得たのか、不明である。ベルリンでは「洗濯屋」という共通認識であったが、帰国後神山が改めたのかもしれない。神山論文には、植木の教示による場合はそのつど指摘しておいたとあるが、ルッシュ夫人に関してはそれがない。植木書の側では、上記引用が唯一の指摘である。

余談だが稿者は、当時はワイシャツも下着のうちで、鷗外はルッシュ夫人のWäschefabrikでワイシャツを誂えたのではないか、と推測する。『舞姫』中にも、「上襦袢も極めて白きを撰び」とある。白いワイシャツのことであろう。

「狭く薄暗き巷」とはどこか？

「クロステル巷の古寺」が、植木書や神山論文の主張するように、「マリエン教会」であるとしよう。すると、エリスの家はどこになるか。植木書は次のように述べる。

エリスの家は「寺の筋向ひ」にあるというから、地図の上では、クロースター通りにあたる。（植木書123頁）

しかし植木書には下記のようにもある。

同教会は、元来、北をパーペ通りに面する建物、西を新マルクト広場に面する建物、南をビショフ通りに面する建物、東をクロースター通りに面する建物に四方を取り囲まれた建物であった（見返し地図）。ところが、この時期、パーペ通りが再開発され、カイザー・ヴィルヘルム通りとして生まれ変わるさい、北面の建物が取壊された。このため、同教会は、『舞姫』の記述にあるように、まさに「凹字の形に引籠みて立てられた」建物だったのである。（植木書62頁）

マリア教会とクロースター通りのあいだは家並みが残っているはずであり、家並み越しの筋向かいということになる。それでもクロースター通りがマリア教会の正面側にあるのであれば、「寺の筋向ひ」とも言い得るかもしれない。

だが同通りは、「この教会の裏手」（植木書64頁）である。常識的な筋向かいにあたるのは、「建物が取壊された」正面側のパーペン通り＝カイザー・ヴィルヘルム通りであろう。神山論文は同通りを想定していると思われ、「マリエン教会向かいの状況（一八八八年）」（図8、神山論文9頁）という写真を掲載しているが、これは同通りである。

『舞姫』のあまりによく知られた一節を、ここで確認しておきたい。

或る日の夕暮なりしが、余は獸苑を漫歩して、ウンテル、デン、リンデンを過ぎ、我がモンビシユウ街の僑居に歸らんと、クロステル巷の古寺の前に來ぬ。余は彼の燈火の海を渡り來て、この狹く薄暗き巷に入り、樓上の木欄に干したる敷布、襦袢などまだ取り入れぬ人家、頰髭長き猶太教徒の翁が戸前に佇みたる居酒屋、一つの梯は直ちに樓に達し、他の梯は窖住まひの鍛冶が家に通じたる貸家などに向ひて、凹字の形に引籠みて立てられたる、此三百年前の遺跡を望む毎に、心の恍惚となりて暫し佇みしこと幾度なるを知らず。［改行］今この處を過ぎんとするとき、鎖したる寺門の扉に倚りて、聲を呑みつゝ泣くひとりの少女あるを見たり。

（『舞姫』第一巻、430頁）

ここには「などに向ひて」とある。さきに引いた植木書の記述にしたがえば、これはクロースター通りということになる。たしかに語り手＝豊太郎も「クロステル巷」としている。現実の同通りについて、植木書の述べるところを二箇所引用しよう。

二番目の下宿は、鷗外が日記に書いているように、「新築」で「宏壮」な点に特徴がある。道路は伝統的な石畳式と異なり、アスファルトが敷かれていた。［中略］古ベルリンのゴミゴミした一角が、このようなモダンな状態にあるとは一見して不思議である。

（植木書150頁）

同通りの北の端は、カイザー・ヴィルヘルム通りの再開発にともない、人口移動の激しいところである。新築家屋が多く建てられ、弁護士や教師といった職業の人が新しく引っ越してきている。［中略］再開発後は様相が一変している。
(植木書163頁)

テクストの「狭く薄暗き巷」に、この再開発のなされたモダンなクロースター通りがあてはまるであろうか。古くから言われ続けている疑問である。これに関しては、植木書でも神山論文でも、なんの検討もなされていない。つとに川上俊之が強い口調で指摘しているように、ドイツの家庭が表通りに向かって洗濯物を干すことも考えにくい[11]。

拙論においては、この「クロステル巷」と「クロステル街」は実景・モデルが異なるのだ、と解釈した。『舞姫』中の他の三個所はすべて「クロステル街」なのに、ここ一個所だけ「クロステル巷」が使われている。のみか草稿では当初、「クロステル巷路」となっていた(拙論①53頁)。周知のように鷗外は、『舞姫』に推敲を加えつづけた。七種の版が存在するという。たとえば今回気づいたのだが、「モンビシユウ街」も当初は「モンビシユー巷」であり、草稿段階で「モンビシユー街」にされ、『國民小説』版で現行に改訂されている。だがこの「クロステル巷」は、ついに最後まで「クロステル街」に変えられることはなかった[12]。念のため新しい辞書[13]で字義を調べて繰り返すならば、「巷」は「町なかの小道。路地。ちまた。転じて、一般世間」のことであり、Gasseに対応する。「街」は「大通り。まちすじ。まちなか」の意味で、対応するのはStraßeである。「巷」の鷗外の用例を、他作品から以下に引く。

揚弓店のある、狭い巷《こうぢ》に出た。どの店にもお白いを附けた女のゐるのを、僕は珍しく思つて見た。
(『ヰタ・セクスアリス』第五巻、106頁)

この「狭い巷《こうぢ》」が、「ちまた、界隈」といった意味でないことはたしかだ。つまり巷は巷路＝小路＝ガッセGasseなのであり、「巷に入り」は小路＝ガッセに入ることを意味する。それをハイデロイター小路[14]沿いの旧シナゴーグ説の根拠の一つとしたつもりであった。ところがこの解釈には、神山論文も植木書もそろって触れず、「凹字の形」にこだわっている。神山論文は、「かくもマリエン教会に確信がもたれないのは、『直接クロスター通りに面しているわけではない、という難点がある』からであろう」と拙論（『 』内）を引き、「ならば、ユダヤ会堂もなおさら不都合であろうが」と付注している（注(60)、神山論文26頁）。神山論文や植木書を含め、ふつうなされている「巷」と「街」を分別しない考え方ではそうかもしれないが、拙論の場合はその違いを主張しているのだから、この揶揄は不適当である。

「寺門の扉」は教会の入口か？

もう一つの古くからの疑問に、「鎖したる寺門の扉に倚りて」の「寺門」は、教会の門なのか、それとも教会の建物の入口なのか、というものがある。植木書はこの検討も行なっていないようだが、神山論文は以下のように述べている。

　鷗外のいう「寺門」は、この教会の入口と解すほかはない。（神山論文15頁）

「古寺」がマリア教会だとすれば、同教会には門がなく――一般に教会には門はないのではないだろうか――おのずと教会の入口と解すことになる。工事完成後のカイザー・ヴィルヘルム通りとマリア教会方面を眺めた写真(15)を見ると、通りは広く立派で、教会は大きく、その存在感は圧倒的である。このあたりで教会といえば、多くはマリア教会を指すのは間違いのないところであろう。たしかに、凹字のように引っ込んで建てられているように見えるが、神山論文や植木書に掲載された道路工事中のマリア教会の写真よりも、ノイヤー・マルクト側の家並みの取壊しが進んでいるようだ（一八九五年以降撮影と推定）。凹字というより裏返しのL字に近い感じになっている。マリア教会自体も化粧直しが施されている。出入り口は二つあり、上部が尖ったアーチ状になって正面中央にシンメトリーに接して並

マリア教会とカイザー・ヴィルヘルム通り（1895年以降）

んでいる。それぞれ二枚の扉があり、計四枚並ぶうち、一番右の扉だけが内開きに開いている。夕刻になると、その扉も鎖されるのだろう。

さきの『舞姫』の一節の、ドイツ語訳（Wolfgang Schamoni訳[16]）を見てみたい。

Es geschah eines Abends. Ich war im Tiergarten spazieren gegangen, war über die Allee Unter den Linden dann in Rictung Monbijou-Straße gegangen, wo ich wohnte, und bis zur alten Kirche in der Kloster-Straße gekommen. Ich weiß nicht, wie oft ich nach der Durchquerung des Lichtermeeres der Großstadt in diese enge, düstere Seitenstraße eingebogen bin und dann, gegenüber den Wohnhäusern, über deren Balkongeländer noch vom Morgen her Bettzeug und Nachthemden zum Auslüften gehängt waren, der billigen Wirtschaft, in deren Eingang ein alter Jude mit langen Schläfenlocken wartete, und einem Mietshaus, dessen eine Treppe direkt nach oben führte, während die andere Treppe in die Kellerwohnung, in welcher ein Schmied hauste, hinabführte —— ich weiß nicht, wie oft ich dort vor der etwas zurückgesetzt errichteten dreihundertjährigen Kirche auf der anderen Straßenseite stand und wie benommen aufgeblickt habe.

Als ich diesmal dort vorbeigehen wollte, sah ich ein junges Mädchen, an das verschlossene Kirchentor gelehnt, leise vor sich hin weinen.

「彼の燈火の海を渡り來て」の訳文では der Großstadt（大都市の）を補い、「幾度なるを知らず」ich weiß nicht, wie oft を二度繰り返すなど、一語もおろそかにしていない翻訳と思われる(引用中にはないが、「エリス」は Elise である)。

「余は獸苑を漫歩して」から「古寺の前に來ぬ」までの動詞には gehen と kommen が使われ、交通機関を利用した形跡は読みとりがたい。「この狹く薄暗き巷に入り」は、in diese enge, düstere Seitenstraße eingebogen bin、つまり「巷」は Seitenstraße（横丁、脇道、裏通り）であり、「入り」は einbiegen（曲がる）である。ここでは Seitenstraße は Kloster-Straße をさし、「この狹く薄暗い横丁に曲がり」と和訳できる部分は、「クロースター通りに曲がり」ということなのだろう。

「樓上の木欄に干したる敷布、襦袢などまだ取り入れぬ人家」は、über deren Balkongeländer noch vom Morgen her Bettzeug und Nachthemden zum Auslüften gehängt waren（そのバルコニーの手すりに、寝具や寝間着が朝からまだ虫干しされたままだった）であり、洗濯物を外には干さないというドイツ人の生活習慣を反映した訳文かもしれない。「凹字の形に引籠みて立てられたる」は、あっさりと etwas zurückgesetzt errichteten（いささか後方に下げて建設された）とされる。「凹字の形に」はetwas（いささか）でしかない。「鎖したる寺門の扉に倚りて」はan das verschlossene Kirchentor gelehnt と訳されている。「鎖したる」の訳語verschlossenは、verschließen（錠前をかける）の過去分詞。「寺門の扉」にはKirchentor（教会の門）があてられている。「扉」にあたる訳語はない。すなわちここでは、「寺門」は「教会の入口」とは解されていない。

いうまでもなく以上は、訳者ヴォルフガング・シャモニの一解釈である。しかし先行研究を踏まえた、標準的な読みであると思う。稿者はこのドイツ語訳文を読んで、今更のように再認識したが、この夕暮れの豊太郎は、初めてこの散歩をしていたわけではない。「今この處を過ぎんとするとき」の「今」は、diesmal（今回は）である。その前段の「余は彼の燈火の海を」から「幾度なるを知らず」までの長い文は、「今」ではない。何度も同じような時刻・コースで散歩した経験があり、そのたびに教会を眺め、恍惚としているのである。語り手の豊太郎はこの場に通りかかった登場人物であり、（回想形式とはいえ）語りはその制約を受ける。何度も歩いた道筋でなければ、通りすぎようとしている豊太郎に、一目であれほど細かく観察できるものではない。『雁』の岡田のごとく、たいてい道すじが決まっている毎日の散歩でこそないが、それに比して、豊太郎のこの散歩の方が長い距離ということもないのではないか。ティーアガルテンをどのくらい漫歩したのかは不明だが、ブランデンブルク門から先述の経路でモンビジュー広場まで、稿者の地図上での計算では三キロほどである。橋と道路の工事が完成すれば〇・五キロは縮まる（つまり、工事での迂回といってもその程度である）。工事完成後のコースなら、ティーアガルテンからマリア教会まで「歩いて二〇～三〇分の距離」（植木書60頁）であり、毎日でなければ豊太郎（＝鷗外）には苦になるまい。訳者と同じく、交通機関を利用しない散歩と稿者は見る。むろん後段の、夜更けの雪の中の錯乱しての帰り道でも、利用していない。

さらにこの訳者と同じように、「寺門」をKirchentor（寺の門）と解してみよう。教会等に門がある場合、門扉は昼間は開放されていたと考えられる。その門扉が夕刻にしめられるのは、どこにでもみられるごく自然な場面である。我が国の寺にはふつう門がある。当時の我が国では教会にも門がある場合が多いから、百年前の読者にも容易に納得できると思われる。逆にいえば当時の日本の読者に、「寺門」が教会建物の入口であると読めるであろうか。「寺門の扉」は、文字どおりに寺の門の扉と読んでよいのではないだろうか。

「寺門」の使われている例を、鷗外の他作品から引いてみる。

僦居は海光山長谷寺の座敷である。勝三郎は病が兎角佳候を呈せなかつたが、当時猶杖に扶けられて寺門を出で、勝久等に近傍の故跡を見せることが出来た。

（『澀江抽斎』、『鷗外歴史文學集』第五巻、岩波書店、二〇〇〇年、358頁）

鎌倉の長谷寺である。山門があるはずで、ふつうに読む限り「寺門」は寺の門のことであると思われるが、どうだろう。「寺門」はこの一例しか見出せなかったが、「門」であれば、すぐに収集できた。鷗外はずいぶん「門」が気になり、目に付いた人のようだ。

お父様は藩の時徒士であつたが、それでも土塀を繞らした門構の家に丈は住んでをられた。門の前はお濠で、向うの岸は上のお蔵である。

（『ヰタ・セクスアリス』第五巻、92頁）

公使館はフオス町七番地にあった。帝國日本の公使館といふのだから、少くとも一本立の家で、塀もあるだらう、門もあるだらうなどと想像してゐたところが往つて見ると大違である。

（『大発見』第四巻、623頁）

かく二人の物語する間に、道はデウベン城の前にいでぬ。園をかこめる低き鐵柵をみぎひだりに結ひし眞砂路一線に長く、その果つるところに舊りたる石門あり。入りて見れば、しろ木槿の花咲きみだれたる奥に、白堊塗りたる瓦葺の高どのあり。

（『文づかひ』第二巻、31頁）

藪下の狭い道に這入る。多くは格子戸の嵌まっている小さな家が、一列に並んでゐる前に、賣物の荷車が止めてあるので、體を横にして通る。右側は崩れ掛つて住まはれなくなつた古長屋に戸が締めてある。［中略］その隣に冠木門のあるのを見ると、色川國士別邸と不恰好な木札に書いて釘附にしてある。（『青年』第六巻、278頁）

こんな事を思つてゐる内に、故郷の町はづれの、田圃の中に、じめじめした處へ土を盛つて、不恰好に造つたペンキ塗りの曾堂が目に浮ぶ。聖公曾と書いた、古びた木札の掛けてある、赤く塗った門を這入ると、瓦で築き上げた花壇が二つある。（『青年』第六巻、301頁）

家は直ぐ知れた。［中略］石の門柱に鐵格子の扉が取り附けてあつて、それが締めて、脇の片扉丈が開いてゐた。門内の左右を低い籠塀で爲切つて、その奥に西洋風に戸を締めた入口がある。（『青年』第六巻、337頁）

岡田の日々の散歩は大抵道筋が極まつてゐた。［中略］或る時は大學の中を抜けて赤門に出る。鐵門は早く鎖されるので、患者の出入する長屋門から這入つて抜けるのである。後に其頃の長屋門が取り拂はれたので、今春木町から衝き當たる處にある、あの新しい黒い門が出來たのである。赤門を出てから本郷通りを歩いて［中略］神田明神の境内に這入る。（『雁』第八巻、493頁）

遙かに道から引つ込めて立てた、大きい門がある。石の柱、鐵の扉である。［中略］門を這入つて、幅の廣い爪先上がりの道を、右に新緑で塡まつた庭園を見て登つて行く。（『藤棚』第十巻、101頁）

建築の出來上がつた時、高塀と同じ黒塗にした門を見ると、なる程深淵と云ふ、俗な隷書で書いた陶器の札が、電話番號の札と並べて掛けてある。（『鼠坂』第十巻、254頁）

思わず多くなってしまったとはいえ、サンプル数としては少ないが、「門」はいわゆる門の意味で使われているし、「扉」は門の扉に用い、建物の入口には「戸」を使っているように見える。辞書によれば、「扉」は開き戸、「戸」

は建物や部屋の出入り口、ないしその建具を意味する。テクストのこの「寺門」は、寺の門のことであろう。

旧シナゴーグは「古寺」ではないか？

「寺門」の「寺」は、山下説では旧シナゴーグである。ドイツ文献をもとに、ここで旧シナゴーグをやや詳しく見ておきたい。

旧シナゴーグは、一七一二〜一四年にキリスト教徒の建築士により建設された、ベルリン最古の教区共同体シナゴーグである。ベルリンのユダヤ人は十三世紀にまで痕跡を辿ることができるが、しばらく居住の禁じられる時期が続いた。一六七一年五月、フリードリヒ・ヴィルヘルム（大選帝侯）の勅令により、ウィーンを追放されたユダヤ人のうち五〇家族にベルリンに定住することが許され、新しい時代を迎える。ただしシナゴーグを持つことはかなわず、ようやくフリードリヒI世のもとで、一つの教区共同体シナゴーグを建立する計画が認められたのである。

いくつかの文献が共通して述べているのは、旧シナゴーグが広い前庭 Vorhof によって狭い道路と隔てられていたことである。道路に面して建物 Vorderhaus があり、その建物をくりぬいて、前庭に通じる門 Torweg が設けられていた。この道路に面した建物には、ベイト・ミドゥラシュ Beth Hamidrasch[17] の礼拝室 Betsaal があった。ベイト・ミドゥラシュはユダヤ教の学び（ミドゥラシュ）の場所であり、タルムードの本文や解釈を学び、祈りも行なう。教区共同体に属するもう一つの道路面の建物には、ミクヴェ Mikweh (Quellbad) があった。ミクヴェは、清めに使う公的な水槽、ないしその水槽に浸る儀式的行為のことで、宗教的に汚れた者は、沐浴することで清められる。シナゴーグとベイト・ミドゥラシュ、ミクヴェは、ユダヤ人社会に不可欠な施設であった。

旧シナゴーグは、二階建ての市民の家よりも高く建てることが許されず、道路の水準よりも低く掘り下げて建てられ、下がって建物内に入らねばならなかった。道路に面した建物ともども、一九三八年十一月のポグロムの夜（水晶の夜）は生き延びたが、戦禍を受け、旧シナゴーグはドイツ帝国郵便に接収された。一九六〇年代に新たな道路計画や建設計画が動き出し、ようやく撤廃された。直接シナゴーグと境を接していた、ハイデロイター小路とローゼン通りの角のユダヤ教区共同体本部の建物を例外とし、すべての複合的な施設の建物が、完全に消滅したのである。そこにあったシナゴーグも狭い道路も今はなく、一九八三年以降ただの芝生の公園になっている。

この旧シナゴーグは、神山論文や植木書が指摘するように、たしかに道路側を建物によって塞がれており、拙論が示した一七九五年頃の図版（拙論①51頁）は、鷗外当時の状況とは違っている。しかしその道路に面した建物もユダヤ教の重要な、シナゴーグと一体化した施設であった。広い前庭があり、道路は狭い小路で、トンネル状の門があった。こうしてみると一概に、「凹字の形に引籠みて立てられ」ていない、とも言い切れないのではないだろうか。シナゴーグの門であってみれば、安全のため昼間からしめられることも少なくなかったかもしれぬ。あたりは、鷗外当時も再開発されていなかった。

さきに引いた『舞姫』の一節をさして森まゆみは、ローマの紀行文で次のように言っている。

数をたのんでテベレ河唯一の中州ティベリーナ島を通過して反対側へ渡ると、シナゴーグ（ユダヤ教会）の白い壁が見え、古代のマルチェロ劇場の赤い壁がのぞいた。この辺が旧ユダヤ人街である。ひっそりした石畳から複雑な路地が奥に走り、狭い階段につづいている。ゴミの缶が放り出され、夜のせいか、うらさびれて見えた。［改行］そのとき私はもう一つの物語の方を連想した。［中略］「舞姫」、主人公がエリスに出会う直前の描写である。が、ローマのゲットーの描写としてもさして異和感はないような気がする。「頬髭長き猶太教徒の翁」は「即興詩人」にも出てくるではないか。[18]

さきの『舞姫』の一節がゲットーを連想させることは、エリス＝ユダヤ人説を唱える者もしばしば口にするところである。ドイツのゲットーを描写した代表的な例として、ゲーテの『詩と真実』Dichtung und Wahrheit[19]（第一部、一八一一年成立）から引く。

少年時代だけでなく青年になっても、私の心を重くした無気味なものの一つは、とくに、もともとユーデンガッセと呼ばれていたユダヤ人街の様子であった。そこは一本の街路よりはすこし広いぐらいの大きさで、以前は市壁と堀とのあいだに、まるで囲い地のなかに押し込められたようになっていたらしい。狭くて、不潔で、騒がしく、いやらしい言葉のアクセント、それらが一つになって、市門のそばを通りすがりにのぞいて見ただけで、なんともいえず不快な印象をあたえられた。

これはフランクフルト・アム・マインの有名なゲットーである。訳文の「ユダヤ人街」は、原文ではJudenstadt（ユダヤ人町）である。「市壁と堀とのあいだに」zwischen Stadtmauer und Grabenとは、その狭さだけではなく、市壁の外ではあるが、市壁の外周に巡らされている堀の内側であって完全な外ではない、という微妙な位置にユダヤ人街があったことをも示している。「市門のそばを通りすがりにのぞいて見ただけで」wenn man auch nur am Tore vorbeigehend hineinsahの「市門」は、Stadttorではなく、単なるToreである。たしかに市門の一つのそばにゲットーはあったので、市門を通って外に出るときにゲットーの内部をのぞき見ることができたかもしれない。しかしゲットー自体の入口にも「門」はあったのであり、市門を通りぬけるときには、その門のそばを通らねばならなかった。このam Toreは「ゲットーの門のそば」とも考えられる。

ベルリンには、ユダヤ人の多く住む地区はあったが、このようなゲットーは存在しなかった。[20]ある文献には、次のように書かれている（［　］内は引用者による補記）。

ベルリンは、本当の意味でのゲットーを経験しなかった。いや、より正確にいえば、市庁舎とフランシスコ会修道院教会［クロースター教会のこと］のあいだに［現 Jüdenstraße の周辺］、十三〜十四世紀以来ユダヤ人が多く生活してはいたが、［ゲットーのごとく］閉鎖的ではない一地区が存在した。そしてそこにシナゴーグとタルムードの学び舎と儀式用清めの浴槽を備えた大ユダヤ人館 Großer Jüdenhof があったのである。世紀転換期の都市計画や再開発が進むにつれ、そして最終的には戦争の爆撃によって、このユダヤ人地区の痕跡はあとかたもなく一掃された。一九三〇年代まではまだ、古い立ち木や十八世紀に建てられた何軒かの家の並ぶ広場が、過ぎ去った時代をおぼろげにしのばせていた。おそらくユダヤ人館は、一五七一年のポグロムの舞台になったと推測される。多くの住宅や商店、作業場、そして宗教施設が襲撃され、破壊されたのだ――経済的な理由で。親ユダヤ的だった選帝侯ヨアヒムII世の死［一五七一年］と、それに続く［無実のユダヤ人］リッポルトの司法殺人［一五七三年］の後、すべてのユダヤ住民は、ほぼ百年間ベルリンから追放されたのである。[21]

統計によれば、すでに百万都市になっていた一八八〇年のベルリンには、約五万四千人のユダヤ人が居住し、全住民の四・八％を占めていた。同年のアルト・ベルリン（古伯林）のユダヤ住民は四八三五人、アルト・ベルリン全住民（二万五千人ほどか）の一九％に相当した。そのユダヤ人の占める比率は四倍である。アルト・ベルリンのSバーン北側には、東から西に向かって、アレクサンダー広場、ショイネンフィアテル、旧ユダヤ人墓地、新シナゴーグと、ユダヤ人ゆかりの地が続いている。これらの多くを含むシュパンダウ地区は、同じく一〇、八二七人、一六・一％である。一八六七年の統計に比し、アルト・ベルリンのユダヤ人は五百人ほど減少しているが、比率は上がっている。[22] シュパンダウ地区は数も比率も上昇している。さきの四・八％という比率は、両地区をも含めた平均値であり、両地区を除外して稿者が試算すると、三・五％と出た。この両地区に集中してユダヤ人が住んでいたということであり、その傾向には拍車が掛けられている。「クロステル」がそういうイメージの地域としてベルリン人一般に信じられていたことは、『獨逸日記』中の「悪漢淫婦の巣窟」という記述によって、よく知られていよう。再開発が計画されたゆえんである。「クロステル」はアルト・ベルリンを表している指標なのである。

こうした状況のもと、新たな教区共同体シナゴーグとして新シナゴーグは、オラーニエンブルク通り三〇番地に、一八五九〜六六年に建立された。鷗外の第三住居にも近く、植木書も次のように紹介している。

[同通りの]一角にユダヤ教会(Neue Synagoge Berlin)が燦然と輝いている。[中略、鷗外も]プロイセンの連隊勤務となったとき、この道を毎日通っており、この教会を見たはずである。(植木書184頁)

現在もなお再建工事がそこまで進まず、礼拝を行なうことはできないはずであるが、新シナゴーグは当時、三千以上の座席を備えたドイツ最大の壮麗なシナゴーグであった。以後、この新シナゴーグ(新しいシナゴーグ)に対して、ハイデロイター小路のシナゴーグは旧シナゴーグ(古いシナゴーグ)と呼ばれるようになった。

さてシナゴーグは、森まゆみや植木書が「教会」とするように、宗教施設である。この「シナゴーグ」を「寺」と呼ぶことも可能であろう。すると「古いシナゴーグ」は「古い寺」、すなわち「古寺」となる。周知のように鷗外は『獨逸日記』において、アルト・ベルリン Alt-Berlin を「古伯林」と書き、テンペルホーフ Tempelhof という、後に空港の設けられる地名を「寺庭村」と記している。『ヰタ・セクスアリス』には、「Café Krebs である。日本の留學生の集まる處で、蟹屋蟹屋と云つたものだ。」(第五巻、175頁)とある。ベルリン在留日本人のあいだでは、旧シナゴーグ Alte Synagoge は「古寺」と呼ばれていた、と推測したい。「クロステル巷の古寺」は、「旧シナゴーグのかくし名」と読むこともできるのである。

語り手の豊太郎はエリスとの出会い(平岡敏夫はこれを「才子佳人の夕暮れの奇遇」と読んでいる)[23]の前に、「此三百年前の遺跡を望む毎に、心の恍惚となりて暫し佇みしこと幾度なるを知らず」と語っているが、これは出会う直前の豊太郎を述べたものではない。つまり、古寺＝旧シナゴーグの意味するところを以前から理解していたことを表明している、と考えられる。ベルリンでは、その三百年前に規模の大きいポグロムがあり、以後百年間、ユダヤ人は追放された。それまで（三百年前まで）はシナゴーグの機能は、大ユダヤ人館がになっていた。旧シナゴーグは、民家の二階より高く建てることは許されなかった。新しいシナゴーグは、「モンビシュウ街」の近くに偉容を誇っている。一八八一年に始まるロシアのポグロムにより、多くの東方ユダヤ人がベルリンに流入してきている。人種主義的な反ユダヤ主義も発生した……。豊太郎の語る「三百年」にはそういう歴史がある。以上の理解者として豊太郎はこの場にさしかかり、「クロステル巷の古寺」の「門の扉に倚りて」泣いていたエリスに心を動かされるのである。

『舞姫』には、当時の日本の一般的読者以外に、ベルリン事情に通じた少数の読者もいるはずだった。作者の戦略は、一般読者には「古寺」にマリア教会を想定させ、後者の読者には旧シナゴーグを透視させることであった。テクストには「頰髭長き猶太教徒の翁」とある。これが作者の送るサインである。さらに「クロステル巷」、「古寺」、「鎖したる寺門の扉」とあり、「ワイゲルト」、「仕立物師」とあるのは、ベルリン事情に通じた読者の読みを指示する指標である。ヴァイゲルト Weigert がシュレージエンに出自を持つユダヤ人の姓と考えられることは、拙論で述べた（拙論②77頁）。衣類関連の業者にユダヤ人の多いことは、よく知られていよう。これらは、エリスが登場する前後に、集中的に読者に提示される。作者と少数の読者のみが共有できるコードなのである。

ワイゲルト説は「通説」か？

本稿を書き進めた段階で、稿者は植木哲の紀要論文「鷗外の恋人『エリス』」[24]（以下植木論文と略す）をようやく読むことができた。『鷗外』65号の「鷗外文献集纂」(143頁)で紹介されていたが、勤務先大学の図書館では掲載紀要が見つからなかったのである。

植木論文は、想像以上に植木書と変わらなかった。つまり、植木論文に手を加え、前後に書き足したものが植木書なのである。そのまま残された部分も少なくない。今、その検証を詳しく行なう余裕はないが、書き改められた部分の例をここに掲げておきたい。

第三の下宿への入居に付き、共同研究者であるヘーゲル研究家・神山伸弘氏(跡見女子大)が意外な事実を発見した。それは、当時、ベルリンで刊行されていたフォス新聞[中略]に、同所の空き部屋広告が出されていたことである。(植木論文53頁)

植木論文では、「共同研究」と書かれていたのである。また細かいことだが「跡見女子大」が、植木書では正しい大学名の「跡見学園女子大」に改められていることがわかる。

植木論文にはなく植木書で書き加えられた部分の例としては、以下がある。

鷗外と「エリス」の出会いの時期を一八八八年四月以降と考える説がある(成瀬正勝「舞姫論異説」『国語と国文学』五七八号、同旨・武智秀夫「隊務日記を読む」『鷗外』五八号)。「鷗外とエリスとの交渉は、帰朝直前、すなわち二一年の四月一五日から帰朝の途につく七月五日までのうちに起った」というものである(同旨・山崎国紀『森鷗外』)。残念ながら、何の証明もなされていない。(植木書229頁)

山崎の著書は『森鷗外〈恨〉に生きる』のことと思うが、対応する一節を引用する。

鷗外は、ドイツ留学中、エリスとどこで知り合ったのであろうか。[改行]これについては、成瀬正勝氏が次のようにいっている。「鷗外とエリスとの交渉は、もとより帰朝直前、この最後のベルリン生活、すなはち二十年の四月十五日から帰朝の途につく七月五日までのうちに起れば起つた」(前掲文)と。この説がいまのところもっとも妥当であろう。[25]

稿者もこの「(前掲文)」、すなわち「舞姫論異説」に「二十年」とあるのを確認した。[26] 武智の論文は「漢文で書かれた隊務日記は、鷗外のドイツ留学の最後の期間(一八八八年三月十日から七月二日)のものだ[27]」と始まるが、稿者が目を通したかぎり、エリス(エリーゼ)は登場しない。一方成瀬と山崎は、すでに一度、以下で植木書に登場している。

この結婚相手説を前提に、「エリス」から引き離された鷗外の「恨」を重視する立場がある。この説は、[中略]『舞姫』を鷗外の「恨」が仮託されたカタルシス文学と捉える(山崎国紀『森鷗外』)。[改行]結婚相手説では、実在の「エリス」に関する実証的研究は行われていない。[中略]成瀬説は、後に見る昭和の「エリス」探し前に書かれているのでやむを得ないが、山崎説にあっては事後の検証が必要であったはずである。自説に都合の悪い部分は切り捨てられている。(植木書37～38頁)

「昭和の『エリス』探し」は一九八一年のこと(植木書41頁)であり、山崎の著書の刊行は一九七六年である。成瀬同様「やむを得ない」のではなかろうか。一八八八年三月以降と考える説は、他に実在する。山崎との対談で小堀桂一郎が提出している。

必ずしも谷口謙が鷗外にまで現地妻を紹介したとは思いませんけれども、だいたい私は、エリーゼとの関係が生じたのは隊務に携わるようになった二十一年三月以降だと思うのです。[28]

これに対して山崎は「これは新説ですね」と応じている。

以下、駆け足で述べる。

エリスのモデルを探索しようとする場合、どうしてもエリーゼ・ヴィーゲルトか、ヴァイゲルト（ワイゲルト）かというファミリーネームの問題に突き当たる。テクストには「ワイゲルト」とある。植木書は「現在ではワイゲルト説が圧倒的優位を占めている」（植木書44頁）とし、「その後の『エリス』探しは証拠に基づく検証を欠いたまま、『エリス』＝エリーゼ・ワイゲルト説が一方的にゆるぎのないものとなった」（植木書46頁）とする。ここにいう「『エリス』＝エリーゼ・ワイゲルト説」とは、一九八九年に放送されたテレビ朝日の番組（この番組のタイトルを植木書は誤記している）が唱えた説のことである。それによれば、ユダヤ人であり、鷗外の五歳年上、二人の子持ちの人妻がモデルとされる（以下テレビ朝日説と略す）。これを植木書は「通説」とし、その否定にほぼ全巻を費やしているといえる。しかしそもそも、それは「通説」であろうか？

稿者はヴァイゲルト説、エリス＝ユダヤ人説をとる者である。テクストにある「ワイゲルト」とヴィーゲルトの違いは、たとえば「天方」と山県の違いとは意味が異なると考える。植木書にも、「当時発行された住所録を繰っていくと、年毎にWeigert関係者が多くなる」（植木書121頁）とある。これは貴重な報告で、当時、ベルリンに流入するユダヤ人の数が年毎に増えていた一例を示し、ヴァイゲルトがユダヤ姓である傍証になっている。だが拙論では、一定の評価はしつつも、エリスのモデルになった女性はテレビ朝日説の女性ではない、と否定した（拙論①64頁）。稿者だけではない。テレビ朝日説の女性を全面的に支持した論文や研究書が、いったいどれほどあったというのだろうか。たとえば吉野俊彦はテレビ朝日説にたいし次のように述べたが、一般的な反応を代表していよう。

だが、エリスが少女でなく鷗外よりも五歳も年上の人妻、二人の子持ちだという結論は、「舞姫」あるいは後述の鷗外の数多くの作品に見えかくれするエリスのおもかげと余りにも違いすぎ、イメージダウンもはなはだしいというのが、私の率直な気持ちである。［中略］別人であるという前提で話を進めることにする。(29)

山崎國紀は近年、テレビ朝日説についてあるところで、「学会では全く相手にもされていない話」であり「初めから考えられないことである[30]」と書いている。また、「学問の前線に立つ五十余人の内外の研究者の協力」（はしがき）を得て一九九七年に発行された『講座　森鷗外』全三巻（新曜社）の『鷗外の人と周辺』と題された第一巻においては、「エリス某の身元調べは」「もはや行われていない。鷗外研究にもはやりすたりがあるようだ」（はしがき[31]）とされているのが現状である。テレビ朝日説は今日では、ほとんど顧みられなくなっているのではないだろうか。

実例を挙げるまでもないだろう。今日、圧倒的優位を占めているのはヴィーゲルト説である。むろん、「エリス・ワイゲルト」といわれる場合、これは作中人物をさし、モデルとしてのエリーゼ・ヴァイゲルトのことではない。

なお植木書の論旨では、テレビ朝日説の女性以外にはエリーゼ・ヴァイゲルトという名の女性は存在しない、ということになる。だが、「住所録には世帯主しか記載されていない」（植木書165頁）のだとしたら、住所録に記載されていない同名の女性が存在した可能性もあるはずである。上述のごとく、年毎にヴァイゲルト関係者は多くなっていた。ベルリンには短期滞在のつもりで、住民登録（「住所録」Adreßbuch は、いわば住民登録簿だろう）をしていない者もいたのではないだろうか。

さて、植木書は「プロローグ」において、「『舞姫』は、その中でももっとも典型的な私小説といえよう」（植木書17頁）と、宣言している。そして、「それが鷗外の私小説である限り」とか「鷗外のドイツにおける経験を基にした私小説であるとして」といった論の進め方が散見されるが、『舞姫』が「私小説」であることの論証はなされない。このように植木書には、なにか強い思い込みがあるケースが多いように思われるのである。その調査の労は多とし、感謝すべき報告も少なくないが、その典型的な例の一つが「ヴィクトリア座の発見」であろう。

小説『舞姫』のもう一つの重要な舞台装置はヴィクトリア座（小説では「キクトリア」座と表現されている）で

ある。我が国の研究では、ヴィクトリア座の存在や位置が明らかにされていない。ちくま文庫の『舞姫』解説に［中略］「ベルリン市南部のヴィクトリア公園の近くにあった小劇場」と書かれている。（植木書71頁）

以下何頁にもわたってその探索が詳しく報告され、「ミュンツ通り二〇番地で見つかった（写真⑮）」とされる。たしかに同劇場の掲載写真は、稿者にとっても非常にありがたいものだ。だが一九八〇年に発表された、名高い前田愛の「ベルリン一八八八年——都市小説としての『舞姫』[32]——」でもヴィクトリア劇場の位置は正しく記され、ショイネンフィアテルのミュンツ通りに同劇場があったことは、拙論にも書いてある（拙論①67頁）。映画『舞姫』（一九八九年[33]）においても、豊太郎役の郷ひろみは「ヴィクトリア・テアター？　アレクサンダー広場の背後の？　Hinter dem Alexanderplatz?」と言っていたと記憶する。井戸田総一郎「劇場と都市——一八七〇・八〇年代のベルリン劇場事情——[34]」という、一九九六年に発表された論文を読めば、さらに詳しい研究成果が得られる。一八五九年に開設された同劇場は、規模の点で当時のベルリン随一であり、一八六二年に幕府の遣欧使節に随行した福沢諭吉は、『西航記』のなかで、ベルリン入りした使節団が「フィクトリヤ・ヲペラ」で出迎えを受けたことを記しているという。劇場の構造は、前庭と劇場、庭園の三部からなり、一つの舞台を夏期用客席と冬期用客席が両側から共有していた。当時の観客は、幕間に庭園に出ることを好んだのである。他に類例のないこの構造のために、しだいに強化される劇場の火災条例（鷗外はこれに深い関心を持ち、種々の論考を残した）に資金的に対応できず、観客の好みにも合わなくなって、ヴィクトリア劇場は閉鎖に追い込まれる。

しかるに植木書の五〇頁ほど後方には、次のように書かれている。

ヴィクトリア座の発見は私の創見にかかるものではない。既に、小堀桂一郎『若き日の森鷗外』でも確認されている。［中略］ヴィクトリア座付近一帯は、再開発の現場から取り残され、一三〜一四世紀時代からの街並みがそのまま残っていた。このため、人はこの付近をショイネンフィアテル（Scheunenviertel＝怖い地域）と呼び、恐れていた。（植木書125～126頁）

ちくま文庫は携行には便利で稿者も用いるが、「筑摩全集類聚版森鷗外全集」（一九七一年刊）を定本とした、と付記してある。小堀の高名な大著の出版は一九六九年であり、全集版の編集作業が、時間的に小堀の研究を参照できなかったということだろう。また、その「誤植と誤解説」は「ちくま文庫の『舞姫』解説」にあったとされるが、巻末の「解説」（437～444頁）にはなく、ふつう「語注」ないし「注」と単に呼ばれているところにある。[35]

植木書見返しの地図に記載された「ヴィクトリア座」と「ユダヤ人墓地」の位置にも疑問がある。前者はもっと「アレクサンダー・プラット」（プラッツ Platz）寄りだし、後者はこの地図には収まりきらない上方になろう。そもそもこの地図ではアレックス近傍に、かつての堀はあっても、Sバーンの駅や線路が書きこまれていないのはどうしてなのだろうか。

ショイネンフィアテルは拙論でも紹介し、すでにかなり知られていると思うが、およそ三百年前、選帝侯の勅令により、火災から守るために穀倉(ショイネ Scheune)を市壁の外に移転したことに由来する地域(フィアテル Viertel)である。十九世紀初頭に住宅地になり、急速にスラム化した。とくに一八八一年にロシアのポグロムがはじまっていらい、中・東欧からユダヤ人が流入する。アメリカやイギリスやパレスチナを目指し、ベルリンは通過地の予定だった者も多かった。ベルリンは一九八七年に七五〇年祭を祝っている。一二三七年に初めて歴史上に名が見出されるからだが、ただしそれはケルン Kölln/Cölln 島の方で、アルト・ベルリンが初めて記録に登場するのは一二四四年である。ショイネンフィアテルに、その当時の（「一三～一四世紀時代からの」）街並みがそのまま残っていたであろうか。ベルリンは、ローマ人が建設したヨーロッパの諸都市に比べると歴史の浅い、急造された首都であり、神山論文のいうように、鷗外留学当時も「普請中」だったのである。

稿者は今回、ひさしぶりに拙論を読み返して、どうして間違えたのかわからぬ間違い、テクストの読み違い、あるいは言い過ぎが目に付き、うろたえた。たとえば、拙論にもベルリン市街図が挿入してある（拙論①52頁）。それが「鷗外当時の」ベルリンではなかったことは、神山論文によって明らかになったが、ハイデロイター小路の位置関係は変わらない。その小路沿いの旧シナゴーグが、正しい位置の筋向かいに記されてしまっている。これでは、本文中の記述とも食い違ってしまうではないか。他人のことは言えないのである。また、これは以前から承知していたことだが、拙論②は、事前にワープロ原稿を専門の方に下読みしていただいた。随分丁寧に目を通して下さり、何度も手紙をやり取りして、種々訂正することができた。にもかかわらず、作品名のミスプリントが数箇所残ってしまった。抜刷をさしあげたある方から遠まわしのご指摘を受けるまで、下読みをしてくださった方も稿者も、全く気づかなかったのである。そういうものなのだ。自戒せねばならない。妄言を多謝したい。

ローゼン通り（1888年）

（二〇〇〇年八月記）

〔付記〕本書に収録するにあたって若干の補筆と訂正をし、章見出しを加えた。写真類は数を減らしたが、鷗外当時のローゼン通りを描いた図版[36]を一枚追加する。後方にそびえているのはマリア教会である。同時に収録される拙論「森鷗外『舞姫』の舞台――ベルリンのユダヤ人（二）――」とは、多少用いている用語が異なっているが、それはこの二本の論文の書かれた時間差を反映したもので、とくに統一はしていない。なお、二〇〇〇年十月刊の筑摩書房『森鷗外』（明治の文学　第14巻）では、ヴィクトリア座の脚注が依然として訂正されていない。驚いた。

（二〇〇一年一月記）

〔註〕

（1）神山伸弘「『普請中』のベルリン――一八八七年・八八年当時の森鷗外第二・第三住居環境考――」、『跡見学園女子大学紀要』第三十三号、二〇〇〇年。以下神山論文にかぎらず、基本的に、頁数を本文中に記すことにする。

（2）植木哲『新説　鷗外の恋人エリス』新潮社（新潮選書）、二〇〇〇年。

（3）山下萬里「森鷗外『舞姫』の舞台――ベルリンのユダヤ人（二）――」、『拓殖大学論集　人文・自然科学』第一巻第一号（通巻第二〇二号）、一九九三年。

（4）山下萬里「森鷗外『舞姫』の舞台・補遺――ベルリンのユダヤ人（三）――」、『拓殖大学論集　人文・自然科学』第一巻第三号（通巻第二〇六号）、一九九四年。

（5）山下萬里「森鷗外・ベルリン・ユダヤ人」、『文学』（季刊）第五巻第二号、一九九四年。

（6）地名等の表記は難しく、判断のつきかねる場合がある。神山論文は「ノイエ・マルクト」、植木書は「新マルクト広場」と表記している。たしかに神山論文掲載の市街図（図2）にはNeue-Marktと記載されている。しかしMarkt（市場、市の立つ広場）は男性名詞であり、一般にNeuer Marktと言われている。事典類の見出し語もNeuer Marktである。本稿では「ノイヤー・マルクト」と記す。

（7）神山論文も植木書もMarienkircheを「マリエン教会」としているが、神山論文掲載の市街図にはSt. Marien K.と記され、それに従えば「聖マリエン教会」となろう。たとえばMarienbildはマリア像のことである。本稿では「マリア教会」と記す。

（8）Archiv für Kunst und Geschichte (Hrsg.): *Berlin um 1900*. Photographiert v. Lucien Levy, Ismaning bei München, Verlag Max Hueber 1986, S. 99.

(9) 鷗外の作品は、特に明記しないかぎり、原則として岩波書店版『鷗外全集』全三八巻、一九七一〜七五年に拠り、作品名と巻数、頁数を本文中に記す。引用に際しては、傍線、二重傍線、ルビなどは原則として省略する。旧漢字・旧かなは、できるかぎり従う。

(10) Carol Herselle Krinsky: *Europas Synagogen. Architektur, Geschichte und Bedeutung.* Stuttgart, Deutsche Verlags-Anstalt 1988, S. 17.

(11) 川上俊之「『舞姫』エリスの原像——小説技法上の序論的考察——」『鷗外』二九号、一九八一年、一一〜一二頁。

(12) 嘉部嘉隆編『森鷗外「舞姫」諸本研究と校本』桜楓社、一九八八年、一〇頁、二一四頁、二八一頁。

(13) 竹田晃／山口朗穂編『岩波　新漢語辞典　第二版』岩波書店、二〇〇〇年。

(14) Heidereutergasse を拙論①②では「ハイデロイト小路」とした。植木書や神山論文は「ハイデロイター小路」である。Heide は「荒れ地、荒野」のことで、「異教徒、異邦人」をあらわす聖書に縁の深い言葉でもある。Reute は「開墾、開墾地、開墾するつるはし」の意味で、reuth はバイロイト Bayreuth のごとく、「開墾地」を意味する地名にみられる。Heidereuthergasse と記すドイツ語文献もあったので、拙論①②では「ハイデロイト」とした。本稿では「ハイデロイター小路」と記す。

(15) Archiv für Kunst und Geschichte (Hrsg.): a. a. O., S. 83.

(16) *Die Tänzerin.* In: Mori Ogai. Im Umbau. Gesammelte Erzählungen. Ausgewählt, aus dem Japanischen übertragen und erläutert von Wolfgang Schamoni, Frankfurt/Main, Insel Verlag 1989, S. 13.「注」のクロースター通りの項目（一九〇頁）には、「この通りにベルリン最古の（今日では破壊された）教会、つまり（十三世紀の）マリア教会があった」とあり、訳者は混乱気味ではある。

(17) ユダヤ教関連の用語の表記については、以下を参照した（ただし、従っていない場合もある）。吉見崇一『ユダヤ教小事典』リトン、一九九七年。

(18) 森まゆみ「猶太街《ゲットオ》——『即興詩人』を歩く⑰」『本』二〇〇〇年五月号、六七頁。

(19) Johann Wolfgang Goethe: *Aus meinen Leben, Dichtung und Wahrheit.* Sämtliche Werke Bd. 14. Hrsg. v. Klaus-Detlef Müller, Frankfurt/Main, Deutscher Klassiker Verlag 1986, S. 165.　訳文は以下を使用した。『ゲーテ全集』第九巻、山崎章甫／河原忠彦訳、潮出版社、一九七九年、一三三頁。

(20) Reinhard Rürup (Hrsg.): *Jüdische Geschichte in Berlin. Bilder und Dokumente.* Berlin, Edition Hentrich 1995, S. 12.
(21) Urlich Eckhardt/Andreas Nachama: *Jüdische Orte in Berlin.* Mit Feuilletons von Heinz Knobloch, Fotografien von Elke Nord, Berlin, Ein Buch der jüdischen Kulturtage im Nicolai Verlag 1996, S. 33. なお本書はかつての旧シナゴーグ、今はただの芝生の公園になっているハイデロイター小路四番地の俯瞰写真を表紙にしている。
(22) Reinhard Rürup (Hrsg.): a. a. O., S. 112f.
(23) 平岡敏夫『森鷗外　不遇への共感』おうふう、二〇〇〇年、六九頁他。
(24) 植木哲「鴎外の恋人『エリス』」、『關西大学　法學論集』第四十八巻第五・六合併号、一九九九年。
(25) 山崎国紀『森鷗外　〈恨〉に生きる』講談社（現代新書）、一九七六年、五八頁。
(26) 成瀬正勝「舞姫論異説――鷗外は実在のエリスとの結婚を希望していたといふ推理を含む――」、『文芸読本　森鷗外』河出書房新社、一九七六年、一九八〇年六版、四八頁。
(27) 武智秀夫「隊務日記を読む」、『鷗外』五八号、一九九六年、一三頁。
(28) 小堀桂一郎／山崎国紀「対談　森鷗外を考える」、『森鷗外を学ぶひとのために』世界思想社、一九九四年、二十一頁。
(29) 吉野俊彦『鷗外・五人の女と二人の妻――もうひとつのヰタ・セクスアリス――』ネスコ（文芸春秋）、一九九四年、一五〇～一五一頁。
(30) 山崎國紀〈編集後記〉、『森鷗外研究　8』和泉書院、一九九九年、二一四～二一五頁。
(31) 平川祐弘／平岡敏夫／竹盛天雄編『講座森鷗外1　鷗外の人と作品』新曜社、一九九七年、iv、v頁。
(32) 前田愛「ベルリン一八八八年――都市小説としての『舞姫』――」、『文学』一九八〇年九月号。
(33) 篠田正浩監督の同映画では、豊太郎とエリスの出会いの場面は、古寺の前ではなく、橋の上である。適当なロケ地がなかったこともあろうが、エリスは橋の欄干にもたれ、川面を見つめて泣いていた。これならば、歩道を歩く豊太郎がエリスにすぐに声をかけ、家まで同行しても、観客は納得する。
(34) 井戸田総一郎「劇場と都市――一八七〇・八〇年代のベルリン劇場事情――」、寺尾誠編『都市と文明』ミネルヴァ書房、一九九六年。

(35) 森鷗外『舞姫　ヰタ・セクスアリス』森鷗外全集1、筑摩書房（ちくま文庫）、一九九五年、一七頁。
(36) Reinhard Rürup (Hrsg.): a. a. O., S. 112.

〈あとがき〉にかえて
――国文学研究論文及研究者・最近事情考

拙論「『舞姫』再考」を『国文学解釈と鑑賞』(至文堂)の平成元年(一九八九年)九月号に、〈特別寄稿〉として掲載して戴いてから、様々な形で賛辞や批判を受けた。賛辞の中にも的外れな意見が聞こえたし、当然批判の中には耳の痛い論旨が多かった。しかし、我が拙論を辛口にやっつけたつもりの批判の中にも、権威主義的な、誰の未来にも役立たない、ただただ感情的な(面識もないのに!)悪口で終わってしまっている論文も、これまた残念なことに一つ二つ見受けられた。これらの悪口は、単純に悪口だから、これまでは放っておいた。しかし、あまりにも公害的な悪口は、若手の国文学研究者のやる気をなくさせるだけだから、この際その悪口の底に横たわっている重大な問題だけは、掬い上げておこうと思う。

① 「たった五冊の鷗外論に目を通しただけで、『舞姫』論を書くなどということは無謀に等しい」

② 「『舞姫』は私小説だ」

さて、まず①の問題だが、これは嘉部嘉隆氏が小生に向かって、鬼の首でもとったように言い放ったお言葉である。氏には申し訳ないが、小生、初めてこのお言葉を読んだときには、腹を抱えて笑ってしまった。では、氏に伺う。いったい何冊の鷗外論を読破したら、『舞姫』論に着手してもよろしいのでしょうか。

「ぼくの前には道はない　ぼくの後ろに道は出来る」といった、真に新しい、フロンティアの論文には、参考になる文献など存在するはずがない。

もちろん、小生の拙論がこれに当たるなどと、自惚れるつもりはない。だいいち、五冊も読んでしまっている！ただ五冊も読んでしまうには、それなりの理由がある。これを言い訳がましく言わせて戴ければ、以下の三点が気にかかったからである。
A．ファミリー・ネームから、エリスをユダヤ人だとした先行論文があるか。
B．エリスがユダヤ人だとみなした上で、小説の破れ目を単なる破れ目とは読んでいない、作品解釈上の先行論文があるか。
C．作者鷗外は、なぜエリスがユダヤ人だとこれだけ作品中に散りばめたのか。またその裏返しだが、なぜユダヤ人だとはっきり書かなかったのか。この鷗外の心理を論じた先行論文があるか。
この三点において、小生の拙論と同様の思考回路を記した論文があれば、たとえそれを読んでいなくても、こっちが盗作になってしまう。このため、先輩諸氏の『舞姫』論を覗いてみたわけだ。総論的な論文を読めば、小生の拙論と重なる先行論文のあるやなしやが、すぐに判る。結果、AもBもCも、小生のオリジナルだと、確信を持てた。

しかし、嘉部氏は、小生が川副國基氏の「『黄なる面』の太田豊太郎」（以下、『黄なる面』）を無視していると叱る。川副氏の『黄なる面』が、「はじめてエリスがユダヤ人であるという説を提出」した論である、と。これにはびっくりした。正直に白状すると、小生は『黄なる面』を読んでいなかった。周りの先輩諸氏も口にしていなかった。だから、その存在も知らなかった。もちろん、あわてて読んでみた。すると、『黄なる面』が、小生の網にかからなかった理由が、たちどころに判明した。川副氏の〈エリス・ユダヤ人論〉の根拠が、あまりにも非論理的だからだ。氏は、こう説くだけなのだ。「クロステル巷のあたりにはユダヤ人の町があった」これだけが根拠で、続いてこう結論を出す。「エリスはユダヤ人の少女であったのではないか」

恣意的ではない。本当に、これだけが川副氏の〈エリス、ユダヤ人論〉の根拠なのだ。川副氏に教えを乞う。白人に差別されていた白人は、ユダヤ人だけか？　では、ジプシーは？　だから、氏が気づいた「黄なる面」「繋累なき外人」などのキー・ワードで、エリスが「強い反応」を起こして、「君は善き人なるべし」などと口走ったからといって、エリスがユダヤ人だとは言いきれないのだ。エリスがジプシーであったとしても、これ以外の被差別白人であっても、同じ反応を起こすだろう。じつは、小生も実作者の端くれだから、「黄なる面」が作者鷗外からの暗示の一つだとは気が付いていた。でも、ここを発端に、ユダヤ人論を展開するのは、それこそ〈無謀〉だと判断して、断念した部分なのだ。ここをきっかけにするのなら、もっと素直に「猶太教徒の翁が戸前に佇」んでいるとの描写に固執する方が、まだ少しは説得力があっただろう。

しかし、この「国文学研究論文及研究者・最近事情考」で、もっと重要な問題は嘉部氏のアン・フェアーな態度である。嘉部氏は、以上の川副論を「はじめてエリスがユダヤ人であるという説」と持ち上げておいて、その直後に小生の論にはこうのたまう。「荻原氏は「クロステル巷の古寺」を「ユダヤ教の会堂、いわゆるシナゴグ（Synagogue）を意味するのかもしれない」というが、当時の地図を調べても、シナゴグに相当するようなものは見つからない。「かれしれない」と勝手に憶測されると困るのである」

小生はシナゴグを持ち出す前に、エリスがそのファミリー・ネームからユダヤ人であることを証明するという手続きを踏んでいる。その上で、シナゴグではないかと、一石を投じたのだ。うーむ。嘉部氏よ、川副氏の「あったのではないか」という論が〈エリス、ユダヤ人論〉の先駆けだと言うのならば、小生の拙論も〈古寺、シナゴグ論〉の先駆けだと正直に認めるべきではないか。また小生の〈古寺、シナゴグ論〉を勝手な憶測だと決め付けるならば、川副氏の〈エリス、ユダヤ人論〉も、これまた当然、勝手な憶測だと声高に主張するべきではないのか。

どだい、問題はこの嘉部氏の態度なのだ。このような誰が初めにその単語を口にしたかといった、内容のない、無意味な競争が、国文学研究の主要なテーマではない。だいいち、嘉部氏は文学研究の基本を間違えている。たとえば、「当時の地図を調べても、シナゴグに相当するようなものは見つからない」と言い張っているが、本書における第三部「ベルリンのユダヤ人」に収めた優れた論文を熟読して戴ければ、自ずと赤面するだろう。いやいや、赤面したくらいでは済まされない。ここが大事なのだが、〈私小説〉以外の小説には、現実をそのまま写す必要など、少しもないのである。当時のクロステル巷に、万が一にもシナゴグがなかったとしても、またいわゆるゲットーがなかったとしても、だからなんなのだ。作者が、この種のイメージを作品に使った事実が、そもそも大事なのだ。作者のフレームに意識して入れた事柄と、意識して落とした事柄が、またその理由が、なによりも重要な研究課題の一つではないのか。

『舞姫』で言えば、「なぜ作者鷗外は、エリスがユダヤ人であることを明確にしないで、しかもなおユダヤ人であることを、ここまで強烈に匂わせたのか」とか、「なぜラスト近くで、エリスを妊娠させ、なおかつパラノイアとしたのか」とかである。この種の研究が、作品の正確な読みと、作者の心情に直線で繋がっていくのだろう。そして、そこへ行くプロセスとして、「エリスはユダヤ人である」とか、「シナゴグはあったかなかったか」とかが、手懸りになるのだろう。

さて、②の問題だが、いくら『舞姫』を〈私小説〉のように研究してしまう石橋忍月氏、いや嘉部氏でも、まさか植木哲氏のように正面切って、『舞姫』を〈私小説〉だなどとは言い切らないだろう。もしも『舞姫』をこう断言するのならば、シナゴグやゲットーが当時のクロステル巷に実際にあったかなかったかは、最重要の研究対象の一つに格上げされるだろうが。この点に固執して、嘉部氏も『舞姫』を〈私小説〉などと言い始めるかな。

それにしても、植木氏はよくぞ『舞姫』を〈私小説〉と言い放ったものだ。近代文学史の通念では、〈私小説〉の発生は、田山花袋の『蒲団』以降とみなしている。植木氏の発言は、この近代文学史を覆そうという大胆な企てだ。植木氏がその同じ著書で述べている、エリスのモデル問題の結論よりも、よっぽどセンセーショナルだ。

では、植木氏に問う。「『舞姫』が〈私小説〉ならば、あなたがエリスのモデルとして見つけて来た、ルイーゼとかいう少女は、鷗外によって妊娠をさせられ、挙句にはパラノイアに陥ったのですか?」また「妊娠をして、その上パラノイアであるにもかかわらず、ルイーゼは私小説が終わった後の現実(私小説=現実)では、単身で日本までやって来ることができたのですか?」

もちろん、『舞姫』は証明を行うまでもなく、〈私小説〉ではない。だからこそ、このラスト近くで、エリスが妊娠をし、なおかつパラノイアに陥るという設定が意味深いのだ。作者鷗外は、自分と太田豊太郎を重ねて読む、石橋忍月のような初心な読者が多い事実を百も承知で、むしろこれを利用して、〈エリスは、妊娠・パラノイア〉を設定したのだ。つまり、エリスのモデルの少女が、日本には(一人では)絶対に来ることができない状況を作り上げたのである。言い換えれば、小説で現実の秘密をカモフラージュしようとしたのだ。そして、このようにヒロインを設定しなければならなかった、作者鷗外の心境を考えると、胸を打たれるではないか。『舞姫』を〈私小説〉だなんて、何重の意味でも、とんでもない発言なのだ。

ついでに、植木氏に断っておくが、テレビ朝日の『百年ロマンス』が主張した、〈五歳年上、人妻説〉を通説だという思い込みも、訂正した方がよろしい。これを支持する研究者の存在などは、目に耳にしたことがない。しかも、小生の「「エリス」再考」を『百年ロマンス』の延長線上で書いていると言うのにも、口あんぐりだ。この拙論は、お読み戴ければ、すぐに納得して下さるはずだが、『百年ロマンス』の主張である〈五歳年上、人妻説〉を否定するために書き上げたものではないか。どうやら、植木氏は、小生の拙論を読まないで、サブ・タイトルの「――五歳年上の人妻だったのか――」の〈か〉を感嘆文にくっ付く〈か〉と解釈したようだ。言うまでもなく、この〈か〉は反語を成立させる〈か〉である。

しかも、文芸評論家のK・O氏にいたっては、私信で、植木氏の論は拙論「「エリス」再考」の思考方法の物まねだとまで言い放っていますぞ。植木氏に断固抗議を申し入れた方がいい、と。小生がメンドウで放っておいたら、K・O氏がなにかの機会に、直接新潮社の知り合いに問い質してくれた。その新潮社の方の答えも耳にしているが、植木氏だって鷗外に興味を抱いてくれたお仲間である。武士の情けだ。ここにはあえて記さない。しかし、まさか、物まねだから、わざと拙論に対してテレビ朝日の延長線上だなどとトンチンカンなことを言った……のではないよね。

今回、この本を上梓するにあたって、著者の方々には並々ならぬご協力を得た。また学習院の学部時代からの恩師である長谷川泉先生には、不肖の弟子として、いつにもましてご迷惑をおかけした。さらに、至文堂の川上潤社長にも、数え切れないほどの無理を押し付けた。紙面を借りて、皆様に心からの謝辞を申し上げたい。

〈新世紀、次の世紀に、誰がいる、きょうを歓び、明日を恃まず〉

二〇〇一年一月一日　記

荻原雄一

初出一覧

＊『舞姫』再考――エリス、ユダヤ人問題から　荻原雄一　「国文学　解釈と鑑賞」　平成元年九月号　至文堂
＊原作『舞姫』への理由なき反抗　荻原雄一　「文学界」　平成元年八月号　文藝春秋
＊「エリス」再考――五歳年上の人妻だったのか　荻原雄一　「鷗外」　46号　平成二年一月　森鷗外記念会
＊新『舞姫』論争――ベアーテ・ウエバー女史に反論する　荻原雄一
　「鷗外」　57号　平成七年七月　森鷗外記念会
＊鷗外と交錯した人々――『舞姫』とエリス　平井　孝　「書斎の窓」　平成五年五月号　有斐閣
＊「エリス、ユダヤ人問題」をめぐってⅠ――「エリス」「ワイゲルト」家の可能性　真杉秀樹
　「文学研究」　平成九年七月号　日本文学研究会
＊「エリス、ユダヤ人問題」をめぐってⅡ――「獣綿」「伏したる」人の可能性　真杉秀樹
　「文学研究」　平成十年四月号　日本文学研究会
＊来日したエリーゼへの照明――「舞姫」異聞の謎解き作業の経過　金山重秀・成田俊隆
　「国文学　解釈と鑑賞」　昭和五十六年八月号　至文堂
＊エリーゼの身許しらべ　金山重秀
　「国文学　解釈と鑑賞」　一月臨時増刊号（長谷川泉編「森鷗外の断層撮影像」）　昭和五十九年　至文堂
＊森鷗外『舞姫』の舞台――ベルリンのユダヤ人(二)　山下萬里　「拓殖大学論集」　平成五年四月　拓殖大学
＊『舞姫』と19世紀ユダヤ人問題　真杉秀樹　「鷗外」　62号　平成十年一月　森鷗外記念会
＊『舞姫』におけるアルト・ベルリンの地誌――「クロステル巷の古寺」とパロヒアル・シュトラーセを中心に
　真杉秀樹　「鷗外」　64号　平成十一年一月　森鷗外記念会
＊「エリス」の肖像――ドイツ女性の社会史からの照明　真杉秀樹
　「鷗外」　66号　平成十二年一月　森鷗外記念会
＊森鷗外『舞姫』の舞台・三説　山下萬里　「鷗外」　68号　平成十三年一月　森鷗外記念会

〈著者紹介〉

荻原雄一（おぎはら　ゆういち）　岐阜女子大学

金山重秀（かなやま　しげひで）　森鷗外記念会会員

成田俊隆（なりた　としたか）　森鷗外研究家

平井　孝（ひらい　たかし）　新潟大学名誉教授・宮崎産業経営大学

真杉秀樹（ますぎ　ひでき）　愛知県立天白高校

山下萬里（やました　ばんり）　拓殖大学

（五十音順）

『舞姫』——エリス、ユダヤ人論

平成13年5月15日発行

編著者　荻原雄一

発行所　至　文　堂

東京都新宿区西五軒町4－2

東京(3268)2441(代)

発行者　川　上　潤

印刷・製本　大日本印刷

ISBN4-7843-0207-7